有人敲门

刘晶林 —— 著

中国书籍出版社

图书在版编目（CIP）数据

有人敲门 / 刘晶林著 . — 北京：中国书籍出版社，2019.1
ISBN 978-7-5068-7056-6

Ⅰ.①有… Ⅱ.①刘… Ⅲ.①短篇小说—小说集—中国—当代 Ⅳ.① I247.7

中国版本图书馆 CIP 数据核字（2018）第 248798 号

有人敲门

刘晶林　著

图书策划	牛　超　崔付建
责任编辑	武　斌
责任印制	孙马飞　马　芝
出版发行	中国书籍出版社
地　　址	北京市丰台区三路居路 97 号（邮编：100073）
电　　话	（010）52257143（总编室）（010）52257140（发行部）
电子邮箱	eo@chinabp.com.cn
经　　销	全国新华书店
印　　刷	三河市华东印刷有限公司
开　　本	650 毫米 ×940 毫米　1/16
字　　数	245 千字
印　　张	21.5
版　　次	2019 年 1 月第 1 版　2019 年 1 月第 1 次印刷
书　　号	ISBN 978-7-5068-7056-6
定　　价	65.00 元

版权所有　翻印必究

目录

奇　鸟　/ 001

龙卷风　/ 023

奇　袭　/ 039

欲望之海　/ 060

证明二题　/ 073

实　习　/ 107

评　委　/ 118

晒被子　/ 129

物归原主　/ 138

有人敲门　/ 145

两个红萝卜　/ 154

绝　招　/ 164

减　肥　/ 174

意外来客　/ 190

代号罗密欧与朱丽叶　/ 199

小顺子　/ 212

操　练　/ 226

德国钥匙　/ 244

茉莉花开　/ 258

一夜星光　/ 288

帮工队来了　/ 305

万物生长　/ 314

后　记　/ 334

有人敲门

奇　鸟

后来朝阳注意到这一天是整个夏季最闷热的、屈指可数的日子之一。细细想来，好像早就有什么事要发生的那种暗示。吃完早饭，清凉凉的海风便神出鬼没地悄然失踪了，空气接踵而来变得十分浓稠，如同稀饭汁胡乱涂抹在人们的身上，使人的毛孔中争先恐后地钻出了许多黏糊糊的不舒服。这时朝阳觉得胸部被无形绳索捆绑成一只结结实实的粽子，竟有透不过气来的沉重感觉。他走到山坡上，视线在一只栖于枝头耷拉着翅膀张口喘息肚子不停鼓胀的白脸山雀身上稍稍停留片刻，然后坐在路边的一块石头上。正是在这种时候，朝阳清晰地听到了江一诚副教授看见那只奇鸟时发出的惊呼。

当时江副教授站在离朝阳不远的一丛杂树棵子间，他昂着那颗头发稀疏花白的头颅目光炯炯地巡视着面前广阔的、一览无余的湛蓝天空。是江副教授寻觅到那只奇鸟，还是那只奇鸟主动进入江副教授手中望远镜那两个圆形镜片罩住的空间，朝阳就不知道了。朝阳凭想象得知江副教授的眸子被奇鸟的翅膀轻轻一扇，立即迸射出钢花般美丽闪烁的光亮来。因为那几声"金喉潜鸟"的呼喊，听得出发自江副教授内心深处，具有全身心投入的特殊效果，以至朝阳闻声走到他面前时，只见他泪流满面，不得不暂时放下望远镜，用手背急速地在脸上来回擦拭。

快去，快去告诉李站长，请他派人来帮我抓住那只鸟！江一诚副教授迫不及待地这样说道，那神情显得异常激动。

哪只鸟？朝阳顺着江副教授手指的方向望去，只见远处天幕上有许多飞翔物，不知这位鸟类专家要捉的具体是哪只。这时江副教授把望远镜塞到朝阳的手上，就那只，金色的脖子，直挺挺地朝前伸着，像一只射出的箭。再看那翅膀，扇动得姿势特优秀！

借助望远镜，朝阳一下子就在群鸟中发现了那只与众不同的奇鸟，它的气质是那样的高雅，它的仪表是那样华美。尤其让朝阳惊喜的是，奇鸟好像与他早已熟悉似的，面部表情极为生动地向他微笑着点了点头。这让朝阳很是满意了一阵子。

然而就在朝阳继续往下看的时候，江一诚副教授迅速摘下他手中的望远镜，拜托了，快去告诉李站长，快去啊！……

朝阳撒腿就朝灯塔站跑去。

李站长率领全岛官兵一共六个人气喘吁吁地赶到那个小山坡的

有人敲门

时候，那只奇鸟正展翅飞临大家的头顶。于是被奇鸟紧紧牵住视线的江一诚副教授暂时顾不上安排大家，仅是竖起一个手指示意不要出声，依旧专心致志地把他那充满渴望的目光义无反顾地抛在空中。

完全是无意识，江一诚副教授的一举一动制造出一种浓郁而神秘的氛围悄然弥漫在大家的心头。人们纷纷不由自主地屏住了呼吸，生怕稍有什么疏忽带来声响惊走了在头顶悠然盘旋的稀世珍鸟。

那只奇鸟旁若无人地在大家的头顶上方拍打着柔软的翅膀舒缓地飞了三圈，它把道道无形的极其美丽多彩的弧线高高地悬挂在天空。其间朝阳扬起的面孔如同环绕太阳旋转的向日葵，一步不停地尾随着那只奇鸟。朝阳觉得自己与奇鸟在望远镜里首次会晤时感觉不同的是省略了一些惊奇，增加了一点让人好受的眩晕。在奇鸟飞翔震动气流而发出的类似民间音乐的轻微声响中，朝阳发现四周万物竟然渐渐隐退，变得朦朦胧胧，唯有他和那只奇鸟清晰无比地存在着……朝阳在这座小岛上生活了八年，见过各种各样的鸟儿，但唯有这只奇鸟带给他的感觉非同一般，纯属盛况空前。真的像梦一样呢，事后朝阳这样想道。

飞完三圈，奇鸟若无其事地在众人的灼热的目光中身子一跃，开始升高，接着调转方向朝着小岛南部彩云般慢慢悠悠地飘落。奇鸟扇动的翅膀驮着金色的阳光，很容易地便诱使大家不约而同地想起电视动画片中常有的某个镜头。

目睹奇鸟的渐渐远去，江一诚副教授双手抱拳朝着李站长连连作揖，李站长，千万千万要帮我这个忙，把这只鸟儿捉住。要知道，这可不是一只普普通通的鸟。据我所知，目前在我们脚下这颗偌大的地球上，仅有一位鸟类学家捕获过它，另有两位学者幸运地发现过它。这种机会可以说是千载难逢啊！……

放心好了，李站长说这只稀罕的鸟儿既然大老远地不辞劳苦越洋过海来到我们岛，按一般规律不会立即就走。我们一定尽全力捉住它，协助您圆满完成考察任务。说着李站长一挥手，全体官兵以军人训练有素的特有敏捷，迅速散开，呈扇形，按照战术动作向奇鸟飞落的地域猛虎一般扑去。

这是一座面积只有0.1平方公里远离大陆的小岛，同时又是一座有着极其丰富资源的鸟岛。在小岛身后的大陆，有一座高耸的云台山，早在四五千年前的上古时期，曾因各种鸟禽羽毛斑斓多彩而被称为"羽山"。《禹贡·曾氏注》中说，"羽山之谷，雉具五色"。可见鸟儿之多。众鸟之中，有一种具有特异功能的凶猛的鸷鸟，能够和人的眼睛一样单视；而其他鸟类皆为复视。许是这样一个特点，许是异常凶猛，生活在"羽山"的原始先民们，源于宗教对动物崇拜的意识，奉鸷鸟为祖先，并建立了一个名曰"少昊"的鸟的王国。在这个国度里，官职全用玄鸟、青鸟、丹鸟、雎鸠等鸟名来称呼。如凤鸟管历法，祝鸠为司徒，鸤鸠为司空，雎鸠为司马……族徽也以鸟为图腾。后来据《嘉庆海州志·土贡》转引《旧志》记载，中原周王朝建立，统治势力达到东方，少昊遗国被迫每年向朝

有人敲门

廷供奉长尾彩羽"四万一千一百九十根"……再后来，随着岁月的流逝，海岸线的不断变迁，原先聚集在"羽山"的鸟们渐渐迁至海上的小岛。于是便有了眼下这座拥有各类鸟类二十目、五十科、一百六十八个品种的富有的鸟岛。这样一来，当李站长率领着全岛官兵向南部并不宽敞的地域逼近时，尽管大家小心翼翼，沿途仍然不可避免地惊飞了许多的鸟儿。而这些鸟儿好像特别爱凑热闹，紧紧地跟随在人们的身后，以致使这支捕捉奇鸟的小部队一时竟变得浩浩荡荡起来。

然而好在奇鸟不怎么介意，它静静地伫立在一块礁石上，兴致勃勃地朝着向它包围而来的人和鸟们观望，那样子好像是在观摩一场小型的军事演习。

在这样一种状态下，人与奇鸟之间的距离渐渐在缩小。

不知是奇鸟没有意识到危险的存在，还是它胸有成竹临阵不慌，颇有魅力的微笑仍然是它面部唯一的生动表情。它始终保持着原有的姿势站立，一副岿然不动的大家子气。

也许正是奇鸟的这种不同寻常的气韵，无形之中成为人们逼近时的障碍。在距离奇鸟十多米的地方，朝阳发现大家和他一样，不由自主地驻足不前了。这时候空气越来越显得厚重，闷热轻而易举地制造出旺盛的汗水，在朝阳的后脊梁上痒酥酥地不断滚落。朝阳用手抚了一下怦怦跳动的胸口，然后举臂擦了擦湿漉漉的额头。当然朝阳在做这一切的过程中，目光并没有离开那只奇鸟。他看见奇鸟一直朝他望着，圆圆的黑黑的眸子里映出的那个极小极小的小人儿，就是他朝阳。他从奇鸟的眼睛里发现了自己。于是朝阳忽发奇想，他想起了此时此刻是否也从他细长细长的眼睛里镜子一般照见它呢？……想到这，朝阳禁不住笑了，笑得很是开心。

其实，人与奇鸟相峙的格局只不过是一瞬之间，紧接着这种状况就被江一诚副教授理所当然地打破了。江副教授率先向奇鸟发出了最后的攻击，接下来李站长不失时机地布下他携带来的那张用破旧渔网改造成的捕鸟器械；几乎与此同时，其他的人纷纷一拥而上……

面对猛烈的攻势，奇鸟万分镇静，甚至笑容格外灿烂。它轻松地拍了拍翅膀，很随意的样子把身子往上提了提，就把自己提出了危险的范围之外。它不慌不忙地起飞，头朝上高高地竖着，如发射的火箭，直入蓝天。奇鸟飞时扬起的一阵清爽的风，徐徐扩散开来，在人们的脸上一掠而过。

看着奇鸟在视野中越来越小直至与天空融为一体，江一诚副教授身子瘫软就地坐倒。他用拳头一下比一下沉重地捶打着自己的头颅，口中喃喃地发出唉、唉唉……唉唉、唉……的叹息，那样子使在场的所有人对悲痛欲绝这个成语很容易地就有了无比深刻的体会。

李站长感到十分内疚，好像没有捉住奇鸟是他的严重失职。他不安地搓着两只手，表情沉痛地说，江副教授，不要太难过了。虽然没捉住那只鸟，让它跑了，但跑不远的。在那个方向离我们岛子不很远还有两座小岛，估计奇鸟会落在那里。我马上打电话

有人敲门

给那里驻守的部队,让他们严密注视海空,一旦发现,千方百计把它捉住。

江一诚副教授听了,停止了叹息,那就好,那就好,赶快去打电话!

站在一旁的朝阳,看见江副教授泪水闪烁的眼中泛出了一丝明亮的光泽,他知道哪种色泽的名字叫作希望。

中午,江一诚副教授显然胃口不如往常,他心不在焉地胡乱往肚子里刨了几口饭就放下了筷子。不吃了?李站长问。不吃了。江副教授笑了笑,笑得很是勉强。

自打奇鸟飞离小岛之后,江副教授就守在电话机旁,好像静卧海底连接远处的那两个小岛的电话电缆,成为他身体中极为敏感的一部分神经,稍有一丝一毫的动静,都会在他心海激起风浪。当电话铃沉默的时候,江副教授对语言极其吝啬,轻易不说一句话,只是一支接着一支地抽烟,把自己一张突然变得憔悴的脸隐藏在淡蓝色云雾之中;而这种状况只有在电话铃骤然间响起时,江副教授才像变了个人,他会迫不及待地抓起话筒,动作敏捷得如同年轻人。然对方的通话一旦与奇鸟无关,江副教授立即又恢复到原先那种焦虑不安无精打采的样子。此时此刻时间对江一诚副教授简直成为一种折磨,每一分每一秒似乎都在原有的概念上拉长,长得让他生出许多的恐慌。他下意识地抓了一下头发,然后张开五指,掌上静卧的数根银丝便赫然入目。江副教授心里不由哀叹,如此下去本来就为数不多的头发，大概硬是要秋风扫落叶变得一览无余了啊……

李站长见江副教授半天下来人就瘦了一圈，心里很是着急，于是李站长在一次定时与那两个岛联络通话之后，安排朝阳去钓几条鱼，打算晚上为江副教授改善一下伙食。越是在这种时候，越是要吃好才是。

朝阳是老"海岛"，钓鱼技术炉火纯青，在灯塔站众人之中无与伦比，堪称首席钓手。平时只要谁想吃鱼，包括吃什么样的鱼，只管跟朝阳打个招呼，到时候拎个筐跟在朝阳身后到海边去取就行了。大海是朝阳的鱼类仓库，库门钥匙就是他手中的钓具。

然而这次例外，朝阳足足在海边钓了两个多小时，才好不容易从水中拽上来四五条体型苗条身材娇小的小黄鱼。在整个垂钓过程中，朝阳始终处于烦躁的状态。他把这一切归咎于天气的闷热。他想在这样透不过气来的日子里，鱼哪有心思迷恋鱼饵呢！但想归想，鱼钓得质差量少毕竟使朝阳不愉快。在近几年朝阳的业余垂钓生涯中，这一次实实在在地疲软了一回。

尽管鱼不肥，烧出来仍然满满一大盆。晚上，李站长从自己床下的某一只箱子里掏出一瓶酒，让朝阳作陪，说是要好好和江副教授干一杯。

在灯塔站，除了朝阳这个军士外，其他都是战士。所以只要有招待任务，站长总是安排朝阳参加。天长日久，朝阳早已把陪酒看成是日常分内工作之一，因此这时他主动地捉起酒瓶用牙咬开瓶上的铁盖，然后轻车熟道地给大家面前的杯中斟满了酒。

有人敲门

江一诚副教授原先不想喝酒的,但挡不住李站长的热情,只好入座。开始江副教授的注意力还在那只奇鸟身上,喝得十分勉强,显然缺乏主动意识。但喝着喝着,状况便得到了明显的改观,看得出喝酒这时候已经成为江副教授的一种需要;江副教授为在此刻能喝上酒而感到由衷地好受。

喝、喝,江一诚副教授端起杯一饮而尽。他看了看李站长和朝阳,怎么没喝光?真正的军人不是。喝、喝了!

看着李站长、朝阳把酒喝完然后将杯子倒过来淌不出一滴液体,江副教授才满意。江副教授说,我们相处十多天了,也就不瞒诸位,我这次是利用假期自费来考察的。说到这里,江副教授看着李站长和朝阳略显惊讶的表情,笑了笑,没办法呀,我今年五十八了,至今还是个副教授。职称评选委员会认为我其他条件都够,就是学术成果上弱一点。怨谁?正当我身强力壮时候赶上了十年动乱,结果大部分时间在农场接受再教育。造反派说研究鸟有什么用,那是资产阶级的闲情逸致,还是喂猪吧,猪是农家宝,革命不可少。这样一来我只好远离了心爱的鸟类……唉、唉唉,那日子过得,真是水深火热一言难尽。江一诚副教授举杯,喝啊喝啊,别停了。

李站长和朝阳说是啊,喝,喝。于是大家一起喝了杯中酒。

江副教授接着说,好不容易熬到动乱结束,才发觉自己一不留神进入了中年。那会儿教学第一线缺人,理所当然我成了中坚。每周课程安排得满满的,仅有的业余时间还得自学。以前自己的一多半学问都荒废扔在猪圈里了，不学用什么教学生。你们说对吧？对，对。李站长连连点头。结果到评职称了，研究成果一下子重如泰山，江副教授自饮一杯酒，说难道我教了这么多学生不算成果？再说不是我学而无术拿不出成果，你不给我时间和条件，就像鸡蛋不经过孵化能有生命破壳而出吗？荒唐啊，实在是荒唐！

这回是李站长提议喝的。李站长喝罢酒吃了块鱼肉，说江副教授您来对了，我们这儿是鸟岛，随便往哪个旮旯抓一把，带回去研究研究都是成果呢。这倒是。江一诚副教授眼睛红红地说，尤其是那只"金喉潜鸟"，只要抓住它，我回去准能写一部砖头厚的、在学术界有着极其重要影响的专著！李站长，捉鸟的事儿可就拜托给你了。你是知道的，像这样千金难买的机遇，恐怕我这一辈子就这一回了……说完，江副教授端起酒，敬你一杯，没说的，全干了！

接下来江副教授津津有味地说起那只奇鸟来。他滔滔不绝的语言中不时夹杂着一些专业性很强的术语和许多在朝阳看来索然无味的理论问题，因此朝阳一点儿兴趣也没有。然出于礼貌，朝阳必须听着，且表现出很认真的样子。不过这对于朝阳来说并不难，作为全神贯注的一名听众只是他的一种装饰。他把自己心安理得地当成摆设后，便如愿以偿地去想另一些事情。

朝阳想回家想得如饥似渴。

其实朝阳探家归来回到小岛没有多少日子。朝阳把一小半心思留在千里之外的那个令他魂牵梦绕的小山村了。他不知道那次离开

有人敲门

家的当天早晨，母亲站在村头那棵千年古银杏树下一直站到多久。母亲在她走后一定流泪了，她肯定是要哭的。他让母亲伤心和失望了，一想到这，朝阳眼里就有湿漉漉的东西要朝外溢，胸中觉得堵得慌。朝阳想，这实在是怨不得他的，他已尽了力。

再过一个月零三天，朝阳实足年龄就满二十七岁了。这种年龄在城市人看来不算什么，未婚的大男大女多的是。但搁在朝阳的家乡，却稀罕得让人唾沫星子溅脊梁骨了。更糟糕的是朝阳属家中长子，按当地风俗，老大不结婚，老二的媳妇就不能过门。朝阳参军前无恋爱史，远远不如他弟弟在这方面的能力强。他弟弟十七岁就谈恋爱，经过几年来锲而不舍的甜蜜努力，两人早就憋着一股子劲，忍受着青春之火的煎熬，眼巴巴地等待着朝阳在洞房花烛夜为他们带来翻身和解放。朝阳十分理解弟弟的心情，他很想在一年一度的探亲假中对自己的婚事来个开门见山速战速决，然每每力所不能及。有时候朝阳只好请假，以便创造更多的机会。说心里话，朝阳想回家，但真的要走了，他又怕；怕见到弟弟和未来的弟媳在他离开家时那种刻骨铭心的失望的目光。

在朝阳刚当兵的那两年，家乡穷，穿军装的人很是吃香，别说相亲，只要你往那里一站，姑娘们的目光直朝你身上粘，甚至你想躲都躲不掉。后来似乎是一夜之间，乡风变了，军人是最可敬的人而并非是最可爱的人，朝阳的婚事便一下子成了老大难，尤其是朝阳当上专业军士，这就意味着他在小岛上厮守的日子将会更长，如此一来，朝阳本来就十分困难的"个人问题"更是雪上加霜了。

那次探亲前，母亲来信说托人艰苦卓绝好不容易为朝阳找了个女子，让他速回相亲。母亲还告诉朝阳，他弟弟忍不住在未过门的媳妇肚子里种下了一颗种子，已三个月有余，要再过一些日子人前就走不出去了。虽然母亲信中没多说什么，但朝阳已明确不误地意识到那次探家的重要性和迫切性。于是朝阳马不停蹄地朝家赶。然而尽管朝阳争分夺秒，回到家还是晚了，那女子就在他进入家门水还没有来得及喝一口的时候托人捎信来，把相亲的事给回了。当时朝阳的母亲忍不住哭了，朝阳的弟弟抓起门后的镢头嚷着这不是耍人嘛，要去找人家论长道短。是朝阳把弟弟劝住了，朝阳说你要这样找人家，今后还有哪个女子敢上门来？朝阳的弟弟愣了愣，扔掉镢头，钻进屋里横在床上用被子蒙着头一直睡到了天黑……

前些天朝阳接到家信，说是又给找了一个女子，这回牢靠，再不会出现像上回那样伤天害理的事了。朝阳心里的烦躁便如同施足超级营养素的藤类植物，一个劲儿疯长。他发狠，这回无论如何得把事情了结了，否则拖下去自己非疯了不可。于是朝阳向李站长请假要求回家。李站长说我向上面请示看看吧，你从家里回来不久，不知能不能批呢。

眼下朝阳一边扮演着江一诚副教授的忠实听众的角色，一边不由自主地想着自己的心思。当江副教授和李站长举杯的时候，朝阳也不失时机地紧密配合，把酒往肚子里吞咽。以至朝阳喝了多少酒，他一点数都没有，只是感到头有些晕，沉甸甸的……

当晚李站长、朝阳和江副教授喝光了一瓶白酒，而盆里的鱼却

有人敲门

有三条完整无缺，甚至连筷子都没有来得及戳一下……

第二天的黎明是江一诚副教授坐在电话机旁守出来的。据值班的战士说，江副教授凌晨两点多钟就守在这里了。尽管在这很长一段时间里，电话也像睡着了似的连个呼噜都没打，但江副教授不放心，生怕耽误了什么。江副教授说"金喉潜鸟"有早起赶路的习惯，防备点心里头踏实。大约在上午八点左右，有一座岛上的军人打电话来，说是奇鸟向另一个岛子飞去了。江副教授很是着急，他连连催李站长用电话联系，加强观察。

李站长照办。李站长说他们肯定接到通知了，打电话一问，果然如此。对方告诉李站长，他们已进入"战备"，当个重要任务来完成。江副教授见状，也就不便穷追不舍，只好耐心等待。

接下来，李站长见缝插针忙里偷闲地拨了个电话给岛外一位在上级机关工作的朋友。近几天来李站长每天都要与这个朋友保持热线联系，这在灯塔站已是公开的秘密。再说李站长也不想瞒着大家。李站长认为自己有军体专长，在军区举行的比赛中拿过奖，如今正赶上集训队军体教员转业，这时候要是能替补上去，无疑比在小岛当站长更合适，据朋友透露人选一共有三个，论条件李站长得天独厚堪称精品。李站长估计这回八九不离十，调动大有希望。但他又怕夜长梦多，毕竟调令没下，大意不得。于是李站长心里就有了牵挂，没着没落的。尤其是这两天，凭感觉特别关键，说不准什么时候一锤子就定了音。所以李站长打电话时显得很是迫不及待。

电话很快拨通了，朋友告诉你站长，你就别忙乎啦，安心在岛上守你的灯塔吧。立时一个不祥的预感鹰一样掠过李站长的心头，投下的阴影使他浑身陡然间感到寒冷。李站长不安地问，你老兄不是在开玩笑吧？对方说，怎么说呢，军体教员的任命已经下了，不是你；你最好不要问为什么，也不要打听那个人究竟是谁。不，你一定要告诉我！李站长几乎是在喊，声音里混杂着愤怒、悲哀以及一时说不清楚的复杂内容。……唉，你这个人啦，对方说，我就知道你会这样。其实想得开，在哪儿都一样……接下来对方三言两语简单明了地把事情的真相告诉了李站长。

听完，李站长好一阵子没吭声。太出乎他意料了，原先的三个人选全他妈的成了人尽其才择优录取的冠冕堂皇的幌子，而真正被任命军体教员的那位确是某首长的公子。该公子从大西北调过来，没有位置就没办法办理调动手续。朋友说，新任集训队的那位军体教员只能在教学中君子动口不动手了，若减肥无效的话，做双杠第二练习看起来十分吃力。这份差事不好干啊，真是挺为难他的了……

似乎是酝酿足了感情，沉默之后的李站长在电话里把他的朋友当成了发泄对象。李站长一口气从陈腐传统文化的因袭谈到党内的不正之风，从任人唯贤任人唯亲的干部路线谈到部队的正规化建设，联系实际，广征博引，越谈越来情绪，全然不顾对方听不听，只是口若悬河唇枪舌剑大有一发而不可收的热烈阵势。

朋友在电话里嚷嚷，你这是怎么啦，要上政治课也得看时间选

有人敲门

个地方……

李站长毫不理会，只顾自己愤怒地尽情倾诉。

这时候最着急的倒不是李站长的朋友，而是江一成副教授。还有完没完啦？电话线都让你占着你知道不知道？江副教授心里急得直喊。他极担心有关奇鸟的信息传不进来被耽误了，以至误了他的大事。此时江副教授很想催促李站长快些打电话，但几次话到嘴边又忍住了。江副教授毕竟是有文化的人，他懂得那样做十分不礼貌。可是不说江副教授实在是心里憋得慌，这样一来，急得团团转便栩栩如生地成为他眼下的真实写照。

似乎过了漫长的一段时间，李站长终于余兴未了地挂上了电话。打完了？从焦急之中解脱出来的江副教授大大地松了一口气。打完了。李站长面部因激动而涨红。李站长自言自语地说，真不像话，不像话！……边说边在屋子里来回走动，如困在笼中的猛兽。

又过了一些时候，电话铃响了，江副教授迅速拿起话筒。电话是从那个小岛打来的，对方告诉江副教授，奇鸟在岛上只敛翅歇了大约十多分钟，接着向你们的方向飞去。

放下电话，江副教授兴奋得直搓手，到底来了，到底飞回来了！他对李站长说，这回可不能让他跑了！

李站长立即安排手下的兵们，分片包干，每人负责一块区域，严密监视海空。一旦发现奇鸟，及时报告，然后向目标实施包围。李站长强调，没有命令，任何人不得擅自离开岗位。这一回一定要抓到那只奇鸟，李站长说着坚定不移地打了个手势。

有兵问，抓不到活的，可以开枪吗？

李站长看了看江副教授，你说呢？实在没有办法，到时候只好这样了。江副教授说。

还有问题吗？李站长的目光在墙上挂着的电子钟上迅速扫了一下，然后果断下达了行动的命令！

朝阳背着冲锋枪来到五号坑道口，负责监视那里的好一大片海天和礁丛。

朝阳把自己隐蔽在一座礁石旁，在他的面前是清澈透明的海水。低头他可以清晰地看见水中的绿草和游动的小鱼；把目光投向远方，视野很是开阔，足以让自己在无边无际的蔚蓝之中任意徜徉。

这时候太阳暖暖的，四周一丝微风也没有，空气依然闷热。朝阳把冲锋枪倚在礁石上，然后开始履行职责，在天空寻找那只奇鸟。

海面上升腾而起的一缕缕水汽，一茬接一茬，前赴后继，在阳光下排列整齐地扭曲着身子袅袅飞上空中。以至望得久了，朝阳竟觉得自己也成了那水汽，有一种飘忽的感觉。他揉了揉昏花的眼睛，再看，还是原有的那种状态。

不知怎么，眼下天空一只鸟的影子都没有，就连平日成群结队的海鸥也集体失踪下落不明。蔚蓝蔚蓝的海空在朝阳的目光里一遍遍地得到了梳理，梳理得很是单调乏味。于是朝阳的思绪开始悄悄

有人敲门

向千里之外的那个小山村潮水般涌动，那里有个似乎永远也解不开的情结，让他不知不觉地去思去想去爱去恨……不过，朝阳很快发现此时不是去想那些事情的时候，因此他克制住自己。他把注意力尽量往寻找奇鸟上转移。

可是过了不久，朝阳发现自己的努力很难达到目的，天气实在太闷热，让人烦躁得很。也就是说，这种时候什么事都有可能干不好；即使干似乎效果也欠佳。

于是为了继续观察，也为了打发时间，朝阳决定找个事做。做什么好呢？自然而然朝阳想起了钓鱼。

鱼钩现成，石缝里就有。朝阳平时为了方便，在小岛每个方位都藏有钓具。好在岛上清一色全是军人，即使谁拿着用了，过后仍然放在原处。

在海上钓鱼，钓具不需很复杂，只要有钓线和鱼钩就行了。沉子用鹅卵石代替。没有鱼饵也无妨，在钩的下方系一块白布条，入水如同活物，往往鱼儿为此真假不辨受骗上当。

现在朝阳整理好钓具开始钓鱼。他很随意地把鱼钩抛进水里，然后不紧不慢地朝上拉。过程极简单。他一边反复做这样的动作，一边让目光的猎犬在海上懒懒散散地行走。

本来就无心钓鱼，再加上天气闷热，至太阳当顶时，朝阳才毫不情愿地陆续从钩上摘下来三条巴掌大的石斑鱼。

当第四条小鱼从水里被朝阳拽上岸，在礁石上甩着晶亮的水珠蹦蹦跳跳扭动着身躯时，完全是无意，朝阳看见海天之间的缝隙处有一个黑影迅速向小岛箭一般射来。朝阳愣了一下，揉揉眼睛，再看，竟是奇鸟！那只鸟紧贴着海面做超低空飞行，速度相当快。就在朝阳惊讶不已之际，完全是一瞬间，奇鸟挟一股清凉的风拍打着翅膀无声无息地降落在他的身旁。由于事情发生得太突然，让朝阳思想上毫无准备，朝阳看着距他近在咫尺的奇鸟，恍若置身梦境，不相信眼前的一切竟是实实存在的现实。朝阳整个儿呆住了，树桩一般竖在那里一动不动。

就这样默默相视了一阵子，朝阳才从朦朦胧胧中渐渐恢复了清醒，他史无前例地靠这么近仔细观看面前的这只举世罕见的珍鸟，而奇鸟同时也在聚精会神地注视着他。人以鸟之间和谐而默契的交流欲望，使两者很快失去了距离感。朝阳觉得他与奇鸟一点儿也不陌生，他和它早就见过面。它曾向朝阳发出过友好的微笑，那笑容即使在后来的日子里，只要朝阳想起来，都会感到鲜花似的美丽和晨露般的新鲜。这时候的朝阳早已把自己的使命忘得干干净净，他根本就没想过自己为什么来到五号坑道口这么久。他把一切都忘了，眼前只剩下他和这只奇鸟。

朝阳朝奇鸟笑了笑。

奇鸟也向朝阳笑着点了点头。

朝阳觉得在奇鸟的笑容里他的内心深处有一种坚硬的东西在一点一点地融化，那种感觉充满了柔情，如同女性皮肤细嫩的手，轻轻地、轻轻地在抚摸。这是一种从未有过的体验，竟让朝阳快活得身子禁不住微微颤抖。

有人敲门

这时候朝阳产生出要摸一摸奇鸟的念头,就像对待亲近的人那样,拍拍肩膀或是在后脑勺亲昵地摸一把,完全是下意识的感情的驱使。于是朝阳把手轻轻地伸向奇鸟。而奇鸟仿佛知道朝阳要做什么似的,竟然做出接纳的准备,把头向前伸着迎了过去。这样朝阳的手便触到了奇鸟光滑而细腻的羽毛。朝阳在奇鸟丝织般可爱的脑袋上轻轻摸了摸,接着手顺着弧形的脖子往下滑动,滑到了它的脊背上。那是柔软而厚实的脊背,在朝阳的掌下显得十分地安详。它驮过阳光,驮过风雨,驮过雷电……整个天空都被它驮过呢!朝阳这样想着,觉得挺感人肺腑的。最后,朝阳的手滑到了奇鸟的脚掌上。和鸭子一样,奇鸟的脚掌带蹼,金黄色,很像秋天里一种树叶的形状。凭想象,朝阳知道奇鸟在水中准是捉鱼的一把好手。它潜游的速度肯定与在天空飞翔时一样快,所有的鱼类都甘拜下风呢!

由想象中的鱼,朝阳风调雨顺地联想到了现实。朝阳钓的四条鱼依旧在礁石上保持着游动的姿势,只是不再生动。朝阳取过一条,向奇鸟示意,请你吃可以吗?奇鸟拍拍翅膀,喉咙里发出两声轻柔的类似人的语言。朝阳听出来了,奇鸟非常乐意。于是朝阳就把鱼递到奇鸟的嘴边。奇鸟接过,然后送到脚下,踩住鱼,接着用嘴边撕边吃。

在奇鸟吃鱼的时候,朝阳静静地坐在那里观看。等奇鸟吃完一条,朝阳便及时递上第二条。

从第二条鱼开始,朝阳没让奇鸟踩住撕吃,他嫌它那样吃太费事。朝阳开始用手把鱼分成大小均匀的肉块,一块一块地喂奇鸟。

看得出奇鸟很高兴，它每吃一块，都要向朝阳点点头，那样子极有绅士风度，显得很有涵养彬彬有礼。

在整个喂鸟的过程中，朝阳心境平静如水，惊奇和激动都离他远去，闷热与烦躁亦离他远去。伴着他的只有淡淡的好受，淡淡的愉悦，淡淡的快感。面对奇鸟，朝阳觉得这时候的他才是真实的，他无需对奇鸟掩饰什么或是戒备什么。他与奇鸟之间是一种和谐的关系，相处得很是自然。

不多会儿，四条鱼全喂完了，奇鸟挺了挺胸脯，表示吃得很满意。朝阳就笑。他觉得今天的鱼没有白钓，能为奇鸟做点什么，是件很让人开心的事情。

吃饱了的奇鸟与朝阳更加亲近了，它欢快地拍打翅膀，伸着长长的脖子把脸贴向朝阳。它在朝阳的臂上、脖颈、胸部、脸颊……不停地蹭来蹭去，亲热得不得了。朝阳被感动了，也伸出臂来，把奇鸟揽在胸前。奇鸟在朝阳的怀抱里轻轻地低喃，好像在诉说着什么。朝阳觉得他听懂了，朝阳不停地点着头，在心里答应着……

究竟这样过了多少时间朝阳不知道，他也不想知道。朝阳全身心地沉浸在一种美好的感觉之中，恍若进入佳境，如痴如醉。后来是奇鸟离开了朝阳，它朝后撤了两步，侧过脑袋很用心地听了听从某处传来的一点点轻微的响声，然后咕咕地对朝阳低语了几句。朝阳明白奇鸟的意思，它要走了。朝阳很是恋恋不舍，但他知道，它是无法挽留的。于是朝阳伸出手，在它的脸上轻轻地抚摸了几下，以示告别。奇鸟也动了感情，眼睛竟湿润了。它用嘴巴吻了吻朝

有人敲门

阳，接下来毅然离去。奇鸟和来时一样，是贴着水面飞走的。平静的海面在奇鸟翅膀的拍击下，荡起长长的一串微波……

奇鸟真是一只奇异的鸟吗？它在飞走的一刹那，就像有一根无形的、看不见的线牵着朝阳，把朝阳以极快的速度从一种状态拽进了另一种状态。朝阳望着离去的奇鸟，忽然之间捉鸟的使命完好无损地又回到了他的意识里。他发现自己守候在这里就是为了捕捉奇鸟的，而现在奇鸟眼睁睁地从他身边飞去他却袖手旁观一副无动于衷，过后怎么向江副教授交代？李站长会怎么说？往深处想去，李站长此时因当不上军体教员很是苦大仇深的样子，把他惹火了，情绪更加低落，会影响自己请假的批准吗？如果不准许回家，家人会怎么样？母亲会哭的。那么弟弟呢？……朝阳简直不敢往下想。那种曾经有过的深刻无比的烦躁这时如雨后春笋在朝阳的心间茁壮成长。朝阳愣了片刻，仅仅是片刻工夫，然后伸出颤抖的手去抓住那支倚在礁石上被太阳晒得发烫的冲锋枪。

一串枪声以前所未有的巨响，焦雷般在朝阳的面前滚动。朝阳竟被实实在在地吓了一跳。完全是无意识，朝阳的手松开，冲锋枪像只折翅的大鸟翻滚着跌落在地，然后很有弹性地蹦了蹦，接着静静地卧着不再跃动。这时朝阳看见远处继续向前疾飞的奇鸟身子轻轻抖动了一下，它回头朝着朝阳内容很是复杂地望了一眼，接下来在一片蔚蓝之中一点一点地缩小着身影，直至最后完全消失……

一年后的一天上午，朝阳送李站长上船。集训队的那位军体教员另任他职，空缺由李站长替补。尽管一年以后才如愿以偿，李站长仍然很高兴。倚着船舷，李站长对站在码头上的朝阳说了许多话后，突然话题一转，问起那只奇鸟的事。李站长说，那天我在三号坑道口用望远镜全看见了，你不要瞒我。事后我跟任何人都没说。我只是不明白，你既然放了它怎么又向它开枪？当然，你不说也不要紧，人免不了有好奇心，权当我什么也没讲。

朝阳无言，只是不自然地笑了笑。

朝阳很矛盾，他怕再见到那只奇鸟，但有时又渴望见到它。他不知道现在那只奇鸟在哪里？

有人敲门

龙卷风

风平浪静,是这个季节的常客。

依旧是落日时分,夕阳用暧昧的色调,几乎没费什么事儿,就把东山坡上连部的几间平房,涂抹成装饰性很强的一幅水粉画。而作为画中人的阳山岛守备连上尉连长成一,依旧站在门前不远处的一块巨大的礁石上,让焦躁不安的目光,海鸥一般在辽阔的海天之间展翅飞翔。片刻之后,成一便头也不回地大吼一声,通信员,牵驴来!

似乎作为这个季节每天黄昏之际工作的一道固定程序,通信员早有准备地把毛驴备好,就等着连长这一声吼了。于是,通信员在毛驴的屁股上拍了一掌,轻轻说了一声,去吧你。毛驴便善解人意地迈着类似京剧演员在舞台上常走的那种小碎步,笃笃笃地来到成一的面前。成一以一个洒脱的跳马动作，手在驴背上轻轻一按，身子提起，人便坐在了驴背上。这时，通信员照例恰到火候地把一根柔嫩的柳枝递到连长的手上，然后前后保持五米左右的距离，跟在连长的屁股后面，或者也可以说是跟在驴的屁股后面，随同驴步，一路慢跑。

上尉连长成一一米八〇的个头，骑在驴背上，把驴衬托得又矮又小。尤其是成一的两条长长的结实的腿，松松垮垮地分别从驴背的两侧顺势耷拉下来，脚尖几乎快要触到了地。这样一来，毛驴小跑时的上下颠簸，加上小岛路面的高洼不平，使成一的皮鞋不免与地面发生磕磕绊绊。不过，成一并不怎么介意，脚一旦碰到地面，他就把腿稍稍往上提一提，过后又顺其自然地开始下垂……正是由于有了生活中这样一个细节的反复出现，以至成一穿过的所有皮鞋中，竟没有一双鞋头长年累月面目娇好的。

现在上尉连长成一骑着驴开始对小岛进行巡视。

成一胯下的驴，原来是炊事班用来拉磨的，用于做豆腐或是磨豆浆。后来连队买来了电动磨碎机，毛驴便完成任务，下岗了。营长曾经建议把驴杀了改善伙食，遭到了全连官兵的一致反对，大家说驴为我们服务了多年，没有功劳也有苦劳，我们不能卸完磨杀驴，应验了民间流传了多年的俗语，坏了我们阳山岛守备连的名声。这样一来，驴就理直气壮地留在了岛上。至于成一把驴当作自己的坐骑，那是后来发生的事。作为一连之长的成一，骑了隶属于本连的驴，理由不能说不充分，所以他骑驴骑得顺理成章。

有人敲门

　　成一巡视的路线相对固定，第一站照例是二排。战士们见他骑驴，驾驾驾的来了，纷纷打招呼说，连长来了！成一骑在驴上板着脸很凶地说，我来了就要批评你们，看你们这双杠动作，软了吧唧的，没吃饭是怎么着？说着用手上的柔嫩柳枝一指，二排长，你过来，做个示范给他们看看！排长立正，答一声"是"，跑步来到双杠前，然后一跃，上杠，以一连串前后打浪、倒立、曲臂支撑干净利索地完成了一套组合动作。成一说，就照你们排长这样给我下功夫练！说完，成一用柔嫩柳枝在驴屁股上轻抽一下，驴便配合默契地驾驾驾向前走去。接下来，成一来到指挥排，照例是板着脸很凶的样子朝那个年轻的排长吼，说你是怎么搞的，门口这么脏也不安排人打扫打扫？看，那是谁扔的纸屑……我不是讲过多次了嘛，怎么就记不住呢？指挥排排长看着骑在驴上的连长，嘿嘿地笑。笑什么？成一说。排长笑着说，就打扫，边说边弯腰拾起地上的一只烟头和一片废纸。就在指挥排排长弯下腰的时候，成一已经骑驴走了。成一顺着环岛小路走向他本次巡视的第三站。成一还没有抵达位于西山脚下一排居住的宿舍时，便听到了笛声。于是成一两腿一夹，连连喊了几声"驾驾驾"，骑驴一路小跑，然后停在了一扇窗前。隔着敞开的窗子，几乎是前番模样的再现，成一板着面孔，露出很凶的样子对坐在窗前吹笛子的那个战士说，你吹的是什么呀？胡乱吹呢！那句曲谱该用单吐技法——单吐你会吗？那个战士摇摇头。成一骑在驴上说，把笛子扔过来！那个战士就把笛子隔窗扔给连长。成一接过竹笛，横在嘴上，多多米米法索拉……吹了一阵子。听到啦,这就是单吐!说着把笛子扔给那个战士,你来一遍试试?那战士接过笛子,多多米米法索拉地吹了几下,问连长,你看行吗?不行,再给我练,连着给我吹十遍,中间不要停……

就在上尉骑驴巡视小岛的时候,有一个人站在连部门前不远的那块巨大的礁石上,饶有兴趣地进行跟踪观看,那专注而投入的样子,就像看中央电视台在黄金时段播出的一部极其精彩、故事性很强的电视连续剧。

许是新鲜与好奇,终于在成一骑驴巡视小岛归来的时候,那个充当热心观众的人,开始与成一就骑驴巡视连队的相关问题进行了对话。

那个人问,你干吗要骑那头驴呢?

成一说,我干吗不骑那头驴呢!

那人一笑,你干吗骑驴巡视到哪里,就板着面孔露出很凶的样子把火发到那里呢?

成一说,我不想发火,可是忍不住。

那人又问,为什么?

成一摇摇头,说了你也不一定知道;不过,你若在岛上待得久了,自然就会明白了……

那人点点头,沉默不语。

过了一会儿,成一突然问那人,你来岛上有半个多月了,感觉怎么样?

有人敲门

那人说，你指的是哪方面？

成一说，随便哪个方面。比如说海吧。

那人说，要说大海的景色嘛，没说的，当然很美！

是吗？成一说。

成一接着说，你看那白云，一大团一大团地重复着自己，每日都是惺忪的样子，湿漉漉地低垂在海面，懒洋洋地与细浪闲聊；而天空和海洋，似乎蓝得总是一成不变。那种蓝，不是普通的一般的蓝，它蓝得铺天盖地，蓝得让人看得久了就会感到隐隐约约地发腻。那时候，你要是伸手去触碰一下，极担心那种蓝粘在你的手指上，永远摆脱不掉。怎么，不相信？不信，你就试试！你再看那只远帆，像不像民间剪纸天长日久地张贴在那里？不知你注意过没有，昨天，它在那个方位；前天，它也在那个方位；大前天，它还是在那个方位……你说乏不乏味吧？还有那整日里游荡不歇的略带淡淡咸腥海藻气味儿的风，在这个季节里纯属变态了，很是女性化，唱起歌来，哼哼叽叽，竭力模仿某类歌星，用气声发音，让人感觉到十二万分的蹩足！尤其是呈现出弧形的海平面，微微弯曲，像一把巨大的劲弓，然而却射不出一只响箭来，以便把你固有的想象击得粉碎……哦，不说了，我这是在岛上待久了，看够了这个季节里缺少变化的风景，甚至觉得一个个日子都落入了俗套。你初来乍到，可千万别受我的影响！

那个人笑了一下，一时无话可说。

那个人佩有中尉军衔，名叫金光辉，是新近从警备区机关下到阳山岛守备连代职的指导员。

这一天上午，依旧风平浪静。

骤然响起的电话铃声，使上尉连长成一精神为之一振，仿佛有着某种预感，他觉得一定会有什么事情发生，于是抢在通信员之前，几乎是身子一扑，迅速出手拿起了桌上的电话听筒。

果然有情况！参谋长亲自从警备区司令部值班室打来电话，告诉成一，据空军五号气象站紧急报告，今天下午三时左右，将有龙卷风从阳山岛经过。参谋长命令连长成一务必在下午一时前，做好一切防范准备。参谋长严申，在龙卷风袭击阳山岛之际，全连必须做到三不能：不能有一人伤亡；不能有任何军用装备及物资受损；不能有一只牲畜减少……在这期间，每有情况，连队在向营部报告的同时，必须向警备区司令部值班室进行报告。

成一两脚后跟使劲一磕，站成标准的立正姿势，对着话筒大声喊道，请首长放心，我们保证完成任务！

肯定是成一喊声太大，把隔着茫茫碧海远在数百里之外的大陆上的参谋长耳朵震得轰隆隆直响，以至参谋长连连埋怨，成连长，你喊什么喊？有劲过一会儿去使，别使得不是地方！说完，参谋长在电话里忍不住嘿嘿地笑。

成一也嘿嘿地笑，笑得很是惬意。

放下电话，成一继续把笑意保持在脸上，一边急速搓动着一双急不可耐的大手，一边连连自言自语道，来了就好，来了就好……

有人敲门

站在一旁的中尉指导员金光辉差点不相信自己的耳朵，以为是听错了，心想连长这是怎么啦，龙卷风就要袭击小岛，他却说来了就好。

根据连队紧急召开的支委会上的分工，上尉连长成一担任这次防范龙卷风袭击的总指挥。

会后，连队的其他干部如同离巢的群鸟，按照各自分工迅速离开会议室，然后深入班排，组织人员进行抗灾准备工作的具体实施。这时，成一不慌不忙地走出连部，独自在离门不远的那块巨大的礁石上站了一会儿。此间，成一依旧习惯性地将自己的目光海鸥拍翅一般在海天之间做了一次自由自在的飞翔，飞翔得结果，并没有发现龙卷风的蛛丝马迹。天空依旧是那样的湛蓝，阳光依旧灿烂明媚，云朵依旧低垂着与细浪态度暧昧地拍拍打打或是交头接耳；同样，极远处的那几片白帆依旧一动不动地再一次成为民间剪纸，继续保持着其多年来一贯固有的艺术品位……但成一绝不会被眼前风和日丽的景色所迷惑。他是"老海岛"了，多年来的守岛经验告诉他，大自然变幻多端，完全超出了人的想象。成一经历过很多次海上奇遇，他知道风暴可以明着前呼后拥铺天盖地地袭击小岛；也可以暗地里骑在鱼鳍上潜入水中，等到悄悄接近了小岛，再突然跃出水面发动猛烈的袭击。他还知道有一种可以隔着军装用长长的针一样锋利的嘴巴叮咬人的苍蝇，平日里它们无影无踪，不晓得哪一天倏地乘着海风，趁人不备，从用于隐身的某片云层后面成群结队地飞出来，然后穷凶极恶地扑向小岛……所以成一对龙卷风持有高度的警惕性。他对龙卷风如期而至的相信程度，几乎不亚于相信自己足已具备了成功地带领全连官兵防范龙卷风袭击的能力！

在成一离开那块巨大礁石的时候，通信员在毛驴的屁股上轻轻一拍，便把毛驴拍到了上尉的面前。成一伸手在毛驴灰黑闪亮如同锦缎的背部轻轻地抚摸了数下，然后微笑着对通信员说，牵回去吧。通信员不解地问，不骑啦？成一说，不骑了。说完，成一便兴致勃勃地徒步沿着往日骑驴所走的固定路线，开始了对龙卷风袭击之前的连队进行新的一轮巡视。

成一来到二排住地。战士们见连长来了，纷纷热情地打招呼，连长来了？成一乐呵呵地说，来了。然后成一态度温和的问二排长，火炮进入坑道啦？二排长说，全部拉进去了。成一又问，双杠呢？二排长说，坚壁清野了。二排长接着补充说，实在舍不得留给龙卷风哇！成一大笑，这就好！

山坡下，指挥排排长带着一个班的战士协助饲养员正把猪们往坑道里赶，于是人和猪们发出的阵阵热闹非凡的喊叫声，顷刻形成了对成一极大的诱惑。于是成一迫不及待地离开二排，兴高采烈地奔跑着，一步步接近那群人和那群猪。这时，成一的臂膀前后急速摆动着，其姿势远远看上去很像是一只云端疾飞的大鸟！

赶猪的队伍有了连长的加盟，似乎这一项最平常的活儿便由此焕然一新。这不，成一一到，见平日里连队饲养的这八十二头挺听话的猪，这会儿组织纪律性特差，任性得很，当即就和指挥排长商量，提出要对现有的赶猪方法进行改革。指挥排长连连叫苦，说是猪多人少，赶起来往往顾此失彼，不大好办？成一笑着照指挥排长宽厚结实的胸部亲昵地击去一拳，说那你就抓住主要矛盾呗！指挥排长嚷道，怎么个抓法？成一说，看我的。说着上尉连长成一眉飞色舞，嗷嗷叫喊着去撵那头老公猪。那头老公猪个头特大，被连队的战士们公认为是猪王。成一撵上它时，猪王似乎知道来者不善，眼睛瞬间瞪得滚圆，嘴里呼呼发出低沉而又威严的警告，那意思再明白不过了，不要靠近我，否则，我对你不客气啦！谁知连长成一不理睬它那一套。成一围着猪王转了两圈，趁它个大转身迟缓不够灵活之际，身子一跃就骑在了猪王背上。猪王又急又恼，一番蹦蹦跳跳吼叫过后，很是无奈，便哼哼叽叽地不得不表示了服帖。接下来，连长骑着猪王在前面走，其他猪们见了，哪还敢胡闹？便一个个老老实实地尾随其后，排着大致整齐的队伍，在战士们的护送下，向坑道走去……

接近中午的时候，沿着小岛巡视的上尉连长成一与中尉指导员金光辉在一排的菜地前不期而遇。于是成一和金光辉这两位连队的主官，便见缝插针，站在菜地的地头，简要地碰了碰各自所掌握的连队防范龙卷风袭击的各项准备工作的进行情况；不过，这个话题不久就被一排长打断了。一排长正组织排里的战士们按照以往防台风的惯例，为菜地里茁壮成长枝叶茂盛的辣椒和茄子加盖茅草毡，这时一个战士提出异议，说龙卷风不是台风。龙卷风来了，别说是盖茅草毡，就是压上石头也没有用。那个战士的结论是：干，还不如不干！一排长细想，觉得有道理。就请示连长和指导员，是不是可以不为小菜地加盖防风的茅草毡了？上尉连长成一尚未表态，指导员金光辉当即给予了肯定的答复。接着金光辉忽发奇想，说你看可不可以这样，把地里的辣椒和茄子连根带土刨起来，然后装进塑料袋，暂时移到坑道内，等龙卷风过后，再把它们栽回地里去……一排长听了直叫好，说这办法不错，挺有诗意，以后连队在写防范龙卷风袭击的工作总结时，还可以作为一个典型情节好好渲染渲染呢！金光辉听了连忙严肃地指出，说我们做工作不是为了图总结，你这个说法欠妥当。一排长就笑，说指导员批评得对。说完，一排长就风风火火地准备安排人把辣椒和茄子从地里起出来。

此时，成一却提出了不同意见。成一笑呵呵地对金光辉说，把这些菜搬走，然后再搬回来，我看诗意倒是有，只是费力太大，而且出力不一定讨好？想想看，只要龙卷风打我们这座面积只有零点一五平方公里的阳山岛经过，小岛的表面之物顷刻土崩瓦解面目全非……到那时，我们不辞辛劳地把这些辣椒和茄子们移回光光秃秃的地里，就很难说风景如画了。再者，万一上级机关事后来人见到，那不成了秃头上的虱子，明摆着给人家一个说三道四的机会嘛！所以依我之见，就算了吧。你说呢，指导员？金光辉听连长这么说，连忙表示赞同，让一排长按连长的意见办……

中午一点钟之前，阳山岛守备连按照上级要求，提前做好了防范龙卷风袭击的各项准备工作。接下来，让上尉连长成一等待的，唯有龙卷风的到来了！

有人敲门

风和日丽，依旧友情客串，成为眼下海与天的特邀嘉宾。那么，狡猾的龙卷风此刻躲在哪一片云层后面呢？

离空军五号气象站通报龙卷风袭击阳山岛的时间还有两个小时，上尉连长成一站在连部门前不远的那块巨大的礁石上巡视海天，竟然没有发现一丝一毫龙卷风就要到来的迹象。成一相信空军五号气象站的预报，多年来这个气象站在为空军机场服务的同时，也为守岛部队提供气象预报，在成一的印象中，只要是五号气象站的预报，准确率高达百分之百！

那么，成一此刻急切守候着的龙卷风，其袭击小岛的方式，看来一定非同寻常了。莫不是面对的是军人，龙卷风也学会了动用军事手段欲对阳山岛发动一场突然袭击？果真那样，成一倒十分喜欢。成一喜欢不同凡响，渴望遇上强大的对手。

成一在阳山岛驻守了十年，在成为一名"老海岛"之前，他像所有的新兵一样，曾经一度惧怕过风暴。在早先的那些风暴袭击小岛的日子里，成一如同遭遇末日来临，他甚至不敢透过窗子看狂风掀起的巨浪很响地撞击在礁石上，然后将溅起的高高大大的玉树银花猛地在窗前摔得粉碎；他害怕听到风暴在自己所居住的宿舍屋顶疯狂地大跳迪斯科，那种咚咚咚强烈的节奏，如同非洲人在擂鼓，一声声震他头昏目眩，心脏几乎都快要承受不了；他还不愿置身在那种被黑暗紧紧包裹着的凶险氛围里，让大团大团的乌云离自己那么近，以至近得迫使你不得不产生种种幻觉，以为自己被乌云吞食了，竟连骨头都不剩；他还不想在风暴平息过后见到被恶浪劫持到岸上的鱼们，那些原本在海中自由自在游动的鱼，被摔得面目全非的样子，会让他感到是对自己目光的极大伤害……不过，那都是过去的事了，久远得如同发生在古代。后来，成一记不清从什么时候起，发现自己的感觉渐渐发生了一些变化，他变得不仅不惧怕风暴了，甚至在某个风平浪静的季节里，竟然会隐隐约约地产生出对于风暴的某些说不清道不明的深深渴望。他渴望在风暴来临的时候，让狂风呼啦啦歌唱着钻进自己的军装，把一身的绿色撑开，撑得像正在远航的风帆；他渴望大风把自己头上戴着的军帽当作风筝在天空尽情放飞，然后在他裸露着的短发间急速抚摸。他真的好喜欢那样的抚摸，那种摩挲，仿佛能产生出强大的能量，让人在得到某种快感之余觉得自己是那样的强大无比；他还渴望看到风暴中的海洋，那时候的海给人一种真实的感觉，真实得无需任何装饰；他还渴望那些被巨浪抛上岸的鱼们，如同在水中继续游动那样，在自己的血管深处，游成一个绝不平庸的汛期……现在，上尉连长成一正是带着这种难以言表的心情，守望着眼前阳光灿烂万里无垠的高天阔海。

准确时间是在午后两点，成一惊喜地发现位于阳山岛东南方向的湛蓝湛蓝的天空上，突然渗出一缕黑色线性的瘦云。这根瘦云在阳光的照射下，急速膨胀着自己的身体，以至极短的时间内，竟像某个世界超级魔术大师手中把玩着的魔棍，在成一激动无比的目光

有人敲门

中不停地伸展着，越伸展越长。不多一会儿工夫，这根神奇的瘦云背衬无边无际的湛蓝，便以磅礴的气势，在浩瀚的苍穹，用自身飒爽的英姿，书写下一个巨大的惊叹号！

嘿，来了，终于来啦！成一高兴得手舞足蹈，他头也不回地大声向站在身后的通信员发出命令，快，吹哨子，全连集合，立即下坑道！

连队很快集合起来。但就在全连官兵列队跑步接近坑道口时，成一改变了主意。成一没让大家立即进入坑道，而是在坑道口一侧的山坡上席地而坐，集体观看和欣赏那根悬挂在高空寻常并不多见的神奇的瘦云。成一非常理解战友们的心情，在这样一个艳阳高照海面无风无浪的时辰，看龙卷风是怎样一步一步接近小岛，不仅可以满足好奇心，而且是一种强烈的观感刺激，可以使大家从中获得极大的审美享受！至于龙卷风真的抵达阳山岛，成一也不用担心，只要一声令下，五秒钟之内，全连便能迅速进入坑道。这就是说，此刻大家无需花钱买票就可以充当热心观众，现场观看热情好客的大自然多年来难得馈赠的这一神奇景观，且绝对保证人生安全！

这时候，时间一分一秒地朝着下午三点钟接近；与此同时，那根悬挂在空中的巨大的瘦云，也得寸进尺，一步步贪婪地向着海面急速延伸。成一惊奇地注意到，就在他手表上的时针与分针准确地重叠在空军五号气象站预报龙卷风到来的那个时刻，那根长长的瘦云突然在几乎是静态的湛蓝色的背景画面中，一头扎入了大海！随即，奇迹出现在大家的眼前，龙卷风凭借着那巨大而急速旋转所产生的力量，在平坦无垠的海面神奇地拔起了一根浪柱。那浪柱在大家的视野里一尺一尺地茁壮生长着，其情景与电视节目中某部卡通片里的一个著名情节十分雷同，于是，没费多少事，浪柱便高高拔"地"而起，奋勇抵达蓝色的天空。接下来这座罕见的突兀的浪柱，随着龙卷风的走向，以绅士般的风度，缓缓地在海面作悠闲的漫步。而此时此刻，四野静极了，浪无语，鸥无声。成一注意到，作为观众的阳山岛守备连的全体官兵们，一个个被眼前发生的奇绝景观惊得目瞪口呆，只见人人屏住呼吸，端坐在山坡上，把脖子伸向统一的那个方向，竟连大气都不敢喘。

巨大的浪柱旁若无人地在海面继续行走着。

成一曾当过指挥排长，精通目测。成一将胳膊向前伸直，然后竖起大拇指，采用跳眼法，对那座巨大的浪柱进行测距。通过测算，成一发现龙卷风拔起的浪柱，仅离阳山岛大约六千五百米之距。稍有常识的人可想而知，在晴天能见度高、视野极其开阔的海面上，六千五百米的距离该是一种什么样的概念？那就好比浪柱近在咫尺，甚至是伸手可触了！

此时，成一放心的是，那座由龙卷风亲手缔造的巨大浪柱，其走向，由东南朝着东北呈直线性位移。这就是说，如果龙卷风在走向上中途不发生突变，将始终与阳山岛保持六千五百米的距离，从小岛的一侧默默无声地经过。当然，也可以换一种文学的说法，那就是威力无穷释放着巨大能量的龙卷风，虽然是以奇袭的方式，突然出现在大家的面前，但它没有丝毫的恶意，它并非是冲着守岛的军人们来的。因为它长途奔袭的过程中，没有惊动艳丽的太阳，没有打扰湛蓝的天空，不仅如此，也没有改变它所经过的周围以外的环境。所以它的行动是有限度的，仅此而已。

这样一来，龙卷风一下子就改变了它传统的凶恶面目，变得无比美丽动人了。现在，这座直径大约二百余米，而高度超出千米之外的浪柱，正以远比人们在世界上所有大都市中能够见到的最高的擎天大楼都要高大都要雄伟的奇特景观，打小岛的身边缓缓走过。成一注意到，那座巨大的浪柱呈玉色，背衬湛蓝的天空和金色的阳光，雪白之中略显透明，让人视觉上感觉极好。

浪柱就这样气势磅礴威武雄壮地在阳山岛守备连全体官兵们的检阅中健步行走了四十多分钟，然后龙卷风的风力减弱，于是它的身躯一尺一尺地低矮了下去。又过了一会儿，浪柱便无声无息地消逝在众人的眼前。这时，海面平坦依旧，阳光灿烂依旧，让人一眼望去，好像什么事情都不曾发生过一样。再看天空，标志着龙卷风的那道黑色的长长的瘦云，不知道什么时候神秘地失踪了，天空显得格外湛蓝，那情景好似被浪柱擦拭或是清洗过，竟然格外明亮清澈，纤尘不染……

而此刻，阳山岛守备连的全体官兵们，以恋恋不舍的目光送走那座由龙卷风惊心制造的巨大的浪柱之后，恍若置身梦中，依旧姿势不变地席地坐在坑道口一侧的山坡上，静静地坐成了一组群体雕像。后来，要不是上尉连长成一站起来，朝着海空，挥臂大喊了一声：龙卷风，你真是太棒了！大家也许还会坐在那里，直至永远……

许多天后，依旧是一个风平浪静的日子。

被西下的夕阳染成一身金黄的上尉连长成一，站在离连部门前不远的那块巨大的礁石上，把展翅飞翔成海鸥的目光从辽阔的海天之间收回，然后头也不回地吼了一声，把驴牵来！这时，立在身后早有准备的通信员便在毛驴的屁股上拍上一掌，说去吧你。那头小毛驴便轻车熟道地走到成一的跟前，用一颗硕大的脑袋亲昵地往成一的身上轻蹭。上尉连长成一转身跨上驴背时，通信员及时把手中的柔嫩柳枝递过去。连长接过柳枝，吆喝一声"驾——"，小毛驴便驮着成一沿着固定的路线，开始了对小岛的巡视。

此时，成一骑驴笃笃笃地往前奔跑，通信员则在距离毛驴腚后五米处紧追不舍——夕阳用暖暖的色调随意涂抹出的这样一幅画面，深深吸引住一个从连部走出来的人。那个人极有兴趣地走到门前的那块巨大的礁石上，让目光追随连长和他骑的那头小毛驴渐渐远去，然后看成一板着面孔露出很凶的样子粗声粗气地朝某个部下无名地发火；而那个部下却一点儿也不生气，只是笑，笑容十分灿烂……

那个人就这么久久地站在礁石上观看，看得心弦禁不住悄悄被一只无形的手拨动了一下，于是有响声在胸膛引发出共鸣，其声如钟，深沉而又洪亮。与此同时，一抹晚霞飘落在他佩戴着的中尉肩章上，把本来就很有光彩的金星，映得铮亮。

奇 袭

连长，你看。

身旁有几只手臂伸向天空，成一便看见了那朵史无前例的云。

在这座面积只有0.15平方公里的小岛上，守岛时间最长的就数上尉连长成一。成一熟悉海上各种各样的云，唯对眼前的那朵感到陌生和新奇。那会是什么呢？有兵在身边迫不及待地问。它该是什么就是什么呗。说完，成一很用心地眯住眼睛把目光投向远处。

这时候夏日的太阳暖暖地悬挂在我们语言够得着的高度。闷热的空气突然间开始有了流动，那清新湿润的风带着它特有的淡淡的海藻咸腥气息悄悄漫向我们小说中的人物，使他们不同程度地感觉到突破燠热重围的好受。

在成一的正前方，位于海面上接近高天之下系有一朵黑色的云，背衬阳光镀亮的蓝天显得十分醒目。成一第一眼看见它时就觉得它非同寻常。它急速膨胀着自己的身体，轻而易举地就把其中的某个部分夸张、变形，然后将越来越繁荣昌盛的阴影投向海面。成一注意到仅仅五分钟的光景，它便施足化肥般数十倍地茁壮成长，且发展趋势不容置疑，铺天盖地将注定成为它的最终结局。那会是什么呢？尽管成一没有直接回答兵的问话，但我们知道他忍不住会问自己的。成一最初想过是突如其来的风暴，然很快就否定了，他的关节没有异常的感觉。常年驻守海岛，他的身体自会忠实地向他发布可靠的天气预报。成一还想过鸟群，因每年都大批的候鸟途径小岛；然一是季节不对，二是鸟们没有这等阵势尤其是这等速度。那么，究竟是什么呢？成一心中无数。

　　天空明显失却光亮，那黑色的云极为出色地在短时间内成功地占据了一多半空间。蓝天继续被贪婪扩张的云大口大口地吞食。空气中传来微微振动的迹象，我们看见成一想从中捕捉什么，但经不住风的吹拂，刚有思绪萌发，便被迎面而来的风儿掳走。这时随着黑云的接近，成一意识到要有什么事情发生，他用两眼的余光扫了一下身边的官们兵们，从他们面部紧张而略带恐惧感的表情上更加确定自己的想法真实无误。成一想喊大家走，但不知怎么嘴巴张了张却没发出声来。因为成一忽然发现黑云中泛有无数细碎的亮点，如同银屑闪烁，他知道这是抵近观察才有的结果。而那亮点顷刻间谜一般吸住成一，直到驾着疾风的黑云倏地坠落小岛，直到周身骤

有人敲门

然有了针刺般疼痛，成一才像梦醒般大喊了一声，撒腿狂奔。

至此，前所未有的蝇群袭击小岛事件就这样被我们作为故事的一方面重要内容，责无旁贷地如实写进了这篇小说。

完全是一瞬之间，连长成一从脸上狠狠地拍死一掌拚命吸血的苍蝇时，方知灾难降临。接下来便是逃窜。事后成一记起当时逃出宿舍时曾有过惊心动魄的一瞥：真他妈的惨，惨透了！昨天刚由警备区机关召开庆功会宣布荣立集体二等功的他所在连队的官们兵们，无一例外地在蝇击下狼狈不堪抱头鼠窜⋯⋯

宿舍门被撞开时，上尉连长成一和中尉指导员石文泰一前一后以冲刺的速度扑了进去，然后凭着生存的本能，不约而同地钻进各自的蚊帐。

一阵拍拍打打，消灭了蚊帐内随身带进的苍蝇后，坐在凉席上喘息的成一惊呆了。他看见四周的蚊帐上落满了苍蝇，原先洁白的蚊帐因此而呈现出脏兮兮的灰暗。尤其令人恶心的是，蝇们大约嗅出成一身上散发出的气味，竟贪婪地将针一般长长的嘴巴从纤维的缝隙中肆无忌惮地伸进来，竟让帐篷内四壁冷不丁地生长出一片毛茸茸的恐惧。

我们看见成一感到一阵寒冷袭来，裸露的皮肤上立时暴起密密麻麻的微型"山峦"。他用手使劲搓了搓，"山峦"依旧岿然不动。于是恼火的一声一扬起臂愤愤地照着面前的嘴们一记猛掴，顿时嗡地一声，光忽亮，蚊帐瞬间恢复了原有的洁白。

趁蝇们被击飞的片刻空隙，成一透过蚊帐看见了屋里的奇异景象。天呐，怎么会是这样的啊！成一心里禁不住唤道。在他不安的目光里，成群结队的苍蝇饶有兴趣地卧在四壁的墙面上，以胜利者的姿态向他快活地张望。桌上、椅上……所有的平面都染成了黑色。有数只极为得意的苍蝇很有耐心地注视着踩在脚下的一本属于成一的工作笔记本，那样子很像是企图窃取连队军事情报的间谍。位于墙角脸盆架上的一盆水，现在不动声色地成了蝇们的游泳池。盆中有不会水者在拍翅打转转，而更多的是漂浮不动的蝇尸。成一和石文泰的手枪，转眼之间很随意地就被袭击者改变成既笨重又陈旧的那种类似装在木匣内的驳壳枪，悬挂在墙上很像是演戏的道具。尤其不忍目睹的是从天花板上垂下来的电灯线，因卧满了苍蝇而显得异常粗壮，警棍一样戳在空中，好像随时都有可能击打在你的头上，令人望而生畏……环境不再是熟悉的模样，陌生使一切变得很离奇、虚假。成一忽然发觉在小小的蝇们面前，人反而高大不起来了。

这时，被驱走的蝇们迅速返航，昏暗又回到成一的身旁。成一生有空气稀薄喘不过气来的严重感觉。忽然间他想到了连队，想到了那些亲如兄弟的兵们，他们现在怎么样了？

蚊帐门被撩开，腿还没有着地，苍蝇便不失时机地朝成一扑来。立时，有飞行物撞在成一的眼睛上。随即闭目，上下眼帘竟夹住一物，软软的，有翅直忽扇。接着，脸上数十处招致叮咬，成一不得不撤回两腿，关严帐门，然后抡起巴掌使劲朝腮帮上猛拍。

被困住出不去了。听到响声,指导员石文泰焦急地说。

成一不吭声。成一赌气似的消灭着入侵之敌,把两掌拍得乒乒乓乓响。

过了一会儿,拍打声停了,成一看着被蝇尸污染得脏兮兮让人恶心的两只手掌,真想大喊大叫一番才好受。海边的苍蝇叮咬人,但像眼下这类空袭者们能用锋利长嘴刺透军装,下口如此狠毒的,守岛多年的成一还是头一回遇上。面对突然发生的严重灾情,毫无思想准备的成一一时竟觉得十分的无能,堂堂男子汉,先进连队的连长,却连帐门都出不去,惨,真他妈的惨透啦!

想到这,成一悲愤地攥拳朝蚊帐上群集的苍蝇击去。

拳落处大放光明,成一透过蚊帐,目光一下子就系在挂在墙上的挎包上。那包里装的是防化服,训练时常用。

成一眼睛一亮,连忙伸手捏住帐子使劲抖了抖,趁苍蝇被轰走的空隙,撩开一角,跳下床,摘下两只挎包就往回跑。

你在干什么?石文泰问。

有办法了。成一动作麻利地穿上了防化服,让弥漫开的淡淡的橡胶气味把自己包裹得严严实实。成一说,咱俩分工,我去一、二排和后勤,其余的归你。说着成一跳下床,把另一只挎包塞给石文泰,然后我们目送着小说中的主人公恍若科幻电影中的外星人,一身臃肿地匆匆走出宿舍,走出苍蝇叮咬的范围。

一路踩死不计其数的卧在路面上的苍蝇,上尉连长成一挨个看望了他手下的官们兵们。还好，成一每进一屋第一眼看见的就是四周掖好的蚊帐，那是眼下安全的显著标志。偶然吗？细想，却又很必然。当初成一毫不犹豫地钻进蚊帐，完全是受潜意识的支配。他觉得英雄所见略同，大家准和他一样，容不得多想就那么做了。然让成一唯一感到不自在的是，他的连队是全警备区响当当红火火质量全面过硬的先进连队，竟十分可笑而滑稽地在小小苍蝇的袭击下，所有成员不得不躲进蚊帐以至于寸步难行！

暴雨如注。

上尉连长成一手握秒表尾随被抽查的五班的兵们奔跑着，在他的身后依次是警备区少将司令员以及前来小岛参加现场会的各团队的主官们。说实话，成一太喜欢这场大雨了，它来得突然，竟与现代战争中军人们惯用的奇袭手段十分雷同。成一想，幸好有这雨，否则眼下的考核准会逊色许多！

成一对所属建制班的军事技术了如指掌，他知道抽查任何一个班，考核的结果都必将一样。现在他之所以要握块秒表，尾随队后，并非是不放心，那完全是一种习惯，或者是一种形式而已。

突然，一组靶子在前方隐现，几乎同时，枪声响起；接着，又有一组靶子竖在雨幕后，随即被奔袭的士兵们用子弹洞穿……

有人敲门

考核结束，连长成一看见佩戴少将军衔的司令员和那些考核者们的面部，纷纷荡漾起湿漉漉的满意的微笑。其实这种微笑来自成一的预料之中，所以成一这时反倒平静了，平静得心海无风无浪……

不想倒好，想到这，成一很是恼火，却又很无奈。

大家的情绪不错，见到连长有说有笑，没哪个显露出懦弱，这对成一此时此刻多少是一种安慰。

见部下们纷纷嚷着要下床打苍蝇，成一制止住。成一说一是苍蝇太多，超出了我们的想象；二是没有那么多工具，条件欠缺。他要求大家先按兵不动，休息待命。

接下来成一来到总机班，把连队的二十门小总机挪进班长的蚊帐里，给营部挂电话汇报岛上发生的情况。

营长接的电话。

营长说成一你别哄我闹着玩儿，我们的岛子离你不远，所有的苍蝇加起来屈指可数。你呀，是找借口想让我到你连队住两天吧？

成一哭笑不得，怎么全世界的苍蝇都集中到我们岛上来了，莫非它们要召开国际性的会议？……最后成一只好对营长说信不信由你，把汇报结束得十分潦草。

其后成一与石文泰通了话，两人简单交换了情况。石文泰说想召开个电话会议，面对蝇袭，稳定思想。总之要找事情做，不能让大家在蚊帐里闲着，闲着会出麻烦。成一没意见。成一想这是你政工干部轻车熟道的事，你就看着办吧。

　　就在指导员石文泰紧锣密鼓地准备召开全连电话会议的时候，连长成一在我们的目光里按照小说情节进展的需要走进了炊事班的宿舍。正是在这间不大的屋子里，成一由一张未放下蚊帐的空床想到了一个人，于是我们看见他顾不上自责，连忙打电话给指挥排排长，命令他们全排带上雨衣，迅速出动，紧急增援相距不远仍在养猪场的饲养员！

　　连长成一抢在指挥排之前赶到养猪场的时候，那里发生的最悲壮的一幕竟完整无缺地在他的视野里得到了充分的展示。那头雄健的花公猪，许是不堪忍受苍蝇残酷的叮咬而羞辱万分地挣扎着从饲养员怀中大吼一声奋力跃出，然后几步腾跃，义无反顾地冲上悬崖，接着拼尽全力把沉重的身子抛向空中。伴随最后的呐喊，一道美丽的弧线消失，海面溅起了雪白的浪花……

　　作为目击者，成一站在高高的崖头望着脚下汹涌的波涛，喉咙里似乎被什么东西堵塞，沉沉的，滋味很不好受。

　　成一咽了两口唾沫，转过身来。

　　成一看见下士饲养员王有福一张栖满苍蝇的脸，心如刀戳般痛了一下。成一抬起臂把手伸向王有福。来时远远地看见王有福跟着那头花公猪身后追撵，成一只注意到他穿了雨衣，眼上罩着风镜，没留心细瞧他的面部。而当王有福定格般一动不动站在成一的面前时，成一几乎认不出他来了。那么多苍蝇贪婪地吮吸他的血，他怎

有人敲门

么不撑呢？成一伸出的手禁不住颤抖。

就在连长成一的手快要触到王有福的黑色脸颊时，被王有福挡住了。王有福说，赶走了还会来。新来的咬起来更厉害。

尽管王有福说话的声音不大，但我们看见戴着防毒面具的连长成一还是从对方艰难启动的嘴形上听明白了话的大意。成一的眼睛倏地湿润了。从理智上成一懂得王有福说的不无道理，然感情上却实在接受不了。于是成一坚持着把手伸过去，在饲养员王有福的脸上抹了一把。

我们知道将要发生什么。果然，随着连长成一手的移动，苍蝇极不情愿地离去，裸露出王有福一张血肉模糊的脸来。王有福朝着连长微微一笑，竟把成一吓了一跳。天呐！成一心里喊道。他一把拉过王有福想看个仔细，谁知刚刚驱散的苍蝇又飞了回来，片刻之间，这位下士饲养员的脸上又严严实实地遮上了一层黑色面罩！

有福！成一声音整个儿变了调，他的手伸出去，骤然停在王有福的面前。这时候成一意识到刚才的举动是多么愚蠢，他不能再让眼前这个兵吃二遍苦受二茬罪了。于是成一把手伸向自己的防毒面具。

拿着！成一递过摘下的面具。

王有福不要。

王有福转身就跑。这时指挥排赶来了，成一让兵们截住王有福，然后用雨衣裹住他裸露的面部，派人把他送到卫生员那里去。

安置好王有福，站在卧满苍蝇的猪圈矮墙前，成一看见圈内连连叫唤惊恐万分顶着一张篷布挤挤抗抗企图躲避蝇群攻击的猪们，就知道饲养员王有福为了它们做出了何等艰辛的努力。可以想象蝇袭之初，这个平时憨厚寡言面部总是挂着微笑的饲养员仅是去饲养房取了件雨衣，略略武装了一下自己，就返回到这里。是他孤身一人把连队的猪们集中到一个圈内，然后拖来篷布给猪们盖上。被蝇群叮咬的猪不会老老实实听从指挥安安稳稳躲在这临时建成的"难民营"里，这样王有福就走不开。王有福便用竹扫帚来回挥动扑打苍蝇力图使猪们安静。因为成一看见一把竹扫帚躺在地上，那姿势仍保持着一种搏斗的样子。成一还想象得出那头视死如归的花公猪不愿躲在篷布下苟且偷生，于是独自离群，吼叫着跃出圈墙，企图寻找一处没有蝇袭的乐土。饲养员王有福追了上去。王有福肯定不会顺利地捉住那头花公猪，他跌过两次或三次跟头，好不容易才一个鱼跃抱住了猪的敦实的后腿。后来又让它挣脱了。再后来，那头花公猪的悲壮结局就深刻地储进了上尉连长成一的记忆……

把篷布揭开，用雨衣将猪裹起来抬走！连长成一向前来增援的兵们果断地下令。

往哪抬？指挥排排长问。

还能往哪？连部会议室。成一接着又说，派人告诉卫生员，猪全部运到后让他关上门窗打一遍药水。记住，不要打多了，省着点儿用。

有人敲门

司务长打电话来,问午饭怎么吃?

那还用说,成一回话,让炊事班做呗。

对方没吭声,过了一会儿,把电话挂了。

指导员石文泰说,还做什么啊,每人一袋压缩饼干,一听水果罐头,各自在自己的蚊帐里开伙,先填饱肚子再说。

那晚饭呢?成一道。

等天黑定了,咱们下坑道,到哪时,吃呀睡呀什么不都可以解决了!石文泰说,太阳一落,只要你不有意去打扰苍蝇,那些可恶的小东西便安分守己一个个卧在那里老老实实犯困儿。咱们便趁机开拔。坑道密封程度好,苍蝇进不来,即使咱们住个三五天的又何妨?

不能说没有道理,只不过成一咽不下这口气。

众多目光纷纷向他射来,致使成一有一种类似在阳光下行进的感觉,他觉得自己被暖暖的气息包围着,包围得很是精神、快活。这时候成一大步走上舞台,他从司令员的手中接过由军区颁发的连队荣立集体二等功的锦旗,然后在如潮的掌声和照相机闪光灯的频闪中,高高地举起了那面紫红色绣了字的金丝绒旗帜,举起了巨大的荣誉……

然而此刻成一觉得刚刚荣立集体二等功的堂堂先进连队,竟然在蝇袭之下表现软弱无所作为,实在是一种莫大的耻辱!所以成一想了想，说我看午饭还是做吧，让炊事班锻炼一下没有坏处。

你呀，石文泰笑道，好胜心也太强了。

成一说，还是你了解我，把我看得很透。我就是这样的人，不然会跟自己过不去。说完，成一拔腿就走。

亲自做饭去？

亲自。

真是挡不住的诱惑？

挡不住。

石文泰就笑。

成一也笑，笑得无足轻重。

不多会儿，我们的目光跟随这位上尉连长来到了伙房。

现在的伙房，纯属蝇们的占领区。凡是能卧的地方，都让那长着翅膀的小东西心安理得地栖歇着。一眼望去，门窗、灶台、锅盖、面板、盆盆罐罐……覆盖着厚厚的一层灰黑色苔藓，把平时大家看惯了的熟悉环境改造成一片陌生。

成一走到水池边，用手挥了挥，撵走数十只毫不情愿离去的苍蝇，然后拧开水龙头。

水哗啦哗啦淌出，溅起成群的栖在池底的苍蝇。竟有几颗大胆的苍蝇落在成一防化帽的眼罩上，使他的目光受到了打击。成一连忙驱赶，然后关住了水龙头。成一看到，随着水的不再坠落，飞动的蝇们重返旧地，它们纷纷伸出针一般的长嘴，在湿漉漉的池底吮

有人敲门

吸着,那样子显得十分惬意……

过后,成一得知最初蝇群袭来的时候,毫无防范的炊事员们正在收拾早餐用过的盆具,是被蝇们追咬的兵们闯入伙房躲避,才使得空袭者前呼后拥极顺利地通过大开的纱门,进入了室内。这样一来,纱门不能成为阻止入侵者的防线,自然厨房里的兵们待不住了,于是他们夺门而逃,以至蝇们轻而易举地占有了这方空间;以至现在成一置身苍蝇的重围之中,深刻地感受到纱门纱窗在关键时刻竟是如此地形同虚设。

面对四周一片片灰黑,先于成一到来的司务长和炊事员们竟然束手无策,桩一般戳在那里不知如何做饭是好。他们你看看我,我看看你,接着不约而同地把目光投向连长。

成一自从走进伙房,心里头就不踏实。但这时候他知道自己的一举一动举足轻重,便内紧外松,尽量做出一副胸有成竹的沉着样子,很是镇静地四处观察了一会儿,然后站在了与伙房相连的仓库门前。

打开它。成一用手比划着说。

身穿防化服的炊事员们立即明白了连长成一的意图,那就是仓库里不仅存有粮和菜,更重要的是没有可恶的苍蝇。

门很快打开后又很快关严,我们看见成一指挥炊事员们消灭了随身带进的一小撮讨厌的东西后,纷纷摘下了面具。

仓库里并不流通的空气竟使进入其内的官们兵们感到新鲜无比,他们一边甩着面具里的汗水,一边贪婪地吞食着。

没等大家的气息喘匀,成一便分工到人。于是一个兵去烧水,一个兵去往水龙头上套橡皮管以便把水引入仓库,其余的人负责淘米和洗咸鱼。成一说中饭简单点,就蒸个鱼吧。

接下来,大家便忙。

橡皮管很快接进仓库。

米很快淘净。

咸鱼也已洗好。

但放水烧锅的那个兵却返回了仓库。这饭根本没法做!他说我往锅里放水,苍蝇一个个奋不顾身地朝水里面栽。我一看不行,总不能熬一锅那玩意儿汤吧,就连忙刮锅,重新放水。我用锅盖压住水管儿,只留一道缝。谁知就那么一点儿空隙苍蝇也不放过,好奇心十足地往里面钻,这不,等水放得差不多了,锅里又浮了一层小动物,沾了水的翅膀直扇乎!后来我就又换水。可是任我怎么换,锅里的水都不干净,只好……那个兵看看连长,为未能完成任务而感到难过。

面临困境,成一显得十分从容,他表情依旧地对那个兵说,干得不错,只要尽力就行。接着他想了想,吩咐人去找卫生员,打药灭蝇。

灭害灵只剩一瓶,另一瓶为连部会议室临时改成猪圈做出了贡献。卫生员一个劲儿抱歉地说,早知道事先多准备几瓶就好了。

对付群集的苍蝇,灭害灵显示出了其特有的威力,药水喷打出去,坠落的苍蝇如雨,我们听到有物在官们兵们的防化服上纷纷击

有人敲门

打,演奏出一曲类似《雨打芭蕉》的民间音乐。

然这种音乐持续了一会儿就消失了。该落的苍蝇已安静地卧在地上;不该落的因药用尽,药性减弱,仅是不同程度地受到了创伤,却仍顽强不屈地在那里飞起飞落,闹得伙房里一刻也不安宁。这时候上尉连长成一明白无误地知道横冲直撞受了伤的苍蝇比身体健康的同类更难对付,它们横冲直闯,压根儿就没有什么规律。也就是说,面对如此状况,成一和他的部下们已束手无策无计可施。

莫非风暴隐蔽在鲨鱼群的身后接近小岛,然后趁人不备跃出水面发动了突然袭击?只一会儿工夫,前呼后拥的风暴就在岛上登陆了!

风暴猛烈地扑了过来,贪婪地想要掠夺守岛军人们精心种植的小菜地。那里有长势极好的辣椒、西红柿,还有韭菜和冬瓜……成一和他的士兵们决不相让。那菜地来之实在不易,泥土是大家从大陆一袋一袋用船捎进来的,菜种是军人们的亲属从家里纷纷邮寄来的,如今好不容易丰收在望,胜利的果实岂能让风暴轻而易举地夺去?!

成一和他的兵们用草帘盖住菜地。

被激怒了的风暴凶狠地撕扯着他们,把他们一次又一次地摔倒,把他们的军帽当飞碟玩耍纷纷旋转着抛向空中……风暴企图让他们屈服。但他们面无惧色毫不退却。

他们抱起石头，连同自己的身子一同压在草帘子的四周，让风暴感到无可奈何。后来风暴终于败走远方，当成一和他的士兵们掀开草帘时，护卫下的菜地，安然无恙，使他们又一次对战胜有了亲切而深刻的体验。

成一及时终止了对昔日某个生活细节的一往情深，他沮丧地朝兵们摆了摆手，宣布做饭到此告一段落。

至于吃饭，成一心想，只好委屈一把，按照指导员石文泰的意见，吃压缩饼干，开水果罐头了。

整个下午连队的工作由石文泰安排召开电话会议，进行动员，然后组织大家讨论。

于是我们的小说里就有了这样的情节，指导员石文泰躺在床上，手持话筒，通过总机，挨个单位点名：一排、二排、三排、指挥排、电台、炊事班……被点到的各部门负责人分别在电话里答——到！

现在电话会议暨抗灾动员会开始，石文泰大声宣布道。

喊什么呀？躺在另一张床上的成一心里说着，手上的听筒不由朝后让了让，这时石文泰的声音便小了一些。石文泰要求在他每句话后手持话筒的各班排长们当场向兵们传达。于是我们看见石文泰召开的这个电话会议很有些接见外宾的意思，他说一句，班排长们向躲在蚊帐里的兵们复述一句，其形式新颖，别开生面，不乏稀罕

有人敲门

与独特。

石文泰说，同志们，亘古未有的蝇群袭击小岛的事件发生了，成千上万不计其数的空袭者们乘着疾风，向我们前呼后拥铺天盖地地疯狂扑来……

电话里，各班排长们纷纷复述。

成一觉得耳朵成了鸟巢，嘈杂声就是那归巢的鸟儿。

石文泰接着说，这是大自然少有的景观，现在让我们碰上了，平心而论，是我们的一种幸运，同时也是对我们一次新的考验……

成一放下了话筒。

成一想，是啊是啊，是新的考验。下一步怎么办？如果还是这样窝窝囊囊缩在蚊帐里，那还叫什么先进连队！……于是不久我们便发现成一苦思冥想的结果，是把蝇袭看作一次极好的机遇，开展一系列防细菌作战、防化学武器袭击下的抗登陆作战、坑道生存演练等项内容的训练。

一专多能集训即将结束的时候，司令员来到了警备区的教导队。司令员对大家说，按照一专多能的要求，临时出个题目，以教导队的教员们编成一个班，由他亲自担任班长，看看参加集训的那个连队勇于挑战，敢来打擂台比试一番。

司令员说完，把目光扫向大家。

而大家的目光，却不约而同地落在司令员面前一字摆开的手枪、自动步枪、冲锋枪、班用机枪、重机枪、火箭筒、八二无后坐力炮等武器上。这就是说，要想上台打擂，就要动真格的，熟悉并掌握各种武器的射击性能，拿出正宗的本领来，让学员战胜教员一回。

沉默。谁都知道打擂不易。

司令员说，怎么，看来缺少挑战者啊？

谁说的，成一向前跨了一步，走出队列，然后大声道，我们应战了！

站在成一身后的一队连队的官们兵们随即跟着高喊：

我们应战！

我们应战！！

其实蝇袭并不可怕，重要的是如何迎接挑战，采取某种形式勇敢地对待和战胜它。军人从本质上讲，就应当是斗士。这样想来成一很是兴奋，他浑身攒足了劲，得意地把一双手反复搓揉得沙沙作响。

上尉连长成一被小腹内鼓胀的尿憋得睡意全无。他看了一下手表上的夜光指针，然后穿上衣服，轻手轻脚地走出坑道。

此时是凌晨四时。

连队于昨天夜幕降临后，趁着苍蝇安静地原地不动之际，悄然进驻坑道。现在呼吸着新鲜空气的成一迫不及待地来到某块礁石前，接着忙乱地掏出家伙开始就地放水。

这会儿天还未亮，除天空悬有几粒明亮的星星外，四周灰蒙蒙的。此时一身轻松的成一晃了晃身子，然后扣好那个部位的扣子，不慌不忙地顺着一条蜿蜒小道朝岛的顶端走去。那里设有一个观察哨，成一没有明确的目的，只是想着去看看。

黎明即将来临，海显得特别安静，仿佛正孕育着什么，一副从容不迫的样子。夜色里，只听潮水轻轻拍打着岸边的礁石，发出阵阵呢喃，其声柔和而又充满了温馨。不知什么时候风停了，脚下的茅草不再随着空气的流动摇摆。偶尔，崖头一只海鸥嘀嘀咕咕说了几句谁也听不懂的梦语，使成一感到韵味十足，充满了诗情画意。

然就在成一接近哨位时，意想不到的事发生了。起先是起了风，风不大，却是这个季节里少有的西北风；接下来空中便有物体细碎地由疏而密向成一撞击而来，听到军装被击打发出噗噗的声响，成一愣了一下，然后下意识地向空中抓了一把。还没展开巴掌，凭感觉，成一明白手里攥的是几只苍蝇。成一想，一般天不亮苍蝇不飞，提前行动显然违反规律情况异常。正当成一细细琢磨之时，撞击他的蝇们更加密集，如同暴雨，击打得他裸露的皮肤麻酥酥的极不好受。于是成一转过身来，把背部留给疯狂的蝇们，一任它们把自己当作鼓去擂。

现在天开始见亮，微弱的晨光里，我们和连长成一一同有幸看到了一幕大自然奇观：成千上万只苍蝇乘着西北风振动着薄薄的翅翼，恍若听到远方某处神秘的召唤，不约而同地向东南飞去。它们奋力地拍击着空气，使空中奏响了低沉的属于它们的歌声。它们显得很有组织性，飞行起来秩序井然，一只只聚成一个巨大的整体，呈板块结构状，抛向空中，如同云朵，迅速地向天边射去。

怎么，这就走了？！成一禁不住心里慌乱地喊道。他忽然觉得失去了什么，深思熟虑即将付诸实施的训练方案竟然不费吹灰之力就被粉碎了，相比之下，蝇们显得太狡猾太有心计太有力量了！顿时成一生有遭受耍弄的那种恼怒而又无奈的深刻感觉，于是他忍不住朝着飞动的蝇群挥拳"欧——""欧——"使足劲儿叫喊了一通。

时间不长，蝇们便消失在灰蓝色的天空，小岛及时恢复了原有的色调，树呀、草呀、房屋呀、道路呀……统统获得了拨乱反正，呈现出其本来的面目。

这时成一向哨位望了望，然后改变主意转身朝连部走去。他觉得遗憾竟然很累人，累得他腿抬起来，沉重如负训练用的沙袋。

连部的门窗关闭着，走近，成一发现玻璃的后面聚满了急不可耐振翅欲飞企图追赶大部队的蝇们，以至于它们用身体形成了一道厚厚实实垂挂着的幕帘。成一见状，突然火冒三丈，他凶狠而粗暴地踹开房门，然后抡起巴掌朝着蝇们发疯般一阵猛拍。但拍着拍着，就停了下来，成一想，就怎么一小撮了，即使是把它们全消灭了又算什么本领呢？想到这，成一不由苦涩地笑了笑，接着打开所有的门窗，目送着余下的蝇们迅速离境……

不知何时，指导员石文泰出现在门前。

石文泰说，怎么着，心里头十分窝火，对吧？

成一瞥了他一眼，没吭声。

石文泰微微一笑，也难免，许多年来，我们习惯于把一些与某类重大目标根本无关的事情，主动而自觉地生拉硬扯着积极朝那个方向上靠，结果负载过重，生活中因此很累，往往轻松不起来，自己常常跟自己过不去。其实大可不必。苍蝇就苍蝇，他们奇袭而来，又突然离去，纯属大自然中的奥秘，与战争，与胜利，与先进，与荣誉，没有多少必然的联系，你说对不对？

成一听了，不由一愣。

成一想了想，抬起头来时，石文泰已经走了。石文泰的背影在成一的视野中晃啊晃的，竟晃成一叶行进的帆……

早晨，当起床的官们兵们走出坑道，奇迹般发现一夜之间袭击小岛的蝇们集体失踪的时候，正巧赶上我们的这篇小说结尾，于是我们看见他们一个个惊讶得目瞪口呆。

欲望之海

小谷和他的父亲老谷在同一个时辰同一个方向进入这片被潮水簇拥的礁丛。这时候的小谷不可能想到在这之后不久,他会神奇地成为渔岛一处流动的优秀风景,而老谷也不可能意识到他会成为这一奇迹的最初目击者。他们相视一笑,不约而同地取出钓具。此时阳光显得很是暧昧,有薄如蝉翼的雾在海面与细浪交头接耳。湿漉漉的风突然失踪了,其情景跟一部少儿不宜的电影中的某个镜头基本相似。

事后老谷说,完全是无意之间,他看见一只飞行姿势非常奇特的海鸥在碰落小谷头上戴着的草帽之后,转眼间不知去向。

事后小谷说,就在他的目光随着草帽在海面漂浮时,一个前所未有的发现,把他惊得目瞪口呆。那时候突然中断了一如既往的蔚

有人敲门

蓝，很容易地就把小谷的视野拓展到一个罕见的水底世界。小谷看见一丛丛奇形怪状的植物在友好的气氛中茁壮成长，那样子诱发小谷轻而易举地就把它们想象为古老的大陆架发达的胡须。这时有一只巨贝若无其事地看了小谷一眼，然后继续把那阔大的嘴巴一张一合，唱着人类听不懂但感觉充满柔情的歌谣。最让小谷兴趣浓烈的是成群结队的鲈鱼，透明的鳍骄傲地耸立在布有花纹的脊背上，在水中艺术地划出无数道无形的曲线。它们欣然接受小谷的目光时，小谷注意到它们恍若绸缎泛着光泽的身子越发柔软而多情，舞动的姿势也越发显得无比地精致。它们好似要与小谷做某种沟通，纷纷把语言符号热情地放出水面；而面对那些美丽的语体不断被浪花撞碎，小谷竟然朦朦胧胧感觉到自己具有了破译的能力……小谷当时非常兴奋地将自己的这一重要发现告诉了他的父亲老谷。

老谷说，这可能吗？

小谷想了想，也觉得没有可能。

于是小谷开始抛钩钓鱼。当他抛出的一弯银亮接近海面的时候，小谷看见自己的那顶草帽，悠然自得地乘着潮水的载托去远方旅行。小谷若有所思地望了一会儿那顶曾经为自己遮挡太阳的草帽，目光里很有些告别的意思，然后把注意力集中在抛出的鱼钩上。那钩儿顺着小谷的意愿扯着长长的钓线十分生动地朝着鱼群的方位精确地接近。很快，鲈鱼们争先恐后地朝着食饵扑去，小谷看见钩儿如同一弯浮游的小虾被一张挺漂亮的嘴巴吞没，然后钓线便被扯得直直。凭着手感，小谷明白无误地确定了自己的行为绝对处于一种真实之中。果然，不久，一条足有十斤重的鲈鱼顺利地被小谷拖上岸，其过程相当简单，简单得有如小谷在与低年级的学生玩一种早已玩熟了的老牌子游戏。

当老谷注意到自己的儿子非同寻常之时，已有七八条肥硕的鲈鱼横七竖八地在礁石上构成装饰风格很强的画面。起先，这位与海打了多年交道的老钓鱼人并没有意识到他的儿子是在海鸥撞落头上的草帽后一瞬之间获得了特异功能，只是以为小谷钓鱼的位置优越，就不辞劳苦地越过一座雍容的礁石，与小谷站到了一起。不过后来鱼们总是极有耐心地选择并扯住小谷的钓线悠然上岸，对老谷抛下的精美食饵始终心明眼亮保持着高度警惕，终使老谷丧失了继续垂钓的信心。大约是在小谷从海里拖上来第十五条鲈鱼时，老谷停下了手中徒劳的操作，反复打量着小谷，好像不认识自己的儿子似的，嘟哝着说，咦，怪事……

大约半小时过后，小谷看见水下的鱼们十分歉意地相互说了些什么，表情里流露出要走的意思。接着它们朝小谷非常友好地跳了一段约略属于水晶宫中历史悠久的传统舞蹈，然后才恋恋不舍地游向海洋深处。其时，小谷从容不迫地收起了手中简陋的钓具。

面对众人，尽管大家面部的笑容自然而真实，但小谷仍然从中很容易地看出了一些隐匿着的不信任。这很自然，小谷心想，如果换作他人，他也不会相信沉甸甸的两大筐肥鱼是一个孩子在一个星期天的下午用普通的钓钩创造出来的奇迹。

有人敲门

接下来，小谷知道自己该做什么了。小谷的手指开始痒酥酥地发胀，有一种情绪在心中弥漫开来，以至使他的眸子放射出不同以往的明亮光泽。这时候，小谷并没有意识到即将进行的类似新闻发布会的精彩表演会给自己带来什么样的后果，小谷只是有着难以抑制的表现欲，很想在大家的面前露一手，以证实自己的不同凡响。

可以了吗？老谷问。

小谷点点头，信心十足的样子。

老谷又问大家，开始吗？回答是肯定的。

那好，老谷得意地说，多了不钓，就十钩。地点嘛，任你们挑。

就在这儿啦！人群中有人大声地喊道。

当即小谷把自己利利索索地安置在那人指定的那个位置上。在小谷的背后，许许多多的目光集中而来，很是拥挤不堪。这时候，潮水不再上涨，海浪显得极有教养，就连涛声也失去了往日的雄威。小谷取出钓具，很自然地把目光伸进了海底，开始海底只有几条幼小的黄鱼在游动。就在小谷暗暗难过的时候，小谷的视线里潜入了一些红色的云絮，待仔细瞧去，来自远方的那些红色竟是一群加吉鱼。小谷知道这种鱼学名叫作真鲷，身体扁侧，背部稍微凸起，头大口小，侧线比较发达，是餐桌上珍稀的海味。特别是红加吉，肉质细嫩，味道鲜美，在市场上售价极高且抢不到手，很受酒家老板和鱼贩子们的青睐。眼下它们的出现，无疑具有神助的出色效果。于是心境转而风调雨顺的小谷默默向那片红云发出热情地呼唤。那鱼群显然善解人意，径直朝小谷游来，队伍整齐步调一致，看上去很有秩序。

在应当甩钩的时候，小谷恰到好处地把那一弯银亮轻松地安置在某一处水域内部，让它成为一个暂时的小小秘密。接着一条很肥嫩很鲜活很美丽当然也很有趣的红加吉被小谷拽离水面。每出水一条，小谷身后都溅起一片有如音乐般的赞扬之声。这时小谷觉得大家的激动都是由于他创造的结果，为此十分惬意和快活。过后小谷认为那种热烈氛围的获得绝对远远超出了钓鱼本身。

很快，十条红加吉真实地向众人展示了小谷的绝技，它们在礁石上旁若无人地跳跳蹦蹦，活泼地跃动着大家的一连串的满意。

有人喊，再来几条！

老谷满脸笑成一朵花，那就再甩两钩，凑足一打的数吧。

小谷笑笑，接着继续钓。当两条红加吉又先后钓上岸来，小谷出色的表演圆满而顺利地进入了尾声。经过一番讨价还价，十二条红加吉最终以每条三百元的价格，连称都没称，当场就被鱼贩子们提走了。当老谷兴奋地数着手中一大把钞票的时候，一只超低空飞行的海鸥，携一股湿润的气流从小谷的眉梢处大胆地掠过，牵扯住了他的注意力以至小谷很长时间都在注视着那只海鸥……

开始的时候，小谷很是自豪，觉得能为家里挣钱，每天每天都有大把大把的钱通过他抛出的钓线从湛蓝湛蓝的大海里拽上来，拽上来无比的欢喜与快乐。尤其是那些鱼贩子们，一清早就骑着摩托车来到他家门口，然后争先恐后满脸堆笑地掏出一大把钞票递给小

有人敲门

谷的父亲老谷，作为预付的订金，希望能得到若干条肥大的鲈鱼或是扁口或是加吉……到了傍晚，鱼贩子们又总是如愿以偿地取走货，让川流不息的摩托车群构成了小小渔村最新最时髦的一道杰出的风景线。平心而论，小谷喜欢看着鱼贩子们来，也喜欢看鱼贩子们离去，这一来一去，是小谷从中史无前例而又实实在在地感受到了自身存在的价值。

与此同时，小谷还无比深刻地感觉到自己的地位在家中陡然得到了提高。自从他有了钓鱼的特异功能，父母亲对待他便和以往截然不同了。他们总是在说话的时候笑容满面，竟连声音都变得柔和动听了许多。他们给他做好吃的，每一顿饭前都不厌其烦地问小谷想吃什么，只要小谷稍稍表示了自己的意愿，很快便能在餐桌上得到兑现。从某种意义上讲，这让小谷从中实实在在地获得了远比美味佳肴所具有的更大的一种满足。

再就是村里人对小谷的态度不同了，小谷只要走出家门，他就会感觉到后背一阵阵隐隐约约地发热，他知道那是众人羡慕的目光放飞出的鸟儿纷纷在那里栖歇的结果。小谷已经习惯了大家对他的评点，说他脱胎于龙子或是龙孙，或说他家祖坟风水好，近日紫雾升腾，云云。总之，小谷在乡亲们的眼里一下子由人变成了神。对此小谷并不反驳，相反，小谷竟觉得挺受用的。小谷期望着自己能够别具一格与众不同。

不过，时间不长，小谷就对这样的生活产生了厌倦。问题出在老谷身上，老谷显得是那样的贪得无厌，一而再、再而三地催促小谷去海边钓鱼，那催促明显地带有驱赶的意味，甚至不顾作为初中学生的小谷是否迟到或者旷课。这让小谷感觉到，如果他一天到晚不吃不喝地站在海边，机器人一般不停地用钓线从水里把各种各样肥硕的鱼拽上岸，那种发自内心的微笑一定会成为他父亲老谷面部最佳的表情。屈指细算，自从那个星期天小谷获得了某种特异功能之后，迟到、早退甚至旷课，已成为他日常生活中经常发生的事。小谷一方面对学习一往情深，一方面又不能摆脱钓鱼的巨大诱惑，于是小谷很是苦恼。尤其是班主任方老师多次上门劝说，并帮助他补习所缺的课程，让小谷每每感到无地自容。小谷怕见到方老师，觉得自己欠方老师的太多太多了。有时远远地见方老师朝他家走来，小谷便借机溜出去，一个人躲在村外的某个僻静处，直到天很晚了，才回家。

更让小谷不能容忍的是，小谷理所当然地成为村里想发财的人们盯梢和追踪的目标。你不是具有特异功能，能看见水下的鱼，能与鱼对话吗？那好，你上哪儿钓鱼，我就跟着你上哪儿甩钩。鱼光咬你的钩，对我的食饵不屑一顾对吧？没关系，我就在你下钩处撒网。海是大家的，有财大家发。于是你极想发火，却硬是无处发泄。

这样一来，小谷的钓鱼就成了影视节目中常见的类似地下工作者的一种行为。在老谷的具体策划下，小谷有门不走，专从后窗跳；早上不行，那就趁中午吃饭的时辰出发；再就是白天不行，改

有人敲门

在晚上行动……总之灵活机动的战略战术，是克"敌"制胜的根本法宝！

最叫老谷得意的是某一天晚上，祖祖辈辈都是渔民的老谷突然通过自我挖掘，竟然发现了自身隐藏极深的军事天才。因为当时老谷透过窗帘看见屋外络绎不绝晃动着的人影，于困境之中顿时眉头一皱，计上心来。于是老谷狡黠地发出一丝暗笑，然后吩咐小谷按兵不动，先由小谷的母亲从后窗跳出——当然，小谷的母亲是经过一番精心打扮，从背影上看几乎和小谷没有多少区别。果然，在小谷的母亲跳出窗口之后，门外守望者及时有了反应，有几个人大上其当地迅速尾随而去。这时小谷正欲潜出，被老谷拦住。老谷说，现在不行。看我的。说着老谷找一床单披挂在身，然后头戴一顶破旧草帽，紧压眉际，接着拉开房门，蹿入院子，而后身捷如燕，跃过墙头……此时，按照老谷事先安排，小谷这才安然无恙地摆脱众多的盯梢者，神不知鬼不觉地突破重围来到了海边。

那天小谷在夜色的掩护下，像是和谁赌气似的连连从水下拽上来一大堆金翅银鳞，事后让老谷一提起来就兴奋地合不拢嘴。

一夜在海边钓鱼，凌晨才满载而归的小谷，睡梦中仿佛听到了方老师说话的声音，于是他几经挣扎好不容易才醒了过来。小谷近些日子着实太累太累了，只要上床将脑袋伸向枕头，深沉的鼾声就会随时随地肆无忌惮地骤然响起。那时候即使是山呼海啸，恐怕也难惊醒小谷了。所以现在小谷凭着自己的努力，能够通过艰难跋涉，一步步走出梦境，实为一种罕见的不可解释的奇异现象。

醒过来的小谷起初不相信自己的耳朵，以为听觉出现了差错，方老师怎么会在上午到家里来呢？难道她不上课了吗？但很快小谷就从外屋传来的一声声对话中，证明了方老师的存在。

方老师说，上午没课，放心不下小谷，好在学校离你家不远，就来了。小谷呢？

老谷支支吾吾道，嗯，出去了……不在家……

方老师说，小谷已经有很长时间不来学校上课了，这不好。钓鱼可以安排在课余进行，作为学生，不能不读书啊！

方老师又说，小谷的学习成绩一向很好，不读书真是太可惜了。

老谷说，是可惜了……不过，学多了也没什么用。就是将来上了大学，毕业了还不是要找一份工作挣钱吗？再说一个大学生一个月又能挣多少工资呢？

接下来，方老师对老谷说了很多很多读书的好处，意思是小谷年龄小，不要光顾了挣钱而荒废了学业。

接下来，是老谷反过来好言相劝方老师，说是对她的一片心意全领了，意思是要她今后不要到家里来了，小谷能上学则上，不能上也就算啦……

隔着屋子，小谷凭借感觉，看见老谷取出一大把钱，递给方老师，对她以往的关心与帮助表示感谢。方老师拒绝了。方老师说作为老师她不能看着自己的学生失学而不管不问。

后来，方老师留下话，说她还会来的，接着就走了。

有人敲门

再后来,小谷听到父亲老谷的脚步声海鳗一般一点一点悄悄地向他住的这间房子游动过来。不一会儿,门便被老谷无声地推开了。小谷闭着眼睛,装作熟睡的样子,老谷心满意足地带上房门然后又轻轻离去了,然后小谷就从床上坐了起来。小谷觉得自己的脑袋十分沉重,沉重得如同一颗秋日低垂的结满了籽粒显得心事重重的向日葵。

钓鱼的日子,一天天地过了许久。鱼贩子们的胃口也越来越大,数量上与日俱增不断地加码,使得小谷每每完成预订的目标,都要付出极其艰辛的努力。

这一天小谷拖着疲惫不堪的身子回到家时,在门口遇到了他的一位同学。那位同学告诉小谷,方老师病了。小谷连忙问,什么病?同学说是癌症,已是晚期了。同学接着说,方老师是在讲课时昏倒在讲台上的。方老师被大家送往医院的路上,还想着你。她让转告你,尽快回学校上学,千万不要误了学习……

同学还没有离去,小谷就哭了。

小谷哭得十分伤心。

老谷急了,你这是怎么啦?

小谷说,我也不知道。

老谷说,大半天的功夫,就钓上来这么两条,还是小鱼?!

小谷说,我的眼睛不灵了,看不到水下游动的鱼了……

这怎么可能呢？老谷气急败坏地说着，一脸的乱云飞渡。老谷疑惑地看了看小谷，那样子恨不能由表及里一下子窥见儿子隐匿至深的所有心思。

其实老谷的怀疑是正确的，小谷言称钓不到鱼纯属是一种伪装。事实上，小谷在得知方老师病了的当天，于夜深人静难以入眠之际，做出了一个庄严的决定。小谷心想，不就是我拥有了钓鱼的特异功能，才妨碍了上学，整天为挣钱而成为偷偷摸摸见不得人的钓鱼的人吗？现在我把自己的这个价值毁掉好了，那样我就可以和普通人一样，过上正常的生活。

然而老谷不想轻易丧失继续发财的机会，他在足足打量了儿子数分钟后，决定亲自出马，陪小谷钓一次鱼。

不过老谷焦虑之中犯了一个常识性的错误，他严重忽略了钓鱼的主动权此刻依然牢牢把握在小谷的手里，当小谷站在礁石上像往常那样抛出钓钩，让那一弯银亮很潇洒地落入美丽的波涛之中，其实那只不过是小谷在父亲面前耍的一个小小花招，或按时髦的语言，是个漂亮的外包装而已。小谷的钓饵总是朝着没有鱼的地方抛落，老谷眼巴巴地只能看着小谷一次次拽出水面的空钩。

尽管如此，老谷仍然不甘心。老谷思索再三，忽然想起当初小谷获得特异功能之前被海鸥撞落头上的草帽这样一个著名的生动情节，于是老谷立即把无限渴望的目光投向天空。然而遗憾的是眼下所有的鸟类都回避开了，天空发出古怪的蓝色，以示与过去的那个幸运的日子相区别。老谷急了，万般无奈，他伸手摘下小谷头上的草帽，把它迅速扔进海里，结果等到那麦秸编织的一圈金黄缓缓消失在远方之后，小谷拉出水面的仍是一只只空钩。

随着小谷连续几天从海边空手而归，鱼贩子们纷纷在一片抱怨声中迅速离去，且不再登门。接下来，几乎是村里的所有人都知道小谷的特异功能被冥冥之中的一只无形的神秘之手收回了。但人们见到小谷，出于浓郁的好奇心理，仍然忍不住问，你这是怎么啦？

小谷说，谁知道呢？

小谷又说，它既然能来，也就能去呗。

这样的回答，让问及小谷的所有人都觉得理由充分，无懈可击。

许许多多的日子逝去得很清白很纯净，其间小谷一心一意地上学读书，没有摸过一回钓具。

然而小谷不可能忘记生命中曾有过、且目前继续暗中存在着的特异功能。所以每当闲暇之时，小谷便会情不自禁地把往日钓鱼的乐趣当作口香糖反复咀嚼。小谷心想，那时候，可真神奇呢，你想从海里钓几条鱼，就可以钓几条鱼。大海仿佛是你的仓库，你随时随地都可以取到你所需要的东西……想得久了，终于在某个星期天的下午，小谷忍不住携带着钓具，悄悄地来到了久违了的海边。

依旧是那样的情景，站在礁石上，小谷看见越来越多鱼儿被自己的视线牵动；年轻的黄鱼们在唱歌中相互追逐游戏，活泼的海鳗们扭动着细长的腰身跳着美丽的舞蹈，加吉鱼们组成了一片耀眼的红云……那种气氛相当热烈而感人。这时,有一根羽毛在小谷的心间开始轻轻地撩拨。小谷取出钓具来,然后向着脚下蔚蓝的大海抛出来钓钩。就钓一条,小谷坚定的对自己说。

一弯银亮的钓钩缓缓沉入水中,小谷看见鱼们争先恐后地朝着食饵欢快地接近,恍若是在进行一次盛大的庆典。

这时一条肥大的扁口鱼奋不顾身地往前猛地一窜,小巧的钓钩便顺势滑入它张开的嘴里。见状小谷开始收线。透明的尼龙线随着小谷两臂快活地交替摆动,一圈圈落在礁石上,钓线的尽头,鳞光一闪,一片银亮即刻跃出水面。几乎同时,一种快感在小谷的深刻体验中海啸般迅速形成了高潮。

小谷快活得手舞足蹈。

小谷从银钩上摘下沉甸甸的收获,自然而然地又把钓钩重新抛向大海,这时忽然间小谷自己将一个动作急速固定在了空中。小谷悠地意识到,说过只钓一条的,说到就要做到。如果失去自控,放纵自己,昔日失学的危险以及人不像人鬼不像鬼白天黑夜颠倒着过的悲惨遭遇,随时随地都可能卷土重来……

然而,眼下的海里毕竟有着太多太多的鱼,且近在眼前,唾手可得,小谷不能不受到其巨大的诱惑。小谷一时陷入了茫然之中。

苦苦思索着的小谷,在海边站了很久很久。其间,有一只美丽的海鸥,怀着浓烈的兴趣反复在小谷的头顶盘旋,它那阔大的翅膀几乎抚摸到了小谷的额头……

有人敲门

证明二题

物 证

你回到那间小屋。

身后"吭当"一声,门被关上了。仍然和第一次走进小屋一样,你注意到没有上锁的声音。但你知道门外日夜有人看守着,你的活动范围被限定在这十平方米之内了,于是你知趣地一次也没有擅自推开那扇小而厚实的木质门,给别人——准确地说,给自己,找麻烦。

屋里只有一张窄窄的木板床,因而不大的空间就显得空空荡荡。墙壁看得出亦有多年没有粉刷,不知什么时候从屋顶渗进的雨水在多处留下奇形怪状的暗黄色渍印。窗户开得很高，短短的几根铁棍就把蓝天有规格地肢解成竖条条。阳光似乎爬不上那么高的窗台，一整天只偶尔费好大劲探了一下脑袋，就不在朝里张望了。屋里光线阴暗居多。

你厌恶这间屋子，有一种被关在笼子里的感觉，但你不露声色，克制和忍耐程度表现得相当可以，甚至连你自己都感到吃惊。你不断告诫自己，肯定是一个误会，组织上很快就会弄清楚。在这间小屋子里待几天只是暂时的，受点委屈算不了什么。

在这十平方米空间，不是站着就是躺着。站不如躺舒服。你来到这间屋里三天多了，多半都是在床上度过的。眼下你走向那张板床，后脊梁把铺着的薄薄的小褥子压得"咯吱吱"响。

那响声持续了一阵子完全是你故意弄的。心里烦躁，弄得声音大些似乎好受。你想，那年你才十五岁，跟首长当通信员，仗打得好好的，就接到命令要部队撤往山东。当时很多人想不通，国民党向解放区大举进攻，我们不狠狠地教训教训那些龟子儿，反而大踏步地掉转腚撤退，这打得是哪门子仗呀？首长问你是怎么想的，你挠挠脑袋说，没怎么想，反正上级命令撤，自有撤的理儿。首长笑了笑，便再也没谈这个话题。后来你就跟随部队往山东撤。当你们按照行军路线来到位于苏北的东海县安峰山，再往前就将进入山东地界时，中了敌人的埋伏。敌人把你们铁桶一般地围起来，机关枪响得像爆蚕豆。尽管你们竭尽全力突围，但冲出去的只是极少数人，几乎全军覆灭。那场难忘的灾难性战斗中，你是幸存者。

有人敲门

难道就因为幸存，才需要如此审查吗？刚才那个搞专案的同志好凶啊，拍着桌子要我坦白从宽抗拒从严，瞧那阵势好像证据确凿已经定了案，我是十恶不赦的反革命分子了。去他娘的！老子还是堂堂的一县之长、共产党员呢，就是现在谁也没把它抹去！镇压反革命运动，是镇压那些疯狂地进行破坏，严重危害我国人民的革命和建设事业的，被推翻的反动势力，惩办对人民、对祖国犯有严重罪行的首恶分子，清除那些帝国主义的奸细，与老子根本沾不上边！你愤然地翻了个身，将面贴向潮湿的散发的青苔味的墙壁。床在你的身下，发出了几声呻吟。

你心里说，荒唐，真他娘的荒唐透顶！让我交代，说为什么那次事件牺牲了那么多人，偏偏我这个没有多少战斗经验的少年却顺利地突围出来了？为什么我的首长"光荣"了，我却全身完好没碰破一点皮？为什么敌人事先知道部队的行军路线，在安峰山早早埋伏好了，不是我利用通讯员之便探得消息透露给了敌人又是谁……你当时真是气得够呛，按照以往的脾气，你很可能要忍不住拔出盒子枪朝那个搞专案的同志脚下搂几家伙，让枪子溅起的泥土吓得他非尿湿裤裆不可。可你没有盒子枪了，你现在是被审查对象。于是你压住火，强迫自己打嘴角荡起一阵微笑，然后没作任何解释，便不吭声了。

显然你的态度使对方感到受到嘲弄，他把桌子拍得更凶啦，好像桌子碍着他的事或是桌子就是反革命分子似的。他要你不要带着花岗岩脑袋去见上帝，说你的罪行我们早就掌握了，现在只是给你一个宽大处理的机会，如果你不抓住这个机会老老实实地交代，人民民主专政就对你不客气了，云云。直到后来你担心把那同志彻底惹火了对你不利，才把当年突围的过程讲了一遍。你说，我讲的都是实话，希望组织上调查核实。那天敌人在腚后紧追不舍，危急之中我跑进一个名叫丁庄的小村子，在村里一位大嫂的掩护下，躲过敌人的搜查，才逃得一命。现在那位大嫂还在，村上人都喊沈嫂子。她家门前有一棵歪脖子老榆树，树桩老得烂了个大窟窿，能藏个小孩。一到那，不用问，就能找到。

第二天，你躺在床上呼吸着墙壁上淡淡地带有苦涩的青苔味，心想，搞专案的同志肯定派人去丁庄了。丁庄在邻县，离这里百十里路，骑脚踏车去顶多五天就可打个来回。

又过了一天，快到送晚饭的时分，你望了望窗外被铁棂整齐地割开的一条条长方形天色，估计调查情况的人这时候该进丁庄了。你屏住呼吸，侧着身子将耳朵眼对着窗外静心地谛听，果然听到远处传来几声叮当叮当的脚踏车铃铛声。好像还有孩子的喊叫声。你想一定是在村头小沟里摸鱼的孩子们看见脚踏车进村，大睁着新奇的眼睛，兴奋地跑过去，簇拥着脚踏车和骑车子的人，叫着喊着朝村里走去。

对那个村子你很熟悉。你当县长的时间还差一个月零三天才满一年。在任此职之前，你是丁庄所在的那个区政府的区长。要不是工作有成绩，组织上是不会提拔你的。那会儿你是个相当称职的

有人敲门

区长，所辖各村哪个村不去过多趟。大王村的村长爱喝酒，酒量不大，一沾酒就醉；李庄的支书是个老革命，抗战那会儿就入了党，苦就苦在没文化，进步慢；白集子的村长喜好骂人，骂的那脏话，女人没法听，常有妇女来区里告状……你待在区里年把，对那里的人和环境摸得透熟。此刻，你就是闭上眼睛，脑子里也能显得出那两个调查情况的人眼下进村后走到哪儿了。你恨不能遥控指挥：喂，再往前走，过了那个屋山头往左拐。对啦对啦，不要停……瞧见那屋顶后的榆树树冠啦？绕过这个屋就到了歪脖子榆树跟前了，冲着树的那扇门就是沈嫂子家。

当年你就是这么来到歪脖子树下的。不同的是，你的身后有追兵，乒乒乓乓的枪声不时在耳边炸响。你像一头被狼群追撵的小动物，满眼透露出惊慌。汗珠子止不住地从额头往下滚，偶尔哪颗落进眼里腌得眼睛花了，你不得不抬起手背在忙乱中胡乱地抹一把。你大口大口地喘息着，剧烈的奔跑使胸脯急促地起伏。你感觉到实在跑不动了，再跑心非从嘴里蹦出来不可，这时你迫不得已地撞开了那扇冲着歪脖子榆树的门。

门打开时，沈嫂子和她的丈夫立即停止了哭嚎。跪在一具寿材前身着孝服的她和他一起回头看见了你。沈嫂子的丈夫那时约略只有七八岁的样子，吓得嘴巴张成O型，缩成一团，偎向他的媳妇，那情景事后想来很像雏鸡依偎在老母鸡的翅翼下。你呆住了，一时竟不知道如何是好。在这个人家的小院子里，三个人中毕竟沈嫂子岁数大些，显得比你和她的小丈夫老练。她一句话没说，从地上爬起来，飞也似的跑过去把门关上，然后拉住你的手就往屋里藏。可是屋子太小了，里外间竟没有一处好躲。沈嫂子又把你拉出屋，她的目光在小小的院子里扫了一周之后，落在那具寿材上。那是具薄板做成的棺材，白潦潦的，没上漆。你看见棺材板上裂有缝隙，好像很不结实，用手指轻轻一捅就能捅个洞儿似的。这时屋外的枪声更近了，好像追兵专门冲着这屋里人放的，空气中竟弥漫着一股火药的味儿来。沈嫂子倏地把手搭在棺盖上，立时又拿开了，就像掌心下是块被火烧烫的砖。你看了她一眼，她的脸色苍白，鼻尖上沁出的一粒粒汗珠子在阳光下晶莹透亮，放射出光芒。她垂着头，用牙齿使劲地咬着那两片本来就失血的嘴唇，那劲道好像把嘴唇咬上几个窟窿就可以把你藏在里面似的。你忽然觉得不能再待下去了，那样会连累这家人的。这家人正在办丧事，已经够不幸的了，你不能眼看着人家遭殃。于是你抬脚就朝门外走。准确地说，你才迈出一步，沈嫂子就一把抓住了你的衣服：往哪儿走？不要命啦！她说着双手一掀，棺材盖就在不大的声响中揭开了。躲进去！沈嫂子对你说。那声音不高，但短促、有力，绝对有着一种不容抗拒的力量。你看见棺材里躺着个面色蜡黄的干巴瘦老头，窄窄的棺材底对他来说是足够宽敞的，以至他的左右两边还余出许多空地。他好像很满足地睡着了，下巴颏上的几根稀稀拉拉的胡子竟然在空气中被风轻轻地摇动。你犹豫起来，尽管你才十五岁，身子尚未完全发育，其干瘦程度仅仅是比棺材里的老者稍稍好一些，但要真的躲进去，怕会挤着那个老头儿的。你身子便往后缩。刚缩，就有两颗

有人敲门

枪子在头顶不远处炸响。追兵的咋咋唬唬叫喊声已经从村头朝这里飞快地蔓延过来。沈嫂子推了你一把,快,快进去。接着她在你往棺材里伸腿的时候,用低低的声音念叨说,公公,对不起你老人家了。你要是在天有灵,保佑保佑我们吧。那声音后来就变了调,肯定是沈嫂子忍不住哭了,只不过是你往棺材里去没看见。你把那个老头朝一边挤了挤,身子还没挨着棺材底,就听见头上轰隆一声,棺材盖遮住了光亮,黑暗把你挤得连气都喘不顺畅。这时你听沈嫂子的声音从寿材缝隙处渗进来,像游丝一样。不许瞎说,听到了吗?要是说出去了,我就不要你了,今后你一人过。她的小丈夫嗯嗯地答应着,过后说怕,害怕。莫怕有我哩!这时,枪声一下子就被推到很远的地方炸响。沈嫂子说,哭,快哭!过了一阵子,她丈夫猛地嚎啕大哭起来。你估计很有可能是沈嫂子见她丈夫愣愣地待在那里,着急了,迫不得已才在他腚上使劲拧了一下,拧出了刚才的效果。

哭声越来越显得悲切的时候,院子的门被枪托一阵猛击砸开了。足有一个班的国民党兵用阴森森的枪口对准跪在地上面向寿材大哭的这家人。这个情景是你从棺材的缝隙处看见的。刚进棺材时眼睛不适应,过了不一会儿你就看见有道光亮划破了黑暗。你从那光亮处朝外窥视,能看见大半个院子里的景儿。你看见涌进视野的敌人,第一个心里就扑通扑通地一个劲儿响。响得你生怕声音传到棺材外边去,恨不能用手把蹦蹦跳跳过于活泼的心摁住才好。

一个国民党当官的把手枪一扬，嘴巴张了一下，七八个兵就向屋里走去。你没听清那当官的讲的是什么？估计可能是搜！

不一会儿，搜查的士兵又回到院子里，仍把枪口对准身着重孝的夫妻俩。

有人来过吗？

没有。

棺材里躺的是谁？

公公。

那当官的朝棺材靠近，再靠近……缝隙的那道光亮消失了，显然被那家伙身子遮住了。接着头顶上轻轻响了几声，是手拍击棺盖发出的，你断定。

怎么死的？

病死的。

什么病？

麻风病。

嘿嘿，恐怕不是吧？

是的。长官，你看，莫说是村里人不来帮忙，就是亲戚也没有来奔丧的……

走走走！他娘的你早不说。晦气……

那道光亮又出现了。你看见那伙子的人争先恐后地逃离院门。

你后来一直在沈嫂子家藏到后半夜，见村子里一点动静也没有，才离开她家。在此期间，你没有问沈嫂子的公公的死因。沈嫂

有人敲门

子子也没向你提及。不过从你后来没有染上麻风病的情况来看，沈嫂子对敌军官说的那话，纯粹是为了掩护我而吓唬敌人的。可见沈嫂子当时临危不惧，多么机敏。

就这样你把往事用记忆的筛子过了一遍之后想，沈嫂子这会儿该接待那二位搞外调的同志了。她一边讲，一边在院子里打着手势比划着，告诉来人那会儿哪里放着棺材，她和她丈夫跪在哪里，敌军官被吓得怎么个狼狈样子……你感到很满意。你想，当年沈嫂子救了我一命，这一次也是救了我的命啊！

接下去的两天你过得无比轻松。你开始站着比躺下的时间多了。你在小屋子里背着手散步，就像在你那间宽敞的办公室里思考问题时那样。有时，你兴趣很浓地研究墙上的水渍印迹，竟发其中有一片曲曲弯弯的不规则形状像你任职的那个县的地形图。有时，你还高兴地哼两句早年根据地的小曲。你是十二岁那年到部队，先是在文工队演了两年戏，当通讯员还是后来的事。当然你有时还走近屋门，透过门上的小窗若无其事地朝外看看……总之你觉得你的问题立马就要解决了。你甚至已开始设想走出这间小屋时怎样给那个凶神恶煞的搞专案的同志一个难堪，教训教训他今后怎么样辨别谁是敌人谁是好人。

果然不出你的所料，到了第五天的下午，你被带去见搞专案的人。你觉得外调的同志一定将情况向有关方面汇报了，你此去将会接受因为误会而导致的必要的赔礼道歉。

然而，事情的发展恰恰走向你美好想象的反面，搞专案的人见你来了，越发凶狠。你态度不老实！告诉你，企图蒙混过关，那是痴心梦想！

你一愣，忙问这是怎么啦？

还怎么啦，沈嫂子人倒是有一个，可她说她根本就没有救过你！

不可能！绝对不可能！！你喊道。

我们派人调查过了，告诉你吧，不要再动脑筋编那些个动人的故事了，还是老实交代问题吧，抵赖是没有出路的！搞专案的人严肃地说。

……

又回到那间小屋。

又躺在那张窄小的板床上。

又是面向着潮湿的散发着苦涩青苔味的墙壁。

你怎么也想不通为什么沈嫂子不认账了呢？事情过去仅仅五年的时间，凭着当年沈嫂子掩护我时的那个机敏劲儿，她不可能这么健忘！何况我向搞专案的同志详细介绍了事情的经过，即使沈嫂子一时记不起来，只要外调的同志提到安峰山事件，提到那天置放在院子里的棺材，提到她是如何吓唬敌人说她公公死于麻风病，她肯定会回忆起如何掩护我救我一命的种种细节。

也许正因为往事不可能忘却，你对沈嫂子不承认救过你感到不可理解。你曾问过搞专案的同志，是不是近一年来沈嫂子得过什么病，不然不会这个样子。你强调诸如伤寒、脑炎、神经受到刺激什么的，会引起人的记忆力极度衰退。谁知你刚表达出这个意思，搞专案的同志就把你的话给堵了回去。这方面我们调查过，沈嫂子身体一向很好。村子里的人都说她强壮得像个男爷们。

你绝望了。沈嫂子，沈嫂子，你不是坑害我么？！当年你冒着全家被杀头的危险，在敌人的枪口下把我救出死亡的境地；如今你活得好好的，强壮得像个男爷们儿，却把本来没有危险的我推向了火坑。你可知道你不承认救过我将会给我带来什么吗？这样，我幸运地突出重围幸运地受到你的搭救却将成为捏造的谎言。除了你，目前尚无人证明我的那段历史了。残酷的战斗，使那些本来能够为我作证的首长、战友们纷纷成为先烈，永远受到了人们的怀念；而从枪林弹雨中冲杀出来，按照命令胜利突围的我，却有可能被当作国民党打入我军的奸细或者是出卖革命先烈的罪犯受到惩罚。我现在是有口难辩了。我的任何申诉都有可能由于失去信任而被驳回。等待我的将是铁窗，漫长的刑期和强加于我的耻辱。一想到这些，我就觉得完了完了一切都完了。你才二十出头就担任了一县之长，本来前途相当远大，给这一搞，革命到此就可能打个问号了。你还想到那个漂亮的女大学生，经人介绍她与你见了一次面就说爱上你了。她非常敬佩你十二岁就打日本鬼子了。尽管你跟她说你那时在文工队演个小放牛踩个高跷什么的，但就那些在她眼里也够光彩夺目的了。她常让你给她讲当年的斗争故事。当然安峰山的突围也是让她为之激动不已的经历之一。然而，现在她还会爱你吗？还会为你的革命斗争史激动得热泪盈眶吗？你已意识到，你刚刚体验到的甜蜜的爱情也可能到此结束了。由此你很恨沈嫂子，恨她为什么在如此重要的关键时刻不能按照历史的本来面目如实地为你做证！

连续三天，历史上和现实中的面目不同的沈嫂子着实把你害苦了，你一遍又一遍地琢磨，也没有想出同一个人的今天和昨天怎么会有这么大的差异。你的心情越来越沉重，整天都像一只受伤的小兽蜷缩在墙旮旯的窄窄的小木板床上。明明很疲惫很困乏，可就是睡不着觉，一闭上眼就会清晰地看见丁庄的那棵歪脖子老榆树，那个白潦潦的寿材，那对身着重孝的夫妻……你不止一遍看见那伙子敌人争先恐后地逃离院门，然后沈嫂子和她丈夫的哭声渐渐小了。当稀稀拉拉的枪声像一个更远更远的地方滑去的时候，村子里的狗也安静了许多不再狂吠了。这时你眼中的你才觉得脖子上有什么东西在轻轻地拨撩，痒酥酥的。好不容易腾出手来一摸，才晓得是那老头子的胡子蹭的。你和死者几乎是脸贴脸了，这完全是因为你需要伸长脖子把眼睛抵近棺材缝朝外观察的结果。你在如此狭窄的空间躺着，就像被两座山夹在中间，头、脖子、腰、腿、胳膊，哪个物件都感到摆的不是个地方，于是在敌人远去的一瞬间恢复了的知觉作怪起来，你各处都被硌得疼，想活动一下又不行。呼吸也困难，显然棺材里缺氧。要不是木质差，有几处缝隙，这会儿你早就死过去了。你后来曾暗暗庆幸地想过。

由于空气的缺乏或是你的脖子伸得更长，使劲地朝那道缝隙

有人敲门

处凑，这时你注意到跪着的沈嫂子一边警觉地听着院子外边的动静，一边站起身来，她示意丈夫不要动，自己却蹑手蹑脚地向院门接近。她把被风吹乱的鬓发向上捋了捋，将耳朵贴在门上。估计外面没有什么人走动了，她才把门拉开一条缝伸出头去看。直到没有看到可疑的迹象，她方把门闩插死，走回原先跪的地方对丈夫耳语了一阵。只见她丈夫点点头，神情紧张地到门口听动静去了，沈嫂子便向你的方向走来。你忽觉着头脑里轰隆一声发出低沉的闷响，顿时光亮和新鲜空气一下子泻了进来。你被强光刺得睁不开眼睛，但潜意识告诉你，脱险了，救命的恩人就在你的眼前。你迈着麻木的腿爬出棺材，当即就跪倒在沈嫂子的跟前。沈嫂子急忙扶起你。她没有说话，只是把你拉到近前，弯下腰为你轻轻地拍掸着刚才下跪时膝盖处沾着的土灰。你忽然产生了那种儿子在母亲面前的那种感觉。其实沈嫂子看上去顶多比你大三四岁；其实你打未记事起你的母亲就死了。在你记忆中，你从未体验过母爱。现在竟不知怎么蹦出这种念头来的，让你自己都搞不清楚。当时你任沈嫂子为你掸土，心里头热浪翻滚，连自己也没有感觉到泪水什么时候就放肆地溢出来了，并且有两滴迅速从脸颊滑过，然后滴落在沈嫂子的背上。也许是沈嫂子感觉到背部泪水的轻轻叩击，她直起腰来，仍然一声不吭地为你抹去挂在脸上的泪。你说我要走了，今后一定要来报答你。沈嫂子说，瞎说，大白天的往哪走？快进屋里去！你就不可抗议地乖乖跟着沈嫂子进到屋里。沈嫂子从一个包袱里找出两件衣服，丢在炕上要你换。你估计这身衣服是她公公的，因为你在

085

棺材里躺着和那个老头子长短差不许多。你换下的军装和身上披挂的所有用品全部被沈嫂子卷成一团塞进炕洞里了。身着老百姓衣服的你只要不张口说话,看上去就和当地人差不许多。后来你就在屋里藏的,直到后半夜,沈嫂子才在你怀里揣了几张煎饼,把你送出门……

眼下你躺在被你压得咯吱吱响的木板床上,怎么也找不到当年的沈嫂子和今天的沈嫂子两者之间有什么必然的联系。就像个非猜不可的谜一样,谜底越埋藏得深,越是叫你别无选择地去破译。但这个破译的过程相当折磨人,你已经被折磨得几乎变了个人。虽然没有镜子,你看不到自己逐渐消瘦的模样,可你从床上拾到的脱落的几根白发上完全可以判断出短短几天来自己的变化。你才二十出头,本不该有白发的啊!

几天来搞专案的同志多次要你交代问题,你能交代什么呢?如实地不止一遍地交代了当年的情况,他们说我顽固、狡猾,不老实。那我就不好再说了。如果我按你们需要的去交代,你们可能很高兴很兴奋,终于抓住了隐藏很深的反革命了,然而我对得起自己,对得起培养我的组织,对得起历史吗?那样做我才是真正的不老实啦!所以我没法子交代了,你们看着怎么办就怎么办吧,我相信我由此受到的一切委屈今生得不到公正的处理,来世一定会得到很好的解决。现在就权当那年没有突出重围,牺牲算啦!

牺牲?对,牺牲这个词很耐人寻味。

有人敲门

你狠狠地翻了个身,把床板作为发泄的对象,然后残忍地听着脊梁压迫下的褥子的惨叫。

这时门开了,是送饭的进来。你一日三餐都由人送。这叫隔离审查,怕你通过什么途径和什么人偷订攻守同盟什么的。

你一点食欲也没有,尽管感到很饿很饿,但反常的是你无意中看见放在水泥地上盛着饭菜的搪瓷碗竟从床上一骨碌爬起来,然后连鞋都没顾上穿就扑上去端着碗凑在眼前仔细地看,那副神态好像是在考证手中的文物是出自商代还是汉代。哎呀呀,真该死,真是该死,我怎么这些天天天看见它就没想起来呢!你喃喃自语道。碗在你的手中缓缓地转来转去,你的面部出现了多日不见的笑容——幸好送饭的进来把饭菜搁下就走了,不然准以为你神经受不住刺激疯了!

你没有疯。你的头脑一瞬间变得非常好使。此刻你从手中的碗一下子让思维跃过五年多漫长的岁月把另一只碗连在一起了。你清楚地记得当年突围时你腰带上挂的一只用布袋装着的碗。你的枪炸膛后不能使了就被你扔掉了,但那只碗却没有扔掉,一直被你带到沈嫂子家。你爬进棺材那会儿,布袋里的碗还硌过你的腰呢,你想起来了吧。后来那只碗在你换上沈嫂子她公公的衣服后被沈嫂子用军装裹起塞在炕洞里。到了半夜,沈嫂子在一次外出望风后显然考虑到军装塞在炕洞里不安全,就把那包衣服拿到院子里埋在朝南的那堵院墙下了。当时你要去埋,沈嫂子没让你出屋,她自己去的,你透过微敞着的门看得清清亮亮。这就是说,如果没有在再挪地方,那军装裹着的碗还在那墙下埋着。军装可能早已烂了,但搪瓷碗还会存在。存在的碗将是当年我在沈嫂子家藏过的有力的物证!

想到此,你极度兴奋地第一次擅自打开小屋的门,冲出去大喊大叫:我有重要线索报告!我有重要线索报告!!

后来事情就变得简单了许多,外调的人回来证实的确在沈嫂子家的南墙下挖出一些与你所提供的情况非常吻合的物件。搞专案的那个同志的态度也陡然改变了,当他告诉你外调的情况时你留心他说了"向你汇报"的字眼,起初你还怀疑是不是自己听岔了,但从他又递烟又沏茶的热情劲上证实一切都是真的。他还向你十分诚恳地表示,在他工作中存有不足之处,希望你批评帮助,并给予谅解。说你是年轻的老同志了,经得起组织的考验,很值得他敬佩值得他学习。你觉得他活脱脱变成了另一个人,只不过变得太快了,使你在感情上怎么也扭转不过来。你对他的态度与他对你的态度截然相反,不知他怎么对你热乎起来的,你想。还有什么需要我做的吗,他在"热乎"了好一阵子见你仍冷冰冰地没有好脸待他的时候,他结束了"向你汇报",问道。你犹豫了一下,急切地说,我想知道,沈嫂子她为什么不为我作证?

搞专案的同志愣了一下,欲言又止,一副挺为难的样子。

有啥说啥,痛快些。你显得迫不及待地催促道。

据外调的同志说,他们找到物证后也向沈嫂子提出你刚才提出的问题。沈嫂子让他们去问你。

有人敲门

问我？

对。沈嫂子说她当年救你完全是应该做的事。多少年过去了,她从来没有想过今后图你什么报答。可是她要问你,一九五〇年春天你到他们区政府当区长,前后有年把时间,怎么就没有来她家里坐坐,哪怕工作再忙,咱们不提当年那事儿,只是喝口水,总是可以的吧?可是你没有。有几次了,你和村长说政府的事从家门口经过,她就站在那棵歪脖子老榆树下,你只是向她看了看,像认识又好像不认识,就走过去了。她说她心想你工作处理完会回来的,她就在树下边纳鞋底边巴望,可是一直到天黑,也没见你回来。她说需要证明当年的事了,才想起她来。她说她把过去那事忘了,忘光了,一点影子也记不起来了……

你静静地听着搞专案的同志说完,一声不吭地走了。你是怎么回到那间小屋的,连你自己也不知道。你一直不停地责怪自己,是啊,在那地方当了年把区长,怎么就没去沈嫂子家坐一坐呢?我一上任就想着去看她,可直到离职调到邻县当县长竟怎么没安排一个时间呢?的确,当区长那会儿我在多种场合见到过她。记得第一次见到她时我还曾暗暗惊叹过了这些年她一点也没有变,甚至比当年年轻了少许。沈嫂子说得很对,我还朝她点过头,然而一次也没有找她啦啦,当面谢谢她的救命之恩……

想到这,你内疚万分。

你不由向自己发问:难道我当了官就真的忘了本吗?

不,绝不可能。那样说如同搞专案的人强加在我头上的那种莫须有的罪名一样叫我不能接受。扪心自问，我没有忘记那年沈嫂子是怎样救我命的。我曾说过报答她，我后来事实上的确这样做了，只不过方式不同。我当区长时拼着命地工作，抓生产，搞合作化，支援抗美援朝，打击阶级敌人的破坏活动……一刻也没闲着。我想，只有这样才是报答沈嫂子的唯一的最好的选择。身为区长，如果不能改变区里的面貌，不能让翻身的农民过上好日子，即使我去看望沈嫂子，除了感谢当年的救命之恩外，好像也就没有更多的话好说了。后来，我所在的那个区成为全县公认的工作最好的模范区，足以说明我这个当区长的是肯下力气肯流汗水实实在在地为老百姓做事的了。

想到这，你原先产生的道德感又消失了，心里觉得踏实了许多。

但仅仅这些就能成为你不去看望沈嫂子的理由吗？

显然不能。

……当天下午，你就恢复自由离开了那间小屋。

离开小屋之后一直到今天，你都解释不清当年究竟为什么在当区长的年把时间里没有去看望沈嫂子。

真的，谜一样。

人　证

五年来，唯独丈夫那一夜不在身边，可他们大老远地来到这里，却偏偏要提及那一天的事情，香儿很是为难。她悄悄抬起眼皮

有人敲门

瞅了一下丈夫,瞧他正用疑惑的神情看她,心里好一阵慌乱,于是连忙将目光移向别处。

你再仔细想一想,那天下午有一伙国民党兵跟着腚后紧追我们的一个同志,这个同志跑到你家,是大嫂你掩护了他。后来他在你家藏了一夜,第二天天麻麻亮,是你把他送出村的。来的两位政府同志中的一位说。

香儿不吭声,好像在想什么。

沉默。

两位政府同志互相看了看,还是那位刚才问话的人说:好好想想。那个同志个头猛。唔,比我要高出半个脑袋;块头不小。脸膛黑红黑红的,天庭开阔,浓眉大眼;嘴唇略有些厚。口音是胶东人,说起话来瓮声瓮气的。

香儿仍不吭声。

香儿,说话啊,有还是没有这事儿,你跟政府的同志说说。香儿的丈夫王有财一旁催促道。他的话语里,分明有着掩饰不住的恐慌。

屋子里三双眼睛都盯住香儿那张小巧的很受看的嘴。政府的同志手里都攥着钢笔,只要她一说话,摊开的小本子上就会落下记录的字行。

空气一时仿佛凝固了。沉重是此刻共有的感觉。

打破这种感觉的是香儿四岁的儿子栓栓。这个小东西不知从哪儿和小伙伴们疯了一阵,脸上又是汗又是泥脏兮兮地跑回家,进屋就朝香儿扑去，一个劲儿嚷嚷饿了要吃煎饼。香儿弯下腰来抱起栓栓，一边用手抹着儿子头上的汗，一边说妈给乖拿妈给乖拿，就丢下面前的三个等待她说出什么的男人径直朝锅屋走去。

就要走出这间屋了，好像被身后的目光牵住似的，香儿停了下来。她转过身，朝那三个男人笑了笑说：没影子的事儿。从来没有当兵的踏过我家门。我一个胆小怕事的女人也没有救过你们的什么人。说完，她抱着栓栓走了。

搞外调的政府同志见香儿答得那么肯定，也就没再问什么。只是临离开她家时留下话，说如果以后需要，他们还有可能来麻烦她。香儿只记得这两个人一个姓赵，一个姓钱。她心想，赵同志钱同志哎，今后你们可别来了，五年前的那事，我不知道什么都不知道。

自打政府的同志踏进她家门槛，香儿就觉得平静的像河水一样的日子被投进了一块石子儿，闹得不大那么安分了。这不，政府的同志刚走，她就觉得身上落着一种异样的目光。那目光是丈夫有财的。虽然她时不时地装作不大在意地瞅丈夫一眼，看见有财的目光与她的目光撞击的一瞬间对方慌忙地躲向别处，但更多的时候她却分明感觉到丈夫在偷偷地看她打量她，似乎要把她重新琢磨一番的意思。真的，隔着衣服，她都能清晰地觉察到他的目光在后背移动时的灼热。香儿知道有财的老毛病又犯了。

香儿不住地对自己说，身正不怕影子斜，我该怎么样还是怎

有人敲门

么样。然而鬼晓得怎么搞的,一个下午净出岔子,明明是去井台挑水,到了地儿,才发觉忘了带井绳;明明是想贴一锅糠菜饼子的,揭开锅盖,却往里倒了满满一锅水……香儿真担心被丈夫有财看见这手忙脚乱的样儿,好像做了什么亏心事一直瞒着他似的。

天黑了,香儿拾掇好锅碗瓢盆,然后把儿子栓栓哄上床睡觉。栓栓起先还要她答应明天给他编个蝈蝈笼什么的,无奈疯了一天,玩得太累,头一挨枕头困劲儿上来,不多会就睡着了。香儿给儿子掖了掖被子,看丈夫蹲在墙旮旯那一堆山芋跟前抽旱烟,长长的烟杆上戳着的铜烟头一明一灭,使得丈夫的那张毫无表情的脸在昏暗的油灯下忽阴忽阳地变幻着,不知怎么,她心里挺怕的。

栓栓他爸,早些歇着吧。香儿怯生生地说。

没理睬她。趁烟头明时,香儿见丈夫眼皮耷拉着,好像根本就没听见她的话。

香儿想,坏啦坏啦,犯老毛病啦。嫁给他五年多了,哪天晚上要她喊过他歇着啦?都是他催她呢。好像一天之中他最喜欢的就是这个时辰。有时你都明显感觉到他在焦急地巴望日落;天一抹黑他就来了精神。人说做那种事儿三十如狼四十如虎,他还差四岁才够如狼的年纪,却早就赛过狼和虎啦。长年累月的,就连她都觉得有时候受不住了,可他的劲头依然十足;即使是农忙的日子里,他也没闲过。然而今天完全不是那么回事儿了,喊他歇着他都听不见了,硬是心里头跟自己过不去呢。

她又喊了一遍。

他只是嗯了一声，没挪窝儿。

香儿心想，你别给我冷脸儿看，我有法子治你呢。她就去脱衣服。她故意弄出一些响声来，一件一件地脱，然后一件一件地扔在脚头的床架上。后来都脱去了，她让蚕豆粒大的油灯头漫向四周的金黄色的柔和的光泽，在水一样细嫩的肌肤上停留了一会儿，见含着烟杆的丈夫仍不理会，便又装作拍打小虫叮咬似的，伸出手来，在丰满的胸脯上轻轻拍了两下。她知道丈夫听得懂这是从哪儿发出的声响。她想他一定是要抬起头来朝她弄出声响的地方看的；而且只要一看，就不会再蹲在那里吸旱烟。然而，香儿很是失望，明亮起来的烟头映照着他依旧是那般模样。她一赌气，钻进了被窝。

有几颗湿漉漉的小东西从脸颊上滑落，香儿觉得很委屈。她完全是为了这个家啊……

有财，你不要这样待我，这样我心里难过啊。你要知道，你是我的恩人，我报答还报答不过来呢，怎么敢背地里去做有负你的事。

我都跟你说过，我是个苦命的人儿，自打记事起，就不知父亲是谁母亲是谁。六岁那年，把我连同一条薄薄的到处绽露棉絮的小包被一起从路旁捡来、喂养我长大的老奶奶病死了，就有个什么人把我领进城，然后卖给一家妓院。妓院的老鸨是个矮胖胖的女人，她见我脸模子好，眼睛大，一笑两腮露出浅浅的酒窝，挺讨人喜的，就留下了我。她要我喊她妈妈。她给我饭吃，每天要我给她

有人敲门

端茶倒水点烟捶腿打扇子儿。后来我长到了十岁,一天,城里不知打哪儿开来了军队,满街都是乱窜的兵。妓院的生意一下子兴旺起来,太阳还没落,就有许多嫖客涌了进来。我的那个妈妈可忙坏了,一会儿张罗茶水,一会儿招呼哪个姐姐接客,矮胖胖的身子像是旋转的陀螺,被看不见的一把鞭子抽打得滴溜溜转动。我看见汗水从她的额头上淌下来,在一脸涂抹着的厚厚的粉上尽情地留下一道道渍印,很是觉得滑稽;像看耍猴一样,我挺开心的。

可我开心得太早了,倒霉的事还在后面呢。我那妈妈见客人来得太多了,那些个姐姐们接待不过来,就想起了我。她气喘吁吁地跑来要我换件衣服,打扮打扮,然后去接客。我一听就哭了。我说我不,我还小,才十岁,求求妈妈了。她说她妈的,十岁还小哇!老娘给你吃给你喝给你穿要的就是你去给我挣钱,要不养你干什么?!我跪下了,一边磕头一边说,行行好,饶了我吧。我不接客,我情愿一辈子服侍你老人家……她听后冷笑一声,老人家?我还不老呢!今天客人多,告诉你,连老娘都去接客啦,别说你了。你说你到底去不去吧?我哭着说不去。她就拿鸡毛掸抽打。打得累了,她就把我交给老四。老四是妓院的保镖,长得样子像是凶神,院子里的姐姐们没有哪个不怕他的。他把我像提小鸡一样提起来往地上一扔,然后三下两下就把我身上的衣裳剥去了。他说你去不去吧,不去老子破了你的瓜,然后再用烟头烫你……

后来我就成了诸多的姐姐中的一个年纪最小的"姐姐"。老鸨给我取了一个好挂牌子的名儿叫香儿。

我打十岁就接客，直到八年后离开妓院，在这期间受到的那个苦真是三天三夜也说不完。

在我所接待的各色各样的嫖客中，最使我胆战心惊、毛骨悚然的是身穿黄皮的国民党兵，因为第一个肆意糟蹋我，把我的贞洁毁掉的是个国民党的老兵痞子。那个家伙论年纪足以是我的爷爷了，但不管我怎么磕头求饶仍然把我摁倒在身下，饿狼一样凶狠地打开了我瘦小尚未成年的身子。直至到现在，每当想起那天的情景，我的心都会打颤。

幸运的是后来你来了。你说你来过很多次，都是点的名字要的我。我一点印象也没有。每天都有一大堆人到这里来，别看我是笑脸相迎，其实来的是谁我从来不往心里去。我就知道来的那些嫖客都是畜牲，仗着有钱，抓一把票子朝这地儿一扔，就可以随心所欲地从我们这些苦命的女人身上寻得一些乐子，觅得一份开心。当时我像对待每个来客一样，想尽快让你得到你想得到的东西，然后早些打发你走。但你好像没有急于要办那种事的意思，而是缓缓地品着茶和我聊起来。你问及我的身世后，说愿不愿意从良？我以为你是闲得无聊拿我们这些烟花女子开玩笑，只是应酬似地说愿意，心里却想，哪有这等好事呢！你说你想赎我出去，然后要我做你的妻子。我根本不信这话是真的。不过你走后我倒是记住了你，因为那次你来我这里只是喝了一壶茶水，并没有沾我的身子。这在我沦为妓女的八年中还是第一回。我琢磨不透你怎么和其他男人不一样，莫非最近才得了阳痿？因为你说过你以前曾来过多趟，并总是奔着

有人敲门

我来的。

仅仅两天过后，你果真把我赎出了烟花巷。我走出妓院时真不敢相信是真的，总以为是梦，以至和你一道生活了七八天，才的确觉得我的命好，遇上了恩人。

后来我随你来到家才知道你姓王，名有财。其实那时你没财了，有财只不过是空有其名。你家原先开酒坊，生意兴旺，可你总是喜欢嫖女人，钱都给你送往烟花巷了。你爸看着逐渐败落的家，临咽气前，伸着颤抖的手指点你刨开床下的青砖地，取出早年珍藏的最后一笔钱，要你赎个烟花女子来家好好过日子，否则再这样下去，命就难保了。你是遵照你爸的遗嘱把我接出妓院的，从这点上讲，我非常感激我的未见过面的极其圣明的公公。因而每到公公的祭日，我都要跪在他的亡命牌前给他老人家点三炷香。

我当了你的老婆后，因为我有那么一段在烟花巷度过的日子，所以你对我很不放心，生怕我背着你去偷男人。其实你错了，我当妓女是逼出来的，并非我心甘情愿，完全是为了活命，没办法才干哪种营生。我现在是你的女人了，报恩还报不过来，怎么会干出对不起你的事来呢！

有财，我的恩人，不要这样对待我。我知道你是为我好才这样的，我不怨你。你快上床歇着吧，我等着你，等着你哩！

香儿一起床就觉得头昏昏沉沉的，不是因为没睡好，严格地说是丈夫有财一夜没碰她光溜溜的身子。她的身子对有财比任何烧酒都有诱惑力,但他竟然……香儿懂得其中的原委,心里又是难过又是委屈。

有财失去了往日对她的亲热劲道,从床上爬起来到屋外墙根狠狠泚了一泡尿,回来后就端着一碗饭蹲在门槛上吃开了。吃完,把大海碗舔了一遍,然后又递给家里养着看门的狗舔,一直舔到不需要香儿再涮了,就地一放,将筷子横担在碗口上,他就拿起锄头下地去了。从起床到离家整个过程,别说没和香儿说一句话,就是眼皮抬都没抬起过一下。

自从有财把香儿领回家,有财家算是彻底败落了。酒坊的一切家什都卖了,只剩下他和她住的这两间小屋。不过,却因祸得福,一九四八年淮海战役序幕揭开时,这片土地就解放了。人民政府成立后,划成分,有财家被划为下中农。

既然王有财是下中农,便分到一块土地;既然有了土地,要生活,王有财就得侍弄庄稼了。他操着锄头离家后,香儿便小心谨慎地操持家务,生怕哪方面做的不到家,惹起丈夫的不满。

中午,香儿照例把饭菜送到地头。有财远远见她来了,装作没看见,等到香儿喊了三遍,才低头耷脑地走过来,他就像没有香儿这个人似的,端起碗就朝嘴里刨食;蹲在地上,整个儿拿背和腚对着香儿。香儿听着他嚼饭的呱唧呱唧声,想说什么,又忍住了。她默默地摘下头上的破草帽儿给有财扇凉风。待有财吃完,香儿拾掇好碗筷,刚说了句栓他爸,有财便起身下地了——他是有意不理睬她哩,香儿心里难过得泪水扑簌簌直落。

有人敲门

好容易熬到傍黑，有财在香儿格外小心翼翼地盼望中回到家来。香儿连忙端上菜。菜是一碟炒黄豆，上面撒了些细盐末；一碟凉拌黄瓜，切得很薄的瓜片片上，有一撮蒜泥，散发着特有的清香味儿。两碟菜前有一壶烧酒。有财是酒坊之子，天生似乎就爱喝酒。她把酒盅和筷子摆好，就退到一旁远远地看着有财吃喝。她巴望丈夫喝好酒顺了气，对她重新好起来。

栓栓看他爸喝酒，就凑到桌前去，有财就用两根胡萝卜粗的手指捏几粒炒豆儿给他。栓栓吃完了还要。他又捏了几粒放在儿子张开的小嘴里。香儿怕儿子搅烦了有财，就把栓栓哄去睡觉。待栓栓睡着了，她就在一旁悄悄地看丈夫喝酒。

今晚有财酒喝得猛，一盅一盅地往嗓子眼儿灌，全然不像以往那样平和。香儿看着他喝，心里不好受，就怯怯地劝了一句，栓他爸，别喝了吧。有财不理她，又连喝了两盅，头也不转地冲着酒盅说：香儿，你过来，我有话对你说。香儿就过去了。她巴不得他说话，好像一整天就等着这个时辰哩。有财酒气熏人地说，香儿，你说，我对你……好不好？好。香儿答。那你就对我说实话。嗯。我想你来我家后，我只有一个晚上不在家。那还是五年前的一天。那天我忽然记得一个老主顾欠了我家的几坛子酒钱，就去讨。临走前我曾一再嘱咐你不要出门儿，晚上早早歇着，把门拴好……你还记得这事儿吧？有财问。有的，香儿连忙说。那昨天正午的两个同志来说有个解放大军躲在我们家，还在屋里过了一夜，可有此事？香儿看了看丈夫那双血红的眼睛，说，你怎么又想起这事儿来了？有财叹了一口气：我怎么听着政府的同志说了后，越看栓栓，越觉得儿子脸膛黑红黑红的，天庭也开阔，眼也大，眉也浓，嘴唇也有点厚哩！栓他爸，你可不能瞎说，香儿急了，儿子是你的种是你的种啊！有财看了看香儿，说，那你说真话，那天有没有解放大军来过？没有，没有！香儿态度很坚决。有财说，我不信。我发誓，香儿扑通一声跪在丈夫面前，我跟了你之后如果再沾惹别的男人一下子，该当雷打电劈，一辈子不得好死！有财听香儿此话，也扑通一下跪在她的对面，伸出双臂搂着香儿：香儿，香儿，我错怪你了，我错怪你了……

有财和香儿就这么双双跪在地下互相搂抱着，一个怨自己不该错怪妻子，一个说也是丈夫对我好才这样的。两人说着说着不再说了，只是搂着，搂得紧紧的。过了好一阵子后，香儿才说，天晚了，我去拾掇碗筷吧。有财不依，明儿再拾掇，该歇着了。香儿便不再动那碗筷了，她知道有财说的歇着是什么意思。

很快这对夫妻就"歇着"了。刚进被窝，有财就把香儿搂在怀里，用比以往更加热烈地劲道去温存她，那样子好像是用实际行动，把昨晚的损失补回来似的。香儿很想让丈夫高兴高兴，可就是提不起精神来，思想老是不集中。但她又不能让丈夫感觉到这一点，那样有财的老毛病随时有可能再犯。于是她就尽量装作某种挑逗某种满足的样子去应酬他。好在她在妓院待过八年，八年里她对付过各种各样的人，在这方面已经具有职业性的很高的技能和水平。眼下她就很好地施展着她的故伎：有财需要她发出什么样的哆

有人敲门

哆的笑声和快乐的呻吟,她就按照他的需要制造出来送给他;有财需要什么样的挑逗,她也能顺着他的心思,把他撩得神魂颠倒。他把有财应酬得很满意了,就让脑子去想她要想的事。为什么在这种时候香儿要想那过去了的事,她也说不清。总之,她忽然有了这种欲望欲望,非要在这种时候想不可。

那是一天下午,有财走后我就按照他的盼咐早早把门关了,在屋里摊煎饼。我想有财去要账,来回要走百把里路,回来一定很饿。到时候吃上我的煎饼他准会很高兴。

不知什么时候,窗外传来了枪声,一阵比一阵紧。我心里很害怕,一是怕有财路上遇到什么麻烦;再是怕我一个女人在家,万一有什么事的不好交代。我慌得不行,连连摊糊摊破了几张煎饼。

后来枪子儿就在屋顶的什么地方炸响了。村里人喊狗叫乱糟糟的。不一会儿,就听咚咚的脚步声由远而近,接着门就被撞开了。我吓了一跳,只见进来的是个解放大军。他把门关上后气喘吁吁地对我说,后面有敌人追,没办法,才进屋想找个地方躲一躲。我知道后面追他的是国民党兵。我最恨不过的就是那伙子人。当年我才十岁就是被披着那身黄皮的老兵痞子,不顾死活从我身上夺走我贞操的。同时我也知道解放大军是打国民党兵的。但专打国民党的解放大军为什么被国民党兵追打我却不明白。直到事后我才听说,解放大军南下后又往山东解放区撤,有一支部队在东海县的安峰山,被一伙子国民党军队包围了。一仗打下来,活着的解放大军很少很少，那个躲进我家的就是其中一个。当时这个解放大军说躲一躲，可我只有两间屋，朝哪儿躲是好啊！那个大军同志好像也看出这点，提着盒子枪就要朝外冲。我没让他出去。我知道他出了我家的门，十有八九就没有命了。我想了一下，活该我命好，竟想出一个好主意来。当下，我赶紧找出有财的衣服，让他换上，然后叫他装作我丈夫的样子坐在我摊煎饼的鏊子对面，用煎饼卷大葱蘸酱吃。我让他用煎饼把嘴塞得满满的，这样国民党兵来问话他就不好回答；不好回答就露不出他的外乡口音。人都说女人心细，一点不假。那会子我的心虽然慌得像怀里揣个小兔子，但的确很细很细。

就在我一切都准备好了时，门被踢开了，涌进来一伙子叫我一看就恶心的国民党兵。他们问看没看见躲进来一个人？我说没有。我仍摊我的煎饼。他们又问他是谁？他嘴里塞着煎饼，眼睛翻了翻嘴里唔唔地说不出话来。我连忙说，他是我丈夫。我赶紧上前夺下他的煎饼，佯装恼怒地训斥道：没出息！生来就像个饿死鬼。又不是没得吃的，看你急吼吼的样子，噎死了没人给你收尸！说完我从缸里瓢了一瓢凉水递给他。那伙子国民党兵看我们真像是小两口的样子，也就不再盘问。他们在屋里搜了一阵。当时我很紧张，就怕哪张黄皮揭开墙角的缸盖。缸里放着大军同志的衣服和枪，上面只压着十来个地瓜。只要伸手一掏就会露馅。不过还好，那伙子笨蛋见没搜着什么就走了。我吓得后脊梁淌了很多的汗，把小褂都洇湿了。要不是因为屋里有大军同志，当时我肯定受不住那个潮劲儿把里面的褂子换掉。

有人敲门

国民党兵走后,又过了好一会儿,村子里才静下来。这时天已擦黑了,大军同志想走,我没让。我怕那伙子国民党兵没走远,再叫他给撞上,就留他晚些时辰走。我想我丈夫不在家,多住一会儿也不怕什么的。后来那天晚上我和他就分别在两个屋里歇着。说是歇着,其实我一夜没合眼,待到鸡叫头遍了,我才把大军同志送出村。大军同志是穿着他自己衣服走的。不是我舍不得有财的那套裤褂,是怕有财回来找不到问我我不好说。

这事已过去五年了,谁想政府的同志大老远地又来打听它干什么?是那位大军同志回部队后没向组织上讲过这事吗?好像不会。要不政府的同志不会找到我来问了。那么,又因为什么呢?我想了很久很久,也没想明白。

自打那一夜"歇着"之后,有财就再没提过五年前的事。香儿留心地细察过数些日子,丈夫真的一点儿疑心也没有生。于是,小两口又过起了政府的同志没来之前那种和谐的日子。

和谐的日子似乎过得特别快,一晃,半年就过去了。

这一天,有财从地里回来酒也不喝了,说是浑身疲乏,身子轻飘飘的,一点儿劲也没有。香儿把手搭在他的背上,只觉得手心很烫,像冬天里捂着个铜暖婆。她说栓他爸,你这是病了,快上床躺着吧。有财很听话地就上床躺下了。

然而王有财这一躺下就再也没有起来。当夜他就上吐下泻地发起病来。屎啊尿的都弄在床上,有财连起来的劲儿也没有了。一夜之间，人瘦得只剩副骨架子，看上去很是怕人。这可把香儿吓坏了，她连忙烧香磕头，用香灰冲水给有财喝，都不见管用。香儿眼睛哭得像两只红桃子。

又过了一天，有财眼看就不行了，连话都讲不出来了，邻里的乡亲看了，都说没救了，快准备后事吧。香儿不甘心，她想是有财把她从妓院里救出来的，有财是他的恩人，只要有财有口气，她就要想办法救活他。她打听到五十里外有位人称小华佗的行医人很有两下子本事，便迫不及待地连夜赶去请。乡亲们劝她第二天天明了再去，她根本不听。

又过了一天，香儿请来了小华佗。小华佗给有财号了脉，半晌不说话。香儿急着问，可有救？小华佗说有救，就是药引子难寻。香儿问什么药？小华佗犹豫了一下说，人肉。割一块活人肉与我开的这幅药一起熬汤，然后一天喝三遍，药到病除。香儿听了心里隐隐觉得一沉。她没再说什么，接下小华佗的药，重重酬谢了这位江湖行医人，然后把他送出了门。

小华佗走后，香儿回到屋里便把门给插上了。她听小华佗说出需人肉做药引时就知道自己会干出这种事来。她取了把刀，在缸沿上蹭了蹭，就在自己身上开始选择从哪处下手了。臂上？不行，肉太少，割深了伤着骨头。胸上？也不行，胸上有乳，乳肉泡泡囊囊，大概不能当药引。那就是腿上了。香儿撩起裤管，立时裸露出雪白的大腿来。她觉得眼下自己的大腿是那样地美，以至觉得以前自己怎么就没有很好地意识到呢？她伸出手在腿上轻轻地抚摸着，

有人敲门

手掌上有一种细腻的滑溜溜的感觉。她知道自己并不会因为获得这种感觉而下不得手,要知道只要能够治好恩人——她的丈夫的病,就是要她的命,她也不会有丝毫的犹豫!

香儿果敢地举起了刀。

香儿痛得昏死了过去。

香儿醒来时,她已有了给丈夫治病的血淋淋的药引子。

但从香儿身上割下来的肉并没有给有财带来生的希望。有财在喝了香儿熬的药汤之后,竟永远永远不再醒来了。

有财的坟垒在村头的松树林子里。

村里的人得知香儿割肉给丈夫治病的壮举,没有哪个不敬佩的。

香儿悲痛万分,她时常带着儿子栓栓去有财的坟前坐坐,而且一去就是大半天。在有财的坟前,她总是想起她和有财这些年过的日子,想着有财对自己的种种好处。

这天,她又去有财坟前坐坐了,照例又要去想过去的一些事。然而今天想的内容竟然有些和往常不一样。她忽然想到了半年多前来她家了解情况的两个政府同志。那两人打老远地来找她,事情一定很重要。她知道黑龙江离苏北有上千里地呢,来一趟十分不容易。这么一想,香儿就坐不住了,她寻思着,应设法找到那两个政府同志,反正有财也走了,自己五年多前做的那事儿也没有什么对不起他的,还是如实向政府说清亮了为好。

可是上哪里去找那姓赵姓钱的两个政府同志呢?她想了许久,

也想不出办法。后来她就向村长说了这事。村长又汇报给区里。区里一查，半年多前确有人来搞过外调，当时的介绍信尚保存完好，便一下子和对方联系上了。

没过多少日子，上回来的那两个政府同志又来了，他们仔细地向香儿了解了当年她掩护子弟兵的经过后，就问她上次为什么否认这事。香儿说了原因。那两个政府听了半晌没吭声，低着头，好一阵子后才不约而同地轻轻叹了口气。香儿没有留心，更别说是如何理解这唉的一声背后所隐匿的许多内容了。那两个政府同志也没对她说，其实也没有必要对她说。因为当年被香儿掩护而逃出虎口的那个同志，在镇压反革命运动中几乎和所有突出重围的人一样，不同程度地受到了审查。他虽然向组织提供了香儿这个重要的人证，但外调中香儿却竭力否认不予作证。这样一来，那个当年被香儿救了的人就有了段说不清楚的历史。有了这段说不清楚的历史，历史上便有问题。结果他被判有历史反革命罪而被送往某地劳改。更为遗憾的是，在接到区政府来函之前的一个星期，这位同志在劳改中由于采石场安全措施不力，被滚石砸死。这位同志生前是某市公安局局长。现在香儿为这段历史作证，只能为死者起到落实政策、彻底平反，宣布其无罪的作用。

来外调的两位政府同志让香儿在一份调查材料上按上手印后，就离开了她家。

香儿看着手指上红红的印迹，心里觉得很坦然。她想她总算妥善处理好了这件原先叫她挺为难的事。

有人敲门

实 习

《社会写真》栏目的制片人兼摄像老胡正式通知李小同明天首次独立执行拍片,是在李小同来到这座海滨城市的电视台社教部实习的第八十一天。也就是说,再过九天,李小同就要与实习期挥手告别返回学校,等待着激动人心的毕业分配。因此,当老胡拍着李小同的肩膀,说他和助手小胡另有安排,不能一同去时,李小同内心顿时充满了感激。李小同早就渴望拥有表现的机会,只是表面上风平浪静,自己把自己包装得很优秀而已。

接受任务后,亢奋便轻而易举地与李小同同谋,合伙占有了许多本来不该占有的时间。在那些可供想象任意挥霍的分分秒秒中,李小同精心设计出了许许多多杰出的镜头,而每一个论其质量都足以进入当代荧屏经典的范畴。于是李小同一次又一次被自己不倦地创造所吸引，以至把这种良好的情绪保养得完好无损，一直延续到第二天上午的某个时辰。

在那个时辰里，李小同连同摄像机一起被一辆白色的面包车接到市烟草公司。接下来，抽着绝对正宗的红塔山香烟，坐在接待室宽大而柔软的沙发上，听该公司宣传科的小冯介绍情况的李小同，忽然发现昨天老胡在交代有关摄像内容时的含糊其词，纯属别有用心。这时候李小同变得沉默起来，原先那只飞舞的情绪之鸟收敛起翅膀，不再欢歌。

小冯说，打击制造和贩卖假烟的团伙，如同打仗，具有一定的危险性。那些家伙穷凶极恶，一般都带着枪。所以考虑到摄像人员的安全，我们特地把行动安排在白天进行。

小冯又说，老胡再三交代，要我们绝对负责你的安全。你呀，尽管放心好了，跟着我。

说归说，小冯还是郑重地递给李小同一件警用防弹背心。

穿上特种防护服的李小同低头看着自己沉重的前胸，脑子里不由呈现出这样一种画面：一颗子弹呼叫着，宛若疾飞的黑色鸟儿，声音很响地在他心脏部位着落并开始筑巢。于是他实在禁不住那只黑鸟的高速撞击，身子轰然倒下。不过他的手没松，肩头的摄像机继续工作着，仰拍着蓝天白云……而在画面之外，李小同隐隐约约听到一阵阵赞誉，那声音耳熟，细细分辨，竟来自遥远，是由老师和同学们发出来的……李小同不由浅浅地笑了。李小同心想，老胡和小胡遇见危险就谦让，没准助人为乐一回，成全了我，让我抓住

有人敲门

机遇拍出一部不同凡响的优秀作品来呢！这样一来，李小同渐渐离开了那些不愉快，他为了说服自己，接下来便利用出发之前的有限时间，尽可能地去想各个历史时期中外那些著名的战地记者，去想他们的成功，去想他们的作品对于世界的震撼……等到上车出发之际，李小同已经很英雄了，他怀抱摄像机，仿佛怀抱一挺机枪，威武得很。

仍是乘坐那辆白色的面包车，车子驶出烟草公司大门，李小同就开始了拍摄。李小同打算多用长镜头，体现客观真实性，以突出纪实的风格。因此在这一天的上午九时，灿烂的阳光下，街道两旁许多景物争先恐后地游成五彩缤纷的鱼群，迅速潜进摄像机，它们将经过后期的选择和制作，有幸地成为这座城市电视观众收视率较高的《社会写真》栏目中的一幅幅画面。

据小冯介绍，窝藏假烟的地点是在某居民住宅小区附近一座废弃的厂房里，他们已派便衣装作拾破烂的人在那里监视。于是一路上，车上安装的对讲装置里不时发出的声声暗语，便是那位"地下工作者"发出的情况报告。李小同打心里十分喜欢这些联络性的密码传呼，它们很神秘的样子，像群可爱的小鸟隐蔽在密密的树冠里活泼地鸣唱。他意识到作为同期声事后把它们原汁原味地交给观众，其效果肯定十分显著。

车行了大约十五分钟后，开始进入居民住宅小区。这时随着假烟窝藏点的临近，一场随时都可能一触即发的战斗，以其险恶的氛围悄然在车内狭小的空间弥漫开来，弥漫得很是顺理成章。

透过摄像机镜头，李小同拍下了同车前来配合行动的武警战士，他们的钢盔在李小同的眼中泛着弧形的冷月样的光芒；他们的手指贴在微型冲锋枪的扳机上与枪形成金属状的整体结构；他们的目光被远处的那个无形的目标紧紧拉扯着，拉扯得十分严峻……画面的展现使李小同不由自主地屏住呼吸，这时候心跳的声音变得粗犷、有力起来，它们迫不及待地想从胸膛蹦跳而出，节奏强烈，如同战鼓频敲！

面包车拐过几个弯，那座废弃的工厂从一幢住宅的侧面，开始远远地进入李小同拍摄的画面。李小同忍不住通过焦距把那座工厂拉到面前。急速奔跑而来的厂房显得异常的平静，李小同看到阳光涂抹得很亮的屋顶上，有几只麻雀心安理得地在享受着大自然的风和日丽。特有的宁静总是激战的前导，李小同心想这恐怕是一种规律。

"拾破烂"的人出来了，他一边顺着墙根向工厂的大门接近，一边用暗语告诉车上的人情况正常。接着李小同看见许多携带着武器的便衣和武警几乎从天而降，同时出现在那座陈旧建筑物的附近。这时候小冯催促司机，快一点，晚了好戏就拍不上了！话音未落，面包车向前一跃，直朝目标扑去。车停在厂门口时，关闭的大门内依旧一片沉寂。此时屋顶上栖息的麻雀飞起来，翅膀扇得空气发出噗噗的响声，接着往地面洒下一阵快速移动的不规则的碎影，便集体失踪了。

有人敲门

上！负责这次行动的指挥示意那个"拾破烂"的人。那人把身子朝空中一送，就十分便当地把自己送到墙里边。很快，大门无声无息地敞开来。

跳下面包车的李小同急忙把摄像机镜头对着大门，然而想象中激烈的枪战没有在这一瞬间发生，因此也就没有英雄壮举出现，这让第一次独立执行拍片的李小同感到莫大的遗憾。

李小同渴望非凡，渴望轰轰烈烈。

接下来的这次行动结束得既简单又明了，蜂拥而上的武装人员冲进厂房，没费一枪一弹，便缴获了许多成箱堆积的红塔山牌假烟。而制造和贩卖假香烟的罪犯没露面，在李小同看来那伙人漏网漏得有一点神秘感。小冯说，这也好，收缴了假烟，基本上达到了此次行动的目的，又避免了一场可能发生的流血牺牲，结局还算比较理想。

李小同不表示赞同，也不反对，只是朝小冯含义不明地笑了笑。

等到大家把收缴的假烟装车准备运回去的时候，发生了一个小插曲：人们高兴之余忽然发现战利品竟有一多半箱子里什么都没有，仅是空壳而已。但好在负责此次行动的指挥让手下的人清点之后宣布说，收缴的假烟数额折合人民币约达10万元，战绩已十分可观。这样大家方感到释然，不由松了一口气。

回到电视台，李小同刚把摄像机放好，老胡和小胡便一前一后走进办公室。

辛苦啦！老胡说。

哪里哪里。李小同笑笑。

顺利吧？小胡问。

还行。李小同答。

老胡向李小同要了拍摄的带子，很认真地操作着机器看着。拍得不错！老胡的夸奖制造出两朵淡淡的红云很贴切地悬挂在李小同的双颊。李小同感到十分受用，心里禁不住荡起一阵惬意的涟漪。他嘴上却言不由衷地说，过奖了，过奖了……

当天晚上，在黄金时间里，李小同首次独立拍摄的《社会写真》节目将与观众见面。李小同怀着忐忑不安的心情，早早坐在电视机前等候着那一刻的到来。他不知道这部片子剪辑后的效果怎么样，播出后观众会有什么样的反应。他只是把拍摄的素材带交给老胡，就算完成了分内的全部工作。现在李小同把自己独自关在办公室里，希望在他拍的片子播放时，不要受到任何人的干扰。

终于，那个熟悉的栏目片头在屏幕里出现了；与此同时，李小同感觉到自己的身子不由自主地开始了颤抖。李小同企图控制住，却力不从心。不过意外的是，那些轻轻的颤抖给李小同带来的却是一种不同寻常的好受，使他的精神为之一振。此刻，李小同下意识地咽了一口唾沫，上午经历过的那些场景便演绎成一幅幅连续不断的画面，从容不迫地走进了他的视野。

纯粹的纪实风格。

画面语言十分准确和精炼。

有人敲门

气氛当然也营造得非常好,紧张得竟让人有点透不过气来……

看到这里,李小同不由见缝插针、忙里偷闲地笑骂了一句,骗子,电视这玩意儿是个大骗子!

接下来,屏幕上的那座工厂被迅速推近,连特写镜头中屋顶上的麻雀嘴角处那撮淡淡的绒毛都显得清晰可见。

再接下来,"拾破烂"的人越墙而入,紧闭的大门随即打开。

然而就在这个时候,李小同大吃一惊,他竟然在画面上看见了老胡!背影是那座废弃工厂的围墙,老胡肩扛摄像机,边拍摄边往前走动。李小同愣住了。李小同想,老胡说他和小胡另有安排,难道指的是拍这部片子?那他们为什么不直接了当地告诉我呢?从画面上看,除了这个镜头外,其他都是我拍的片子。他们辛辛苦苦走一趟,为拍这一点画面值吗?再说镜头中的老胡边走边摄,是谁来拍他呢?是小胡?如此说来为拍这部片子一共动用了三台摄像机。但据我所知,今天上午并没有这么多的机器供我们使用啊?

这样想来,李小同就很不高兴,尽管他不愿往阴暗处想,但事实上光明已远远地离开了这件事。尤其是片子结束时,李小同注意到,摄像者署名栏内,他的名字被排行在最后,在他前面依次是老胡和小胡。于是,李小同对老胡和小胡的为人很自然地在认识上进行了一番吐故纳新。

作为处女作,劳动成果被他人极不尊重地掺进一些杂质,李小同心境的恶劣可想而知。因此这一夜李小同没有睡好觉,早晨起来眼泡有些肿。

李小同面部带着明显的标志走进办公室的时候，老胡和小胡都注意到了，他们的目光仅是小心谨慎地在李小同的脸上扫了一下，就坚定不移地让开了。肿着的眼泡是一个雷区，他们心中大约拥有探测器。

老胡说，今天我和小胡去市消费者协会拍片，他们来车接。车小，坐不下多少人，你就在家歇着吧。

李小同没吭声。

其实李小同答不答应都一样，老胡和小胡匆匆收拾好摄像器材丢下他就走了。老胡和小胡不给李小同一个提及昨天那件事的机会，李小同觉得这是他们高智商的具体表现。如果这一天的上午，李小同和老胡与小胡待在一起，即使触及或是避开那个敏感的话题，李小同都觉得没有多大的意思。再有几天实习期满就返回学校了，李小同用这样的话安慰着自己，安慰得十分奏效。

不去拍片，便无事可做。李小同闲下来，昨天拍摄的那部处女作却趁机而入。它一次次释放着的诱惑，终于使李小同忍不住了，他从保管员那里借出存档的播出带，一个人躲进机房反复播看。

播看的过程中，李小同发现了这样一个问题，那就是有关老胡的镜头究竟是不是在这次打假行动的现场拍的？也就是说，老胡是事后到那座工厂的墙边补拍了镜头，然后通过剪辑塞进了片子；还是他根本就没有去，只是在某个与工厂相似的地方拍了一点画面，进行了移花接木以假乱真？经过数字定格仔细辨认，李小同大致认

有人敲门

为属于后一种情况。根据是，作为老胡背影的那面墙，表面相对比较平坦；而在李小同的记忆中，墙壁斑驳脱落似乎更接近于生活的真实。

为了证明判断的正确，李小同决定利用上午剩下的时间到那座工厂去看一看，反正待在办公室也是闲着，户外活动一下不无坏处。这样想着李小同就离开了电视台。李小同是骑自行车去的。公车，破旧得像是快散了架，一路上哼哼唧唧纯属病入膏肓状，链条竟然屡教不改地脱落了三回。

李小同对这座城市的环境不熟悉，找到那个废弃的工厂，凭的是尚为新鲜的记忆和大致辨出的方位。这样李小同走了一些冤枉路，到达目的地的时候，身影在太阳的追逐下，已经缩成一团，小兽一样，依偎在脚下。

来到工厂的大门口，李小同把自行车支在墙根，然后沿着厂墙边走边看。墙壁的确伤痕累累，有几处形状像残云，还有几处如卡通片中的恐龙。当然，更多的是什么也不像，就是一堵饱经风雨侵蚀天长日久致残的旧墙。如此结果使李小同感到很是满意，他从路边采了一枝野花在手中反复把玩，这个细小的情节，无意之中将自己情绪的良好得到了充分的泄露和展示。

若是在这个时候李小同骑上他那辆破旧的自行车返回电视台，也就不会发生下面的故事了。事后李小同无论怎么回忆，都记不得当时他出于什么样的念头走进了那座工厂的大门。李小同推开门时，失修的大门发出一阵短促无力的吱吱呀呀声响。李小同站住，朝院子里看了看，目光触及处，一切如同昨天。此时一群麻雀飞过来，刚要落下，发现了李小同，接着叽叽喳喳地飞走了，飞得很坦然很平静。李小同目送着麻雀们消失在远方，然后走进工厂。

也就在李小同进入门内的某一瞬之间，后脑勺溅起的一记沉闷的响声，洪水一样迅猛吞没了他的所有知觉……

不知过了多久，一个声音雾一样轻悠悠地弥漫而来，当疲惫不堪的李小同为捕捉它劳累得快要丧失信心时，终于如愿以偿。这样李小同就听到了那个男人沙哑的声音。

那个男人说，没醒吧？

就有脚踢在李小同的背部，发出很空洞很沉闷的声音。李小同想睁开眼或是伸伸腿，但没有成功。为此李小同耗去了很多力气，使得自己坠入了黑暗的海洋中晕晕乎乎地反复进行着升浮与沉没。

那男人接着说，操他妈的！头儿，我想起来了，昨天这个人来过，扛着摄像机，绝对错不了！

李小同的背部又遭到几下袭击，他的喉咙里泛出一些甜腥的气味，浓浓的。

看来不是好兆头，沙哑的声音显得更沙哑。妈的，本想被嗅出了气味，迫不得已丢卒保车，失点儿血本给你们喂上一口，让龟孙子们尝点甜头，好来个金蝉脱壳，没想到狗日的前脚走我们后脚到，还是不牢靠。害得老子白忙乎，当了一夜的搬运工……那男人说着把李小同当成足球，一顿猛踢。

有人敲门

头儿，这小子不可留，干掉他！

李小同辨别出是个女人的声音。

那女人恶狠狠地说，撤！

大白天的，这就走？

不走这几百万他妈的就全完了！操，事不宜迟，马上装车……

脚步声迅速远去。

没过多久，嘈杂声和汽车的引擎声也渐渐消失了。

四周很静，有几只麻雀欢快的叫声从远处传来，让李小同滋生出亲近之感。李小同觉得自己好累好累，像是一个跋山涉水的旅人，好不容易来到了宿营地，然后迫不及待地和衣倒在了床上……

一觉醒来，李小同头昏沉沉的，后脑勺疼痛得很。正是这些疼痛使李小同隐隐约约地想起来今天的不幸遭遇。李小同微微睁开眼，微弱的光线中，他看见自己躺在一间屋子肮脏的角落里，手和脚被绳子捆绑得十分结实。在他的嘴巴上，有什么东西紧紧蒙住，蒙得很不好受。李小同知道那是一块胶布，他在许多枪战片中见识过它。于是，李小同确认眼前发生的一切都是真的。这种真实的存在，竟让李小同的内心感到了非常的充实。

评 委

写到这儿，高原完全是跟着感觉走了，他跟他笔下的主人公合二为一：他就是那主人公，那主人公就是他高原。这时候，他把上了膛的盒子枪掖在腰里，伸手拉了拉紧遮眉毛的灰色礼帽，然后从容不迫地走到那幢充满邪恶和神秘色彩的屋前，叩响雕有龙形图案的门——

"咚咚咚。"

高原清晰地听到了自己的敲门声。这声音很脆，可见门的木质非同一般。他想，下面该是开门了，按照既定构想，他迅速冲进去。

"咚咚咚……"

怪事，我冲进屋里了谁还在敲门？高原愣住了，过了好一阵子，他才发现原来是有人敲他宿舍的门，此时他已不再是他笔下那

有人敲门

个叫他迷恋的人物，而是市文化局剧目工作室编剧高原。

高原十分不情愿地搁下笔去开门。

门外进来的是高原的顶头上司——剧目工作室主任和一位不认识的女同志。主任进屋就说，给你个好差事，市妇联举办的"巾帼与祖国"演讲比赛，你去当评委。高原一听急了，他正写着剧本呢！高原说，我不去。没时间。主任说，就一天。高原说，我的戏正进入高潮，这两天准备一气呵成。主任说，不影响。演讲比赛大后天开始。高原说，怎么想起让我当评委？我没参加过这类活动。主任说，你是剧作家嘛！人家专门请你的——哦，介绍一下，这是妇联的宣传部张部长。高原不吭声了。他不能驳人家的面子，只好答应当评委。但高原内心觉得很窝火，待主任和那位部长走后，竟狠狠踢了一脚小板凳。

第二天早上，妻子刚上班，高原沏了一杯酽茶，迫不及待地坐在书桌旁。往常这时候，高原一定是在伺候饲养的那只叫口相当不错的百灵鸟儿，然后浇浇花，然后随便找报纸或是什么杂志翻翻，直到十点钟，才开始写作。这是多年来养成的习惯。可这两天情况特殊，他必须将剧本写完，否则当评委就会中断创作；如果一旦创作中断，后来再接着写，效果肯定不抵一气呵成的好。

高原摊开稿纸，接着昨天的草稿往下写，他想主人公从容不迫地走到那幢充满险恶和神秘色彩的屋前，叩响雕有龙门图案的门，然后迅速冲进去……慢！主人公冲进门后看见了什么呢？高原一下子卡壳了。他想啊,想得很苦,但毫无突破性进展。

大概是不习惯十点前写作,高原认为。却又不甘心。他继续顺着昨天的思路走:主人公从容不迫地走到那幢充满邪恶和神秘色彩的屋前,叩响雕有龙形图案的门——

"咚咚咚。"

好,听着响声了,高原心中窃喜。他的主人公这时迅速冲进去……

"咚咚咚——"敲门声又响起,高原知道坏事啦,准是来人啦,他要写不成了。打开门。果然,门口站着一位亭亭玉立的姑娘。

"您是高原老师吗?"那姑娘说。

"是啊。"高原说。

那姑娘大大方方仿佛与高原老相识似的就往屋里走。高原呢,也就身不由己地让开道。他怎么也想不起来姑娘是谁。他压根儿不认识她。

"我姓杨,叫杨燕。"那姑娘不请自便地在椅子上坐下。她打开吊在肩头的精致的仿羊皮坤包,拿出一沓打印稿递给高原,"这是我的演讲稿,请老师指教。尽管您不认识我,但我想你一定不会拒绝的。您是知名剧作家,人都说您没架子,乐于扶持年轻人。"

高原整个儿懵了。演讲稿?这与编剧完全是两码事。但他没有拒绝,最终还是接过了那叠稿纸。尽管犹豫了一会儿,是因为那姑娘给他戴了高帽子还是他真的没架子,乐于扶持这位与戏剧无关的年轻人,高原自己也说不清楚。反正高原没能继续写剧本。他耐

有人敲门

住性子看了演讲稿，耐住性子给杨燕讲观点的鲜明，语言的思辨色彩。至于主人公叩响雕有龙形图案的门，然后迅速冲进去看见了什么，高原暂时就不去想它了。让主人公委屈一下，先在那扇门口卖会儿呆吧！

高原谈那篇演讲稿谈得很透彻，看得出他为人的真诚，办事的认真。他甚至在杨燕的要求下，在她的稿子上删去了一小段，又用笔添上了几句话。别看这一删一添，演讲稿就大不一样，品位明显高多了。其实高原犯了个错误，他既已答应当评委，赛前就应回避，拒绝为任何人看演讲稿。但值得原谅的是，高原第一次参加这样的社会活动，缺乏经验。同时，高原也没有想想他不认识的杨燕怎么偏偏来找他请教？她登门拜访的目的是什么？好像高原长时间一门心思钻在他的剧本里，乍一出来，面对眼前的世界什么也不知道。

就这样不知不觉两小时过去了。高原送走声声"感谢老师指教"的杨燕，回到书桌旁，竟发觉自己一点儿创造的欲望也没有了。那剧中的主人公叩响雕有龙形图案的门，然后冲进去看见了什么？高原想来想去想不出高招，只好放弃努力，去探望笼中欢叫的百灵鸟。

高原觉着写不好不要硬写。创作的心境需要调整。他把希望寄托在下午。

岂知大大出乎高原意料，别说下午，就连晚上，第二天一整天，都不断地有素不相识的姑娘登门拜访，来者似乎一个近似一个，连"请老师指教"之类的话都和杨燕说的大差不离，如同一个模子里倒出。开始，高原还耐着性子，看她们的演讲稿，把观点要鲜明、语言要具有思辨色彩之类的话重复一遍又一遍；后来，他给搞得烦了，态度也不如原先，完全处于应付状态。可就这样，拜访者也显得十分满足，她们每每都要在高原家里泡上一段时间，才恋恋不舍地离去。

最叫高原恼火的是，他的妻子醋劲大发，妻子本来就担心高原有外心或者有第三者插足。她的理由极充分，认为一个剧作家的知名度总是与那档子事成正比的。于是她戒备心理几乎接近变态的程度。下班回到家，本来春风满面，可不一会儿就皱起眉头了。她耸动着鼻子，在屋里东嗅嗅西嗅嗅，然后说："有人来过？"

高原说："怎么啦？"

妻子说："我闻着就觉着大不一样，是女人，年轻的女人来过。"

高原就知道糟了，她又犯老毛病了。高原就向妻子解释是怎么回事。妻子听了心中仍是阴云不散，那张脸上的所有表情都准确无误地说明这点。后来妻子见到来拜访的客人了，果真是年轻的女人，模样儿比她当姑娘时漂亮。那是在晚上，刚吃过饭，拜访者就敲门了，高原和来访者大谈观点的鲜明、语言的思辨色彩时，她嫉恨死了，心里酸溜溜的，泪水几经控制才没有滚落下来。要不是顾及面子，她真想立即把那姑娘撵走。什么请教啦，修改演讲稿啦，在她看来不过是借口。

但她没有当场发作。因为她没把握高原和那姑娘究竟到了什么程度，万一闹起来，高原就此离开她那岂不是倒为成全别人提供了机会吗？然而她又不甘心，就拿碗筷盘碟出气，在厨房里洗涮时有意弄得乒乒乓乓响。她知道他会从这声响中听明白她的意思的。

当然高原懂得厨房里为什么会有锅碗瓢盆交响曲了。他顿时一点情绪也没有了，应付一番，好歹算是打发走了客人。这时已是晚上九点钟。随着宿舍门的关闭声，厨房里便及时飘出妻子的哭声。高原苦笑着叹了一口气，说，哭什么？咱们都这么一大把年纪，孩子都读大学了，还……妻子哭得很伤心。她说，那种事不在年纪大小，现在这年头，有名气的人家庭破裂的还少吗？告诉你，那些个第三者别动坏心思……高原想，这是怎么啦？不就是当个评委吗？瞧这日子给搅乎的！

高原很恨当这个评委。

高原想，也许"巾帼与祖国"演讲比赛开始就好了，到时候拜访登门求教的烦恼自然就会解脱。

然而，烦恼似乎是无尽的。演讲比赛开始后，高原很快又陷入新的烦恼。

在比赛之前，市妇联宣传部的张部长召集评委们开过预备会。会上，她就评分的标准作了说明，并提出了诸如"公平""准确"之类的具体要求，然后评委们研究讨论制定出最高分和最低分的上下限，以便评分时掌握。可是到了实施时，根本就不是那么回事。开始，评委们打的分还较统一，主持人以柔美的声音读出亮分牌上的数字时，比赛场上一片寂静。看得出，参赛者对评委们评判的权威性还是毫不怀疑的，但这种状况没有维持多久。从根本上讲，乱是从评委内部引发的。不多久，评委们亮出的分就有了很大的落差。每每这时，会场上就会发出嗡嗡的嘈杂声。高原感到奇怪，比如说那位演讲者的稿子显得很空泛，通篇观念啊价值啊主体意识啊，毫无联系实际的具体内容，仿佛是从某个妇女杂志上移植来的；演讲也一般化，缺乏感染力和激情，但评委中的一部分人却给她很高的分，真不知道分是凭什么标准打出来的。再比如刚刚演讲完的这位姑娘，明明演讲得很好，无论是内容、表达能力和仪表都比前面的档次高，然而神差鬼使，一些评委却看不上眼，分数压得相当低。他不知道这位姑娘看到自己的得分时眼睛里是否闪烁着委屈的泪水；他只感觉到后脊梁上，落下许多灼热的目光，以至烙得肌肤竟有疼痛感。他有些坐不住了，评委们都是高原所熟悉的人，他们纷纷来自文联、电台、电视台、报社等单位，都是常年与文学艺术打交道、在社会上有一定知名度的专家，他们不该是这种鉴赏水平。致使他们不按标准随心所欲地打分肯定有原因——高原想。

又一位演讲者登台。高原的注意力再也不像原先那样集中了。他用余光不停地打量着他的左邻右舍。而这一打量，高原竟然愣住了，他发现坐在他旁边的评委，正利用演讲比赛评分表反面的白纸写诗。写诗者是文联的一位年轻诗人，近几年来创作颇丰，接连出

有人敲门

版了三本诗集，很受读者特别是大、中学校里的学生的欢迎。可眼下绝非是写诗的时候和地方啊！高原看了看面前铺着洁白台布、近乎于神圣的评委席愤愤地想。

正当高原这样想的时候，演讲者结束了她的演讲。下面该是评委打分。高原因刚才走神，只好去参照另一位评委的分数，并略略打高零点二分，以示歉意。这时，高原完全是无意地注意到坐在他旁边的诗人也在参照别人的分数，而且也是在别人打的分数的基础上多加了一点。

高原于是似乎明白了评委们的分数为什么会出现那么大的落差。

趁主持人报分之际，高原忍不住问诗人："在种自留地啊？"

诗人说："这是第二首了。我很满意。"

诗人把诗稿递给高原，欣喜之情溢于言表。

题目是：《面对脚下的土地我们能说些什么》——题目挺长——太阳高高地悬在天空，暴雨妩媚地扑向大地——什么呀什么？高原不愿意再看那些犹如天书般难以破译的文字，把诗还给诗人。高原说："你真行，在这儿还能制造精神产品。"

诗人一笑："一进入创作的氛围，周围的一切都不知道了。世界上只剩下我和我正在写的诗。"

说实话，高原很羡慕诗人有这种创作心境，他不由想到他正写的那个剧本。他的主人公还在那扇门前不知如何动作。主人公叩响雕有龙形图案的门，然后迅速冲进去看见了什么呢？他不知道。也不能够像诗人那样在这种场合得心应手地进入创作的氛围。但高原觉得诗人有些过分了,既然是评委,坐在评委席上,就应当承担起评委应有的责任。

这时又有一位演讲者上台。高原不再分散注意力,他恢复到原先的那种状态,聚精会神地当他的评委。他坚持按标准打分,不管其他评委们如何评判,绝不受干扰。

不过高原也有感到评分略高的时候,那大部分是逢上叩过他家门的拜访者。因为他看过他们的演讲稿,和他们交谈过,打起分来就大不一样了。高原感觉到这点,都是在事后。每到那时,他心里就暗暗叮咛自己,下回注意。可是到了下回,又是依旧如此。这时高原才隐隐约约地意识到她们为什么登门向他请教了。他挺后悔,同时也觉得那些登门拜访的姑娘们社会经验似乎太丰富了,竟然钻了空子。好在这事大家不知道,要不,真是挺栽面子的呢!

时间过得很快,不觉得已到中午。主持人宣布上午比赛结束。接下来应当吃午饭。评委们的午饭由妇联安排。可就在高原站起身,刚离开评委席时,他被许多人围住了。

"你为什么打分那么低?还评委呢,真不知道怎么当的?"

"你说说,《女人的名字是强者》为什么只给9.5分?"

"谈谈你对《当代新女性的价值观》的看法?"

……

高原想回答大家的问题,但秩序大乱,四周都是一张张不停启动、关闭频繁的嘴。在一片嘈杂声中,他的声音显得十分孱弱,话

有人敲门

儿刚出口，就被来势凶猛的浪潮吞没了。高原于是很狼狈，额头上感觉到泌出一层密匝匝的汗珠儿。他不由想起那个批斗牛鬼蛇神的年代，因为写才子佳人的戏，臂戴红袖章的人曾多次这样对待过他所崇拜的那些德高望重的老剧作家。可现在是什么年月啊，还兴这……高原觉得很窝火，又很无奈。

就在这时，诗人见义勇为。"你们这是干吗！"诗人拨开包围圈的一个缺口，挤到高原身边，"评委怎么评分是评委的权利？你们都是参赛者，在台上好家伙口口声声强者啦价值啦……噢，强者就这模样啊？你们自我价值的界定就非得依附别人给个高分才行啊？"诗人鼻梁上眼镜闪烁着星一般的光亮，一席话就把围困人的嘴巴封住了。

最后收拾残局的是妇联的张部长，她重申会场纪律：凡对评分有不同意见者，可通过各单位领队向总裁判长个别反映，不得纠缠评委，否则，取消参赛资格。

这样一来，高原算是"胜利大逃亡"。但他的情绪大受影响，以至中午面对一桌丰盛的饭菜，竟一点食欲也没有。而这种情绪又持续蔓延，整个下午高原都提不起精神来。别看他仍是坐在评委席上，貌似全神贯注地将目光投向台上的演讲者，其实注意力常常分散：一会儿恨当这个评委，觉得窝囊；一会儿琢磨身旁的诗人；一会儿又去想他剧本中的主人公叩响雕有龙门图案的门，然后迅速冲进去看见了什么？每当该到打分而高原又走神时，他就参照左邻右舍，然后再加点儿分。他觉得对待评分，完全不必要太认真。"世界上怕就怕'认真'二字呢。"

　　好不容易熬到比赛结束，高原重重地吐出一口沉浸于丹田之处的浊气，顿时有了解脱之感。

　　接着，主持人宣布比赛结束；

　　接着，有关方面领导人给获奖者颁奖。

　　伴着人们熟而又熟的那曲激越的、催人向上的音乐，诗人用胳膊捅了捅高原："瞧，有意思！"

　　高原朝台上看去，市妇联的头们正向获奖者发奖。一等奖是一床毛毯；二等奖是精美的床罩；三等奖是一套不锈钢餐具——有意思？嗯，有点儿。

　　再接着，走人了。评委们各领了纪念品——一套不锈钢厨具、手提袋内装菜刀、饭勺、汤勺、菜铲等——离开赛场。

　　高原提着那份属于他的不锈钢厨具，叮当作响地走出赛场的大门，忽然站住了。像丢了什么东西似的他返回赛场，然后重新走出门来。"哦，找准感觉了，找准感觉了！"高原高兴极了，在这一瞬间，他想到剧本中的主人公，应当是：叩响雕有龙门图案的门，然后迅速冲进去。看见了什么？什么也没有。对啦，屋里空空荡荡。

有人敲门

晒被子
——《住校生》系列之一

白小勇以一个漂亮的冲刺动作结束 100 米短跑决赛的时候，陡然意识到自己获得了校运动会本年级这个体育项目的冠军，因为他的竞争对手纷纷被他甩在了身后，而此刻追上来的，唯有潮水似的热烈掌声和雷鸣般的嘹亮欢呼。此时的白小勇本想转过身来，张开双臂，以极其优美而潇洒的姿势向跑道一侧的同学们致以热诚的谢意，可是就在这个时候，他的小腹突然急速膨胀起来，里面大量滋生的液体被晃动得咣当咣当发出阵阵沉闷的声响，如同惊涛拍岸，恰似地动山摇，以至迫使白小勇来不及潇洒一回转身面对观众致谢，而是迫不及待地继续以一百米冲刺的疯狂速度开始了对于厕所的苦苦寻找……哦，厕所真是太遥远太遥远了，以至白小勇进入其间的过程，甚至比夺取年级 100 米短跑冠军还要艰难百倍！于是，当白小勇好不容易气喘吁吁地奋勇抵达小便池旁，浑身上下顿时生有了一种如释重负的特别幸福特别好受的快感……然而，就在白小勇尽情排泄乐不可支的时候，一股湿漉漉的温热，悠地把他从睡梦中惊醒，然后轻而易举地便将他迅速带入无比沮丧与尴尬之中。白小勇呆住了：糟糕，大事不好，尿床了！

在这之前的一次尿床发生在什么时候，白小勇记不真切了，据推测最起码在五六年前，总之记忆中淡漠得很。而现在的白小勇，已经是初中一年级的学生了，无论怎么说，尿床都是一件不该发生的事。这对于一个中学生来说，无疑是一种极大的耻辱！怎么办？白小勇在最初的混乱过后，决定先用体温焐干身下铺着的褥子和床单，然后再设法瞒住同寝室的同学。只要平平安安过了今天，不要暴露出尿床这件丢人现眼的事，来个有惊无险，好歹就算糊弄过去了。至于以后接受教训，白天尽量不要运动量过大，睡觉前少喝水，等等，怎么着都好办了。于是白小勇很快调整位置，将身子迫不及待地安置在一摊湿漉漉之上，那种姿势，很像是一只孵蛋的大鸟。还好，由于睡觉时被子裹得紧，身下尿湿的范围不算很大，白小勇凭借窗外透进来的光线判断，估计到起床铃响，至少还有一个半到两个小时的时间，在这期间，白小勇盘算，焐干床单还是很有希望的。

寝室里很静，有轻微的鼾声此起彼伏。白小勇紧张地探头看了看屋里的另三张床，没发现他们有什么异常，这使白小勇不由松了一口气。白小勇想过，要是尿床的事被同寝室的人知道后一旦传

有人敲门

了出去，后果不堪设想，到那时真不晓得自己的脸往哪里搁，今后如何见人才好？白小勇在读小学时，曾有一个同班同学经常尿床，以至日久天长，身上终日散发出一股淡淡的似乎永不消失的尿的骚味，于是大家都不愿意靠近他，甚至给他起了个"尿尿精"的绰号。在白小勇的记忆中，那个同学十分孤独，由于没有人愿意和他坐在一起，因此他一个人占有一张课桌，整天低着头，不爱讲话……白小勇很怕自己也成了"尿尿精"。如此一来，一种恐惧感竟然如同青面獠牙的怪兽在他心头盘踞着，久久不肯离去……

时间一分一秒地在煎熬之中缓缓消逝，终于，起床的电铃声在白小勇意识深处的坚决抵制中，不可阻挡地骤然响起。白小勇觉得今天起床铃声特别地嘹亮，嘹亮得似乎蓄谋已久别有用心，好像是有意和自己作对，让人们都起来，看他赖在床上不起，焐尿湿的褥子和床单，大大出他的洋相！于是白小勇对今天早上的起床铃声恨得咬牙切齿，却又感到很是无奈。此时，白小勇将身子往被窝里缩了又缩。恨不得床下有道地缝，让他钻进去彻底消失了才好。

同寝室除了白小勇外，还住着三个同学。李东最先起床，趿拉着鞋就往厕所跑。接着是吴少山和张帆先后出门抢占便池。吴少山人虽然出去了，话却留在屋子里。吴少山说，小勇，太阳晒着你的屁股了，还不起床啊！白小勇一阵心惊肉跳，没敢吭声，好在吴少山已经没影子了。

此时寝室里就剩下白小勇。白小勇觉得机会难得，想以最快的速度起床，但又怕正起来时被上厕所的人回来撞上，不慎暴露出尿床的秘密，所以犹豫了片刻，按兵未动。谁知正因为一时的犹豫，使得白小勇丧失了起床的最佳良机，不一会儿李东撒完尿回来了。李东一进门，见白小勇还躺在被窝里，就说，大懒虫，怎么还不起床啊？白小勇支支吾吾地哼了两声，不知怎么回答是好。好在李东没有刨根问底，拿了牙刷毛巾一转眼就出了门。早晨起床后至吃饭的时间历来不宽裕，紧张是正常的生活节奏。谁知白小勇刚刚松一口气，吴少山和张帆的到来，又把他的一颗心高高提起。喂，还在睡啦？吴少山说。白小勇无言。不敢面对同寝室同学的白小勇虽然闭着眼睛，但已感觉到有人走近前来。他从脚步声中判断出来人是张帆。果然，张帆用手在他额头上试了试，不舒服吗？是不是病了？白小勇哼哼叽叽地应了两声，真心希望大家把他错当病号看待才好。后来白小勇就听张帆对吴少山小声说，可能他生病了？吴少山关心地问，要不要请校医来看看？白小勇一听，吓坏了，急忙摇头，说不用不用……躺一会儿就好……那你就多睡一会儿吧，早饭我给你打来。吴少山说。不用，白小勇说我不想吃。白小勇说的是实话，他此时迫切需要的不是吃饭，也不是大家的关心，而是渴盼同学们暂时都不要管他，让他独自一人躺在床上，以便安安全全地渡过难关！后来李东回来，也到床前看望了白小勇。接着，大约过了十多分钟，大家都走了。这时白小勇抹了一把额头上沁出的冷汗，心想，谢天谢地，终于熬到了开早饭的时候……

　　白小勇没敢立即起床，他知道吴少山会给他打饭送来，于是白小勇等了一会儿，等吴少山把早饭打来放到桌上，然后热情地给予

有人敲门

了他许多的关心，直到离去，白小勇才以最快的速度钻出被窝。

被子被白小勇夜间一泡大尿浸湿一片，好在叠起来裹在里边看不见。褥子和床单已被捂得差不多快干了，只是留有一圈浅浅的微黄色尿渍，地图一样印在了床单上。白小勇知道现洗已经不可能了，于是便将叠好的被子压在上面暂时遮挡一下，等到以后找机会再做处理……白小勇做完这一切，仔细检查了一遍，看床上表面已无破绽可露，便忐忑不安地离开寝室，朝教室走去。

上午第一节课是数学，白小勇心神不定，注意力情不自禁地老往寝室跑，他几次想拉都拉不住，以至一堂课上了一大半，白小勇竟不知道老师讲的是什么。白小勇很为自己的如此表现生气，他知道自己惦记的是什么。白小勇想，要是利用下课的间隙跑到寝室看一看，就会放心了，再上课注意力就不会开小差，一个劲地执意前去探访那个倒霉充满尿骚气味的湿被窝了。这样想着，课间白小勇真的就跑回寝室一趟。

白小勇跑回寝室一看，吓了一大跳！白小勇看见屋子里除了自己的一张床上风光依旧外，其他三张床上的被子都不见了。是拿出去晒了吗？今天倒是个艳阳天，阳光灿烂，洒落一地金黄。白小勇伸头朝窗外晾衣处看了看，果然晾衣绳上晒了许多的被子。但李东他们什么时间回来抱了被子出去晒的呢？白小勇觉得简直跟谜一样。

因为像个谜，白小勇便不放心自己的床，生怕尿床的秘密被泄露了出去，于是白小勇急忙抱起床上的被子，被子仍在原先的那个位置上，没有被人移动过的迹象，下方紧紧压着的一圈由微黄色的尿渍绘制的"地图"依旧新鲜如初。这下白小勇放心了。白小勇心想，也许是个巧合，天好，大家都想着晒被子，抽空就把被子抱出去晒了。其实这本是常有之事，完全不必对此大惊小怪，搞得神经那么紧张。白小勇这样安慰着自己。

　　一上午就这么平平安安地过来了，白小勇吃完中饭回到寝室，见晒在外面的三床被子不知什么时候已经被收了回来，整整齐齐地叠好，放在各自的床上。由于此时的白小勇忌讳提及被子，所以尽管心有疑惑，却不好问及，便全当不知道有晒被子这一码子事情发生。

　　早早回到寝室的吴少山见到白小勇，连忙问病好些了吗？白小勇说早上仅是肚子有些痛，过后就好了。吴少山说大概是受凉了。白小勇说，可能是吧。接着吴少山便邀白小勇下象棋，白小勇没心思下，推脱说精神不佳，一下准输，然后就让李东与吴少山对弈。李东说吴少山棋风不正，常常悔棋，不愿和他厮杀。吴少山便拉着刚刚进屋的张帆做裁判，扬言非要把李东杀个人仰马翻片甲不留不可。这样一来，一场大战便在小小棋盘上拉开了序幕。虽说在这期间白小勇仅是一个旁观者，其实他的一门心思全搁在了自己的床上。他是自己那张床的暗中保护者。白小勇心想，中午休息时间不长，只要无人动他的被子，安全的系数就多了一分。等到了晚饭后回来，床单也许就干了，即使有人挪动被子，只要不特别留心观

有人敲门

察,一般看不出那幅"地图"的。那么,尿床的这件麻烦事从此就算画上了句号。白小勇期待着自己能够如愿以偿!

果然中午十分安全,直到上课前大家先走,白小勇最后一个离开寝室,都没有险情发生,这让白小勇感到非常满意。

接下来,这种安全的美好感觉,很快就延伸到了晚上,白小勇好不容易等到熄灯铃声响了之后,才放下心来打开被子准备睡觉。而在这之前,白小勇几乎是寸步不离自己的床。守护着它,就像守护着一个不容任何人随意侵犯的特殊阵地!

不过,当白小勇暗暗庆幸自己掩饰了一个未被暴露的丑闻而多多少少带着欣喜的心情钻进被窝里时,那种平平安安的心境突然就被巨大的恐惧全方位地占领了!因为已经躺在床上的白小勇居然发现自己被子里的尿湿俫地神秘失踪,取而代之的却是干燥,阳光照晒过的松软的散发着棉花清香气息非常好闻的那种干燥!这就是说,自己的被子,在白天被晒过了,那么替自己晒被子的那个人是谁呢?是谁发现了他隐藏在被子里的秘密,然后采取调包的方式,把他的湿被子晒了出去,同时又为了不引起他的注意,一下子晒了三床被子?大家使用的被褥都是学校统一配发,一律白色被套白色床单,白小勇上午第一堂课下课后回到寝室,只注意到被子大致放在原位不曾挪动,从而严重忽略了同样的被子已被人调换且拿出去晾晒这一事实,以至事到如今,竟连是谁干的一点迹象都看不出来,实在让白小勇感到心慌异常。黑暗中,白小勇抬头悄悄窥探了同屋的另外几个人,他们都睡下了,睡得很平静看不出与往日有什么两样。白小勇想,难道是李东所为?不像。李东下棋时与吴少山争得寸步不让,看不出心里藏有什么事的样子。那么是吴少山?也不像。吴少山一根肠子直到底,心里从来藏不住话,知道自己尿床,那还不早就嚷嚷得满城风雨世人皆知了。可要是说张帆干的吧,可能性又几乎是零。张帆慢性子,他能那么利索的利用课间一丁点儿时间跑回来调包,把三床被子都抱出去晒,然后神不知鬼不觉地等晒好后再悄悄抱回来——叠好归复原位?……然而,白小勇刚把同寝室的三个人在行为上一一排除,继而又觉得他们中的每一个人都有晒被子的特大嫌疑。难道不是他们中的某一个人所为,被子能自己插翅飞到外面去晾晒不成?白小勇想。更让白小勇苦苦想的是,既然同屋的三个人中有人知道了他尿了床,会不会讲出去呢?如果讲出去,弄得声名狼藉,全班全年级甚至全校师生无人不晓,他该如何是好?白小勇苦思冥想,竟然失眠了……

第二天早晨,起床铃一响,照例是李东趿拉着鞋子最先出门直奔厕所,接着吴少山和张帆紧跟不舍争先恐后地抢占便池。白小勇很是认真仔细地观察了他们的面部表情,一个个自然无比,从容得没有一点异常反应,白小勇心想,不知是谁掉包替他晒的被子,看似不动声色,没准尿床的事已经给抖露出去了呢!白小勇顿时生有一种乌云当顶大祸临头的不祥感觉,心被提到了嗓子眼,好像随时随地都有蹦出去的危险!

接着,在极度担惊受怕之中,一天就这么风平浪静地过去了,

有人敲门

不曾拥有白小勇想象中的那种令人可怕的事情发生。

接下来,一周的漫长日子,又在白小勇提心吊胆的情况下,度过得轻松自如安然无恙。

再接下来,一个月的时间转眼间又过去了,过去得万里晴空阳光灿烂,让白小勇没有理由不松懈自己心中紧绷着的那根弦……

再往后,日子过得好快,一不留神,初中三年没在意就这么过去了,这时的白小勇已经考入他所在的这座城市的另一所中学的高中。尽管读高中的白小勇仍然是个住校生,但他早已不必担心尿床那件往事被什么人史海钩沉了。作为白小勇,偶尔会在某天晚上睡不着觉时,躺在床上听着同寝室的同学睡梦中时起时伏奏响的轻微鼾声,想起当年尿床事件的全部经过;不过想得更多的,却是当年同住一个寝室的三位老同学中,究竟是谁替自己暗中做好事晒了被子而又保持沉默至今守口如瓶?

——是李东?

——是吴少山?

——还是张帆?

……

物归原主
——《住校生》系列之二

李东拾到一张饭卡。

李东拾到饭卡是在离食堂不远的地方，那时候下课的铃声刚停，李东为了打饭时少排队，于是抄近路从一片小树丛中穿越过去，以便尽快抵达目的地。当李东以极快的速度完成了并不艰难的穿越，把那片小树丛留在身后作为一种背景时，那张绿色的安然躺在草丛中的饭卡便合乎情理地系住了他的目光。李东弯腰拾起那张饭卡，没有停留，三步并作两步地腾跃着，双臂摆动如同鸟儿张开的翅膀，径直朝着那扇大敞着的始终对李东充满了诱惑力的食堂大门飞奔而去。

还好，排队的人不算多，李东很是得意。李东正是长个子的时候，每顿饭没少吃，可是只要临近就餐的时间，便条件反射般地

有人敲门

感到腹中空空，饥饿难忍。尤其是打饭前的排长队，对李东来说简直是一种残酷的折磨。你明明已经离饭菜不远了，扑鼻的香味儿阵阵袭来，引诱得你胃口大开，馋涎咽得喉管咕嘟咕嘟响，可硬是隔着一段可恶的时空距离，让你吃不到嘴，既一个劲儿地干着急，又感到很是无奈。所以李东很重视吃饭前的排队，在班上，只要开饭前的下课铃一响，他总是迫不及待地第一个冲出教室，奋不顾身地向着食堂的方向一路狂奔而去……现在，李东前面排队的人越来越少，也就是说他离打饭窗口越来越近了。这时候李东已经开始把目光投向打饭窗口上方黑板上写着的当日菜谱，对中午吃什么进行最后的选择，忽然听到身后什么地方传来了一句话。这句话在李东无比繁忙之际准确无误地进入了他的耳朵。李东听得清清楚楚，是一个人在说他的饭卡丢了。李东这才想起自己在穿越小树丛后拾到一张饭卡，于是李东回头找那个丢饭卡的人。李东很快就找到了，他认识他，他是（3）班的一个男生，大高个子，脸上生有拥挤不堪而又颗颗肥硕的青春痘；不过他篮球打得特别棒，是（3）班球队的中锋，弹跳力好，投篮极准，人称"小穆铁柱"。李东在球场上常见到他。李东原想把拾到的饭卡还给他，但打饭的窗口就在面前，通过窗口，李东已经看到食堂的师傅盛菜的油乎乎的勺子，于是李东犹豫了一下，最后决定先打饭，然后再还饭卡。反正他排队排在后面，离打饭窗口远着呢。

顺便说一下，李冬所在学校的食堂从本学期开始取消了多年以来使用饭菜票就餐的方法，采用电脑管理，实行饭卡记账，从而极大地简化了就餐的程序,方便了就餐者。学生凭卡就餐,需要吃什么饭菜,尽管点,然后将卡从打卡机上过一下,上边有计算机给你算得清清楚楚。自从使用饭卡就餐后,同学们异口同声地叫好。但也有不足,那便是饭卡上只有编号没有姓名,丢掉不好找。即使找到,谁也记不住卡上长长的一溜编号,只有通过打卡,由计算机确认,才能够得知卡主是谁。

这时,打好饭菜的李东,心满意足地在离开打饭窗口之际,便想着要把拾到的饭卡物归原主,还给(3)班的那个"小穆铁柱"。至于那张卡是不是他的,李东却顾不得多想,因为此刻李东的注意力已经发生了根本性的转移,迅速转移到了手上正端着的那份颇为丰盛的午餐上。

然而,就在李东端着打好的饭菜一步步接近(3)班的"小穆铁柱"时,又有一句话竟然消弭了李东对于手中饭菜的注意力,径直抵达了他的耳畔。那是一句远比"小穆铁柱"发出的声音动听百倍的话,她说她的饭卡丢掉了。仅仅是这么一句普普通通的话,竟让李东不由自主地停住了脚步。李东注意到那句丢了饭卡的话是从一个女生口中说出来的,那个女生他印象深刻,是(5)班的,个子不高不矮,长得不胖也不瘦,大眼睛,细眉毛,一根粗壮的马尾巴辫子扎在后脑勺上,笑起来两腮嵌有一对浅浅的小酒窝儿,很是受看。她名叫苏雯,歌唱得棒极了,在一次全校举行的文艺晚会上,他曾为她的演唱拍红过巴掌!李东想,怎么她的饭卡也丢了呢?那么自己拾到的饭卡是谁的,究竟是给"小穆铁柱",还是给

有人敲门

那个名叫苏雯的女生？

李东站在那里片刻之间就做出了选择，他决定把拾到的饭卡送给苏雯。为什么？李东说不清楚。其实李东也没有必要说清楚。如果非要说清楚不可，那么李东一句话就可以了结，那就是女士优先。

做出决定后，李东就向苏雯走去。苏雯也在排队打饭。苏雯没有卡，但她可以先用同学的，这是丢失饭卡的就餐者惯用的伎俩。现在苏雯就站在长长的队伍里，在她的前后都是她们班上的女生。她们叽叽喳喳地说着话，不时说着说着就笑起来。李东越走离苏雯越近了，他已经从（3）班的"小穆铁柱"身边走过。"小穆铁柱"排在苏雯的前面，李东经过时，显得很目光在他脸上一粒粒成熟得如同高粱米般鼓胀着的紫红色青春痘上一掠而过显的很是匆忙。李东不喜欢看那张脸，尤其是那张脸上跌宕起伏的微型山峦，看了叫他视觉不怎么舒服。李东喜欢看苏雯，李东在看苏雯的时候，常常想起秀色可餐这样的成语来。不过，尽管这次李东持有充分的理由，可以坦然地多看几眼苏雯。但他并没有这样做。因为李东忽然改变了想法，他不想在这样一种公众场合把饭卡还给苏雯了。李东设想过，这时他若把饭卡还给苏雯，一点诗意也不会产生。对李东来说，只不过是履行了一下物归原主的手续而已，而苏雯顶多说上几句表示感谢的话，就完了。尤其是在众目睽睽的情况下，李东甚至对自己能否站在苏雯的面前挺胸昂首潇洒自如，目光敢于与对方直接对视和进行交流，均表示出了极大的怀疑。如果到时候他的表现真的像想象中那样糟糕，那么李东还不如换一种场合单独与苏雯见面为好。于是，李东当即改变了主意，决定暂时委屈一下苏雯，不动声色，等待机会，另作归还饭卡的安排。

这样一来，本来很简单的饭卡交接仪式便移到了下午自习课后，在那段珍贵的时间里，李东见缝插针，终于找到了一个与苏雯单独说话的机会，然后把绿色的饭卡当面交给了那个歌儿唱得非常动听的女生。

当时，当然是李东主动出击了。李东用"喂"的一声喊住了苏雯。尽管这样做李东知道不礼貌，但作为自己与从未进行过对话的女生苏雯见面的开始语，也只能这样了。李东说，请问，你丢了饭卡吗？苏雯一笑，露出了腮边两个浅浅的小酒窝，怎么，被你捡到了吗？李东就把饭卡递了过去，说我拾到的，听说你……说着说着李东就莫名其妙地心慌意乱起来，以至本来很简单的话，结果被他弄得支离破碎四分五裂。倒是苏雯显得十分自然大方与从容。苏雯接过饭卡，对李东一再表示感谢。然后苏雯问李东，你是哪个班的，叫什么名字？李东一一做了回答。此时的李东在苏雯面前俨然就像是学生面对老师，苏雯问一句，李东答一句。除此之外，李东简直无话可说。苏雯见李东低着头，脸上红扑扑的，满面羞涩的样子，忍不住笑了。苏雯说，看你，做了好事，还不好意思呢，倒害羞得跟个女孩子似的……见苏雯这么说，李东更加觉得脸上发红发热如同火烧火燎了。

后来苏雯是怎么离开自己的，李东竟然记不真切了。李东为此很痛恨自己的无能，他想，别看平时能得很，结果真的到了考验自

有人敲门

己的关键时候，却一下子疲软了！真是一个大笨蛋呢，李东这样毫不客气地狠狠责骂着自己。

本来李东以为把饭卡还给苏雯，此事顺理成章就了结了。谁知到了吃晚饭时，节外生枝，那张被李东拾到的饭卡，竟不是苏雯的。苏雯在打卡时通过电脑发现手上的那张卡，属于一个名叫赵刚的人。于是苏雯当即就在饭厅里用她民族唱法的女高音嗓门叫喊起来。苏雯站在椅子上用手圈做喇叭状，大声喊道，喂，哪位同学名叫赵刚？立即有人应声道，赵刚赵刚，有人找你！名叫赵刚的人这时朝苏雯走了过来，边走边说，我就是赵刚，找我干吗？其实李东早在苏雯站在椅子上高喊的时候，就意识到了那个赵刚是谁了。果然不出所料，李东眼睁睁地看着"小穆铁柱"走到苏雯的面前。苏雯问，你就是赵刚？"小穆铁柱"说，是啊。苏雯说，你丢了饭卡？对方答，没错。苏雯就把李东交给她的那张绿色饭卡转交给了他。赵刚接过饭卡，自然要谢苏雯。可是苏雯不让谢，说要谢就谢(8)班的李东吧，饭卡是他拾到的。说着，苏雯就在人群里寻找李东。苏雯一边找一边用如歌的声音喊，李东在哪？李东在哪？此刻的李东虽然有心变成卡通片中的隐形人，然而在现实生活中却实在是无处藏身。于是李东被同学们簇拥着，无可逃脱地来到了苏雯和赵刚的面前……

平心而论，即使李东拾到的饭卡此时已经真正物归原主了，但从某种意义上讲，此事依旧没有得到圆满的结束。因为李东心里老是跟自己过意不去，觉得自己为什么当初偏偏拾到了赵刚的饭卡，而没有拾到苏雯丢失的那一张呢？如果生活善待自己，重新赐给自己一个机会，让他拾到苏雯的饭卡，那该有多好啊！到那时，李东把饭卡当面送还给苏雯，以至在交接的整个过程之中，李东的所有表现都显得那么风度翩翩潇洒非凡，充满了盎然的诗意，绝对有别于以往，简直无可挑剔！

李东敢这样肯定。

有人敲门
——《住校生》系列之三

咚咚咚，咚咚咚……有人敲门。

敲门声大约发生在凌晨四点五十分至五点钟之间，寝室里的人睡意正浓，忽然间都被惊醒了。白小勇睁开眼睛一看，屋里光线很暗，一片朦朦胧胧，便没好气地责问：谁啊？敲门的声音像是被白小勇的问话问住了似的，陡然间停了下来。这时四周显得格外地寂静。

李东以为是其他寝室的同学跟他们开玩笑，不由埋怨道，别捣乱好不好？天还没亮呢，困死我了。说完，李东忍不住打了一个重重的哈欠，然后翻了一个身，准备继续睡觉。

可是就在这个时候，咚咚咚……敲门声又响了起来。

你还有完没完啊？白小勇气得掀开被子，一个鹞子翻身跳下床，接着怒气冲冲地去开门。然而，正当憋着一肚子火气的白小勇打开寝室的门,准备向对方发泄不满时,却不由愣住了,门外空空荡荡,竟连一个人影都没有。白小勇看见一弯瘦瘦的月牙悬挂在深灰色的天空上,而近处花坛里的所有植物都成为剪纸,张贴在他的目光里,造型怪异,色泽暗淡,内容相当模糊,一个个显示出深不可测的恐怖的样子。于是,白小勇连忙退回室内,把房门关上了。

谁啊?李东问。

哦,不知道……白小勇上床后头脑特别清醒,他心里暗想,坏事了,给敲门声这么一闹腾,睡不着了!

就在白小勇这么想时,敲门声又咚咚咚地响了起来。但那声音显然不是击打在他们寝室的房门上溅起的,而是从别的宿舍传递过来,一直迅速传递到白小勇的耳畔。白小勇仔细听了听,觉得不对劲,那敲门声极为反常,属于游走性的,也就是说,有人在边走边挨个敲打这栋住校生宿舍楼的各个寝室的房门。于是白小勇心想反正天快亮,也睡不着了,干脆出去看看究竟是怎么回事。

这时,一屋子的人都被这烦人的敲门声吵得无法再睡觉了。李东说,这是谁啊,不带这么玩的!吴少山说,开玩笑也不能这么个开法?太过分了嘛!张帆愤愤地下结论道,简直是缺德呢!说完,大家都不睡了,纷纷起床,准备捉拿这个"半夜鸡叫"的捣蛋鬼。

几乎是同时,整个宿舍楼的住校生们都被这不断的敲门声敲得怒不可遏。于是,那些呵斥声、埋怨声和咒骂声纷纷传来,使得这一天的早晨在一片嘈杂声中过早地降临了校园。

然而奇怪的是,敲门声却不因住校生们的醒来而产生片刻的停

有人敲门

顿,那咚咚咚的声音仍然继续顽强固执地响着,从远处滚雷似的一阵接一阵朝着白小勇他们的寝室接近。后来就在那可恶的咚咚咚的敲门声第二次光临初二(8)班的男生宿舍时,白小勇第一个冲了过去,然后愤怒地拉开了房门。这时,由于惯性的作用,白小勇竟然差点儿和那个敲门人撞了个满怀。当白小勇与对方面对面地站在一起的当儿,白小勇十分吃惊地看见那个跟他一般高的完全陌生的敲门人正一脸笑意地看着他,且目光中全是他读不懂的朦朦胧胧的内容。白小勇本想说什么,可是嘴一张,成了一个O型,竟然一点儿声音也没有发出来!

还是李东最先发出了责问。李东推开白小勇,走到那个陌生人的面前,问道:喂,你是谁?

那个人反问:喂,你是谁?

李东说:我问你呢?

那人说:我问你呢?

说完,那人就兀自嘿嘿地笑起来。他笑的时候嘴张得很大,像只阔嘴青蛙,以至粉红色的牙龈肆无忌惮地在微弱的晨光下绽露得无遮无挡。

显然李东被那个人怪诞的笑容吓了一跳,他身不由己地朝后退了一步,然后结结巴巴地说,这人……好像,神经……不大正常……

白小勇立即补充道,是一个痴呆症患者!

这时候,其他宿舍的住校生们纷纷出来,把那个陌生的敲门人团团围住。而那个人却显得很是兴奋的样子,目光呆滞地一会儿看看这个,又会儿又瞧瞧那个,嘴里不断地发出嘿嘿嘿的声响。与此同时,有一线半透明的涎水从那人的嘴角流了出来,很像是一根悬挂着的尚没有来得及吃完的粉条。

清晨男生宿舍楼发生的敲门事件,很快惊动了传达室的王大爷。就在大家把那个神经不大正常的人团团围住的时候,王大爷急急忙忙地跑了过来。王大爷问,同学们,发生了什么事?

白小勇便简要地把情况向王大爷汇报了一遍。王大爷一听,着急了,他拉过那个敲门的陌生人,厉声问道,你叫什么名字?你从哪里进来的?

那个人一点儿也不害怕王大爷。那个人嘿嘿笑着,用手比划着告诉王大爷,敲门,咚咚咚,嗯……好玩……

对方的答非所问,把王大爷气得够呛。王大爷的脸冷了下来,继续问,你说,你是从哪里进来的?

那个人才不管王大爷的脸是冷还是热呢,他的兴趣点显然还在敲门上。他说,咚咚咚,好玩……嗯,好玩……

那个人的回答,把围观的同学们逗得直乐。于是,白小勇对王大爷说,他的智力发育不全,你问他从哪里来,他根本就不知道。

负有看护院门重任的王大爷连忙解释说,昨晚我把大门关得好好的,难道他还能从天上掉下来不成?

他是爬墙进来的!李东说,你看,他的衣服上有爬墙蹭得印

有人敲门

痕；还有，扣子都磨掉了两个……

王大爷认真检查了那个人衣服上留下的种种可疑的痕迹，然后问，你是爬墙进来的吗？为了对智力不全的人表述清楚，王大爷边说边夸张地做了个爬墙的动作。

那个人显然听明白也看明白了，他嘿嘿笑着点点头，接着用手朝着院墙的方向指了指，在一副得意洋洋的面部表情的衬托下，十分艰难地用不连贯的话语好不容易才吐出"爬爬……爬墙……"这样的字眼来。

王大爷顿时愤怒了。

王大爷当场对那个敲门人大声训斥道，你怎么能爬墙进来呢？知道吗，这里是学校！天不亮你就乱敲学生宿舍的房门，影响到同学们的睡觉，这个问题有多么严重？……

同学们就笑。

白小勇笑着说，王大爷，他缺根筋，你训他，如同对牛弹琴，一点用也没有。他甚至根本就听不懂你在说些什么。

王大爷这才想起对方是个智力发育不全的人。于是王大爷朝那个人发泄着内心的强烈不满，他连连推搡着他，说真是个捣乱鬼……走吧走吧，赶快走！说着，王大爷就把那个人朝大门的方向推。

那个人的脸上绽露出一副不愿离去的苦巴巴的表情，他被王大爷推动一下，身子才无比沉重地朝前挪一小步。他就这样一步步挪动着，并不时回过头来，对住校生们嘟嘟囔囔地说，敲门……咚咚咚……好玩，咚咚咚……嗯，好玩……

后来，那个陌生的敲门人没有被王大爷赶出大门，是因为白小勇的阻止。白小勇看着那个人被王大爷推搡着一副很不情愿的样子，心里忽然间就萌生出一种担忧来。他想，那个弱智的人看上去年龄跟自己差不了多少，顶多也就15岁吧，他叫什么名字，家住在哪里呢？他为什么天不亮就跑了出来？他在爬墙进入学校住校生宿舍楼之前又去过什么地方？他外出家人知道吗？现在把他赶出校门，他又将到什么地方去？还会爬墙到别的宿舍院子里，挨家挨户地乱敲门，然后自言自语地说，敲门，咚咚咚……好玩？别人是否会粗暴地对待他，甚至是动手打他呢？……这样想来，白小勇便急忙拦住了王大爷。白小勇对王大爷说，别赶他走了吧。把他赶出学校的大门，他要是找不到家该怎么办？

同学们一听，纷纷劝阻王大爷，说把他赶走不是个好办法。

王大爷想想有道理。

但王大爷接着又想，那留下他也不好办啊，现在都早晨六点多了，再过一会儿，住校生们该吃早饭然后上课去了，到那时，大家都走了，留下这么一个痴痴呆呆的人，他也看不住啊？为此，王大爷感到十分为难。

白小勇连忙出主意，说我们问问他家在什么地方，让他家人把他领回去——这办法怎么样？

大家立即表示赞成。

有人敲门

白小勇就开始问那个人,喂,你叫什么名字?

那个人反问,你叫什么名字?

白小勇想了想,说我叫白小勇。

那个人也想了想,说我叫李……大山……对,李大……山……

同学们一听,都很高兴,毕竟知道面前的这个弱智者的名字可能叫作李大山了。

接着,白小勇乘胜追击,问自称是李大山的人,李大山,你的家住在哪里?

李大山依旧反问白小勇,你的家住在哪里?

白小勇立即说,我家住在海棠区光荣街38号。你家呢?

李大山很是认真地想了又想,说我家……我家住在……不知道……

白小勇不愿放弃努力,继续耐住性子问,李大山,你是知道你家住在哪里的。你仔细想一想?想起来了吗?

李大山想了想却说,敲门,咚咚咚,好玩……

王大爷说,同学们,别费劲了,问不出来的。你看他这样子,缺着心眼儿呢!

有同学提议拨打110,把这个弱智的自称是李大山的人交给警方处理。但马上就有同学表示反对,说万不得已最好不要那样做,那样会给110增添麻烦的。

那该怎么办才好呢?

就在大家为如何帮助眼前的这位弱智的同龄人而苦思冥想的时

候，李东一拍脑袋，说有了有了，接着迫不及待地把李大山拉到自己的面前，然后在他的身上乱翻。

白小勇不解地问，你这是干什么？

李东说，找找看，有没有地址或是电话号码。像他这样的人，没准他的家长怕他外出找不到家，会把联系方法写在他身上的什么地方。

就在李东翻李大山衣服的时候，李大山先是躲闪着，后来大概明白是怎么回事了，就站在那里用手指着自己的脖子，嘿嘿笑着说，12……34……567……

李东一愣，接着就知道怎么回事了。于是，李东兴奋地翻开李大山的衣领，然后在他的衣领下找到了一块缝制的白布条，那上面清晰地写着"李大山家电话：0518－66372988"的字样。李东说，这下好了，可找到了！

就在这个时候，吃早饭的铃声响了，王大爷说，同学们，你们快回去洗涮，然后到食堂吃饭去吧，千万别耽误了上课。李大山就交给我好了。我这就去打电话，让他家里来人领他回去。

白小勇说，王大爷，我一会儿给李大山打饭，让他吃饱了再走。

白小勇说到做到。不过，当白小勇从食堂打来早饭送到住校生宿舍区传达室的时候，他看见李大山的面前已经摆了好几份同样的饭菜了。王大爷说，你们都朝这里送，他哪能吃得了啊！

白小勇就笑，说能吃，就多吃。

李大山乐得手舞足蹈。他一边大口大口地啃着馒头，一边支

有人敲门

支吾吾地对着手中的馒头不厌其烦地说，敲门，咚咚咚……嗯，好玩……

许多年之后，白小勇大学毕业，进入一家实力雄厚的大公司工作，不久，他便凭着自己的实力与显著的业绩，升任为该公司某一生产部门的主管。

这一天晚上，白小勇接到李东打来的电话。李东在电话中不仅正式通知了他同学聚会的时间、地点，还特地告诉他，要他准备一个届时人人都要表演的节目，而且这个节目的内容必须与当年在学校读书时的校园生活有关。于是，白小勇立即就想到了初二那一学期住校时，有一个智力不大好的名叫李大山的人，在天不亮的时候通过爬墙进入了宿舍区，然后挨个寝室敲门的故事……白小勇打算在有声有色讲完这个故事之后，郑重地向当年住校的同学们发出邀请，邀请大家再到以前住过的宿舍走一走，看一看。试想一下，当年，大家不约而同地面对一个患有先天性弱智的同龄人，深刻地表现出了一种对于生命的特别的尊重，那样的一段岁月，以及在那岁月中生活着的那样的一个集体，该是多么值得人们怀念啊！

如此想来，白小勇的耳畔，仿佛又响起了当年那一阵阵的敲门声：

咚咚咚，咚咚咚………

两个红萝卜
——《住校生》系列之四

吴少山的床紧挨着宿舍的窗户。

吴少山没事时喜欢坐在床边，透过敞开的窗户看外边的风景。

这一天中午，吴少山的目光越过窗外的花坛和草坪，然后又一次欣喜地抵达了临近院墙的那一片萝卜地。他看见地里长势极好的萝卜一个个奋不顾身地拔地而起，色泽鲜艳地在阳光下坦露出半截肚皮，像是在炫耀自己的富足与美丽；而那绿色的叶子，则在红扑扑的萝卜的映衬下，把一种都市里少见的田园风光和浓郁的乡土气息表现得淋漓尽致。这时，萝卜地的主人进入了吴少山的视野。吴少山看见她走近萝卜地，蹲下身子，满面喜色地把一棵棵萝卜逐个打量了一遍，然后心满意足地走了。吴少山一直目送着她走进住校生宿舍区的传达室，这才把注意力重新移到那一片萝卜地里。

有人敲门

怎么,又在看那些诱人的红萝卜啦?李东说。

吴少山就笑。

吴少山说,这时候萝卜刚上市,肯定很好吃。说着,就有涎水顺着孙少山的喉咙极快地滑了下去,以至他的喉结情不自禁地蠕动了数下。

李东说,馋了吧?

吴少山点了点头,然后说,要是看不见也就算了,可是那片萝卜地不知怎么搞的,就像带有磁性,一个劲地吸引你的目光,让你的目光躲躲藏藏,最终还是要往那地方延伸过去。你想挡都挡不住!

李东笑了,那就去拔两个萝卜尝尝鲜呗。

这话李东不止一次在吴少山的面前讲过,只是吴少山不愿偷偷摸摸地去拔人家的萝卜。尤其是在晚上夜深人静之际,吴少山认为那种行为纯属典型的偷盗。更何况那些萝卜是住校生宿舍区传达室负责看大门的王大爷的老伴种的,吴少山几乎每天都要看见她忙忙碌碌,把一颗心儿牵挂在那片萝卜地里。于是,吴少山把目光从窗外移进屋,对李东用一种调侃的语气说,你以为那两个萝卜好拔啊?传达室的后窗正对着菜地,人家随时随地都在看护着自己的劳动果实呢!

李东说,正因为在人家的眼皮底下,你若能想方设法不让对方发现,拔两个萝卜来,那才叫乐趣……不过,你吴少山不行,没那份智慧。说着,李东对同寝室的张帆和白小勇一笑,然后很有内容地朝他们挤了挤眼睛。

张帆和白小勇顿时心领神会,马上异口同声地指责李东,说李东真是门缝里看人,把人看扁了,吴少山可是我们寝室四个人中最聪明的一个了。其实,不就是拔两个萝卜吗,又有什么了不起的?没准吴少山眉头一皱,计上心来,只是不说出来而已。对不对呀,吴少山?

吴少山不吭声,只是很得意地在笑。

李东说,你笑什么,是不是感到很无奈啊?

吴少山说,我笑你们居心不良,齐心合力做了一个圈套,想让我往里面钻。不过,我明明知道是圈套,倒很想钻一把呢,那样最起码可以显示我的智慧,同时,也好给你们一个启发,启发你们今后在我的面前不要太自作聪明了。

你看你看,李东说,你怎么这样看待我们呢?我们是那样的人吗?

张帆和白小勇也说,你可不要猪八戒倒打一耙哟!

吴少山说,你们耍的那一点小聪明,以为我不知道还是怎么的?要是想吃萝卜,就实话实说,不要遮遮掩掩地好不好?

接着,吴少山说,在我献计献策之前,得把话说在前头,这次拔萝卜,是我们寝室的集体行为。你们谁个不同意,等到拔来了萝卜,谁就不要吃。

同意!李东首先表态。态度坚决。

没意见。接着,张帆举手示意通过。

有人敲门

嘿嘿,我画圈了。白小勇笑着说道。

于是,吴少山面带得意洋洋之色,便把如何在光天化日之下拔萝卜的计划对大家细说了一遍。大家一听,直叫好,说这个点子比报纸上报道的那个"点子大王"的招儿还要绝,堪称本世纪的经典之作!

接下来,大家说干就干,立即按照吴少山的策划,开始进入了实施阶段。

具体地说,其实很简单,那就是同寝室的四个人以一种校园生活中常见的方式,嘻嘻哈哈、打打闹闹地从屋子里出来,然后由吴少山追逐李东,两人一前一后地奔跑着,先在花坛和草坪转上两圈,随后别有用心地向那片萝卜地渐渐接近。等到了菜地边,吴少山边跑边脱下穿在身上的外套当作武器去抽打李东;而李东则左躲右藏地退缩了一阵子,继而奋起反击。只见李东上前一把夺过吴少山手中舞动的外套,接着很是自然似乎是顺理成章地把它扔向萝卜地。这时候,吴少山的外套就按照吴少山事先的设计,在空中如同一只飞翔的大鸟,舒展开硕大的翅膀,然后徐徐降落在一大片茁壮生长的萝卜之上。此刻,等到外套完全落地之际,吴少山已经赶跑了李东,随即他显得很不高兴的样子一边嘴里嘟嘟囔囔数落着李东,一边弯下腰来,从萝卜地里捡起自己的外套。当然,这不是平平常常的那种捡,而是吴少山利用捡的机会,用外套作掩护,在俯身抓起衣服的同时,顺手捎带着从地里拔起了两个红萝卜。请注意，好就好在这两个红萝卜是被吴少山的外套严严实实地包裹着的，一般人根本看不出来，所以吴少山很容易地就在李东他们的密切协助下，将他那堪称绝妙的策划在实施的过程中完成得天衣无缝。

当吴少山提着他的外套从容不迫地回到寝室时，立即受到李东、张帆和白小勇的隆重迎接。李东从吴少山的手里接过用外套包裹着的沉甸甸的萝卜，高兴地直嚷嚷，说吴少山，你真行，我可是打心里头佩服死你了！

张帆和白小勇也跟着一个劲地赞道，这哪是两个萝卜啊，分明就是吴少山智慧的结晶呢！

只说得吴少山面部的笑容十分灿烂，他连连点头，说这话我特爱听，你们不妨重复几遍，我绝对不嫌啰唆！

接下来，李东非常勤快地到卫生间打来了一盆水，开始洗萝卜。这两个萝卜外形很好看，属于胖而不蠢的那一种，皮儿红扑扑的，经过水洗，显得格外的鲜润，直引得吴少山馋涎欲滴。吴少山忍不住催促李东，你快一些洗好不好？磨磨蹭蹭地是想馋死我呀！李东听了笑着说，你别急嘛！说着李东就把洗好的萝卜从脸盆的水里捞起来，甩了甩，然后递一个给吴少山，说你和张帆一人一半，这个由我和白小勇包了。

这一天的中午，初二（8）班四个住校的男生十分快活，他们很快便用小刀把萝卜切成了数块，然后迫不及待地吃了起来。大家俨然像是美食家，边吃边对萝卜展开了一番阔论。吴少山说这萝卜

有人敲门

好吃，皮薄肉嫩，脆生生的，咬一口，满嘴都是汁水。张帆说，常吃点萝卜好，自古以来民间就有萝卜赛人参的说法。李东则佯装万分痛苦地埋怨道，市场上这饮料那饮料的五花八门品种繁多，可就是缺少萝卜饮料。等到有空的时候，我真该给哪家饮料公司的老总打个电话，建议他们生产一批萝卜汁投放市场试试，嘿，准畅销！而此时的白小勇却顾不上说话了，他的嘴里被萝卜填得满满的，一脸幸福无比的样子。等到过后好不容易让嘴巴腾出空来，白小勇只说了一句话，他说等他吃完后再作评论吧。接着白小勇的嘴巴又忙乎开了。

不多一会儿，大家就把萝卜吃完了。接下来的一项重要活动内容是打呃，大家一个个接二连三地打，于是呃声嘹亮，此起彼伏，只打得满寝室弥漫着吃过萝卜之后肠胃畅通的那种特殊的气味。开始大家还挺乐的，争先恐后地比试，看谁的呃打得响，后来还是吴少山提醒，说是糟了糟了，快要到上课的时间了，要是到了课堂上还是这样收敛不住，肯定要严重污染环境了！说得大家立马捂住了嘴巴，生怕再有萝卜气味一不小心从嗓子眼里窜了出来……

自从这一天吃了萝卜之后，大家一有空隙时间便聚在窗前，让目光穿越花坛和草坪然后在那片萝卜地上徜徉。尤其是当萝卜地的主人走向那片菜地时，大家都会不约而同紧张地向她张望。最初的那几天，大家担心她发现地里的萝卜少了，由此对菜地对面他们所居住的这间寝室里的人产生怀疑。但这种担心显然多余，她一点儿都没有觉察出有什么异样,依旧像往日那样,串门似的走到菜地前看上一阵子,然后心满意足地又回到传达室里,继续协助她的老伴看守大门。后来,这样的情景多了,大家也就不再担心偷吃萝卜的事被她发现了。不过,大家依旧关心着那片萝卜地,好像那片萝卜地里埋有一个念头,让他们老去想着它,又无法离开它。

那是一个什么念头呢?吴少山没和同寝室的其他人交流。他只是在吃了那半个萝卜的当天,便对萝卜地的主人生出了许多的歉意。说实话,那片地里的萝卜,从播种、发芽到一点一点地长大,都是王大爷的老伴精心侍弄的结果,整个过程吴少山一一看在了眼里。而现在,当那些萝卜成熟的时候,它的主人还没来得及品尝,却让他们仅仅凭着一时的小聪明便不劳而获,轻而易举地掠夺了他人的劳动果实,实在是太不道德了!一想到这,吴少山就很难过,胃里的那半个萝卜似乎变成了难以消化的石头,硬邦邦的,胀得他腹部很不舒服。这样的感觉,尽管吴少山没有对同寝室的同学们讲,但他心里有数,大家都和他一个样儿。因为大家虽然表面上不说,并不等于那种感觉心里头没有。相反,正是有了那些歉意和内疚,大家才通过沉默的方式予以表达。于是,自打分食了那两个萝卜的那一天起,吴少山便和寝室里的所有的人,相互之间拥有了一份默契,大家再也不提有关萝卜的任何字眼了,"萝卜"一时成了他们的忌语……

后来,吴少山重提萝卜这两个字,已是一周之后。那是一天下午,吴少山和寝室的同学们看见菜地的主人扛着一把铁锹向那片长

有人敲门

势喜人的萝卜走去，接下来，萝卜们便被她一个个从地里陆陆续续地挖了出来。她挖得很慢，一边挖，一边像是在欣赏自己的杰作，脸上满是丰收的喜悦。而在她身边的空地上，红红的萝卜已经渐渐聚积成堆，以至于远远地望去，很像是一幅色彩艳丽、装饰性很强的水粉画……就在这时，吴少山突然说起了萝卜。吴少山说，我们该赔她两个萝卜！

李东听了挠了挠头，说好是好，可怎么个赔法？

张帆和白小勇接着说，是啊，赔她，她能要吗？！

吴少山沉思了片刻，说那就看我们想什么办法了。

接下来，吴少山很快便想出了一个好主意，他当众说了出来，立即获得了大家的一致通过。

第二天，天刚蒙蒙亮，初二（8）班的四个男住校生早早起来了。他们佯装晨练的样子，结伴经过宿舍区的传达室，然后向操场跑去。其实，他们仅仅跑到操场边，便及时改变了方向，很快调转头，接着飞快地出了校门。离学校不远，有一个农贸市场。当吴少山他们找到蔬菜摊点的时候，前来买菜的人并不多，这便给了他们一个在一大堆萝卜面前从从容容挑挑拣拣的极好机会。于是，他们十分满意地买了两个与不久之前吃下肚的那一对萝卜大小相似的红皮萝卜，然后由吴少山用外套包裹着，悄悄返回了学校。

途经住校生宿舍区的传达室时，按照事先的分工，李东、张帆和白小勇主动与王大爷和他的老伴打招呼，接着他们以跑步淌汗多了口渴，想找开水喝为借口，进入传达室，然后缠住那两位老人，尽量牵扯住他们的注意力。与此同时，吴少山则绕过传达室，径直来到那边尚未收完的萝卜地旁，将外套里包裹着的那两个萝卜异常郑重地放在了地边上。当作完这一切之后，吴少山向传达室的方向打了一个V的手势，随即迅速撤离了那一片菜地。

回到寝室，大家显然很是兴奋，一个多星期前的那种久违了的轻松和愉快，一瞬间又重新回到了身边。这时，只见李东忍不住地夸吴少山，说你这家伙真是聪明，将来要是不开个"点子"公司，那肯定是二十一世纪我们这个社会的极大损失！吴少山就笑。吴少山说，你少给我戴高帽子吧。我这人有个最大的毛病，那就是别人一夸，我就不知道姓什么了！张帆、白小勇马上跟着起哄，那么，当场试一回怎么样，你说你现在姓什么吧？……

开玩笑归开玩笑，但在接下来的那一段时间里，吴少山和李东他们的注意力都不曾相约地纷纷集中到了远处静静躺着的那两个特殊的红萝卜上。大家很想目睹王大爷的老伴这时候能够接近那片小菜地，然后继续用铁锹挖地，以至于把她收获的劳动果实与那两个萝卜混在一起……然而遗憾的是，早晨的时间极为有限，直到上课铃声快要响了，他们渴望看到的那一幕动人的情景还没有出现。

好不容易到了中午，急急忙忙地吃过饭，吴少山一出食堂，就迫不及待地撒开两腿往寝室跑去。他在心里始终惦记着那两个红萝卜。他不知道那两个红萝卜在这一天的上午会有什么样的遭遇。

然而，就在吴少山一心想着那两个红萝卜时，那两个红萝卜

有人敲门

却无比醒目地出现在宿舍区传达室的窗台上。吴少山在看见它们的同时，还看见了传达室门前小黑板上用粉笔工工整整书写下的那一行文字。那是一则失物招领，内容为本传达员在菜地边拾到两个萝卜，敬请失主领回。吴少山看在眼里，不由愣了一下，接着下意识地站在那里把一句本该不说的话脱口说了出来。吴少山自言自语地说，你怎么知道这两个萝卜不是菜地里长的那些萝卜呢？这时就听有人在答，说品种不一样呗。吴少山抬头一看，只见说话的那个人正是菜地的主人。于是，吴少山连忙低下头来，心里慌乱地说，哦哦，原来是这样……

后来，吴少山不知道自己是怎么回到寝室的。

再后来，吴少山透过窗户远远地看见同寝室的李东、张帆和白小勇相伴着接近了传达室，当他们目睹窗台上的那两个红萝卜和黑板上写着的"失物招领"时，脸部惊讶的神色随即暴露无遗。为此，吴少山不由心想，刚才自己的表情，也肯定是这种样子吧！

绝　招
——《住校生》系列之五

　　下午最后一堂自习课正上着，班主任谷一飞把李东、张帆、白小勇和吴少山叫出了教室。同学们一看，老师叫的是班上同住一个寝室的住校生，便会意地一笑，心想主题很明确，肯定是他们犯什么事了。

　　出了教室，班主任谷一飞用手指了指不远处的一个花坛，说就在这里吧。于是，初二（8）班的四位男住校生走到花坛旁就站住了，他们把自己站成了一棵棵树。班主任问他们，知道我找你们干什么吗？四个人的心里明明有数，却装作一头雾水的样子，你看看我，我看看你，然后不约而同地说，不知道。班主任显然很生气，脸上多云，甚至已有多云转阴的某种迹象。他背着手在他们面前踱了个来回，然后突然止步说，你们就不能把寝室的卫生打扫得

有人敲门

干净一些吗？教导处的何主任说了，这次检查卫生，又是你们那个屋子最差！同是一个班的住校生，崔平平她们的女生宿舍就比你们强得多，人家拿了卫生流动红旗。可是你们呢？你们要珍惜班级的荣誉，不能给初二（8）班抹黑！……这样吧，班主任谷一飞想了想，接着说，回去以后你们抓紧时间把寝室的卫生好好清理一下，明天中午我去检查！

吃完晚饭，回到寝室之后，李东嬉皮笑脸地学着班主任谷一飞的样子，背着手，对张帆、白小勇和吴少山怪腔怪调极度夸张地说：“你看看崔平平她们的女生宿舍就比你们强得多，人家拿了卫生流动红旗。可是你们呢……”吴少山一听，立即就不高兴了。吴少山说，李东，你还有脸说我们呢。要不是你邋邋遢遢窝窝囊囊，拉了我们的后腿，我们寝室说什么也不至于在卫生评比中落得个脏乱差的罪名啊！李东像是被马蜂蜇了似的叫喊起来，好家伙，竟然怪起我来啦？你也不看看你自己。你的那双袜子足有两星期没洗了吧？你把它塞在床垫子下面，让何主任检查卫生时当场翻了出来，那个臭味啊，熏死人了……哼，你还说我呢！吴少山寸步不让，立马奋起反击。吴少山说，得了吧，我只是偶尔一双袜子没有洗而已。可你呢？你自从住校以来自己洗过衣服吗？没有。每星期你都把换下的衣服拿回家，让你妈代劳。也许你还记得，有一个星期天学校召开体育运动会，你没有回家，结果汗湿的衬衣没法换，还是借了我的衣服穿！李东不否认有这么回事。不过李东强调这跟检查卫生没有直接的关系。关键是卫生检查时，你吴少山桌上堆放的书下窝藏着一层灰，让何主任抓了个正着，以至大家跟着受牵连，直接影响了我们寝室的名声……后来，要不是张帆和白小勇相劝，李东与吴少山之间一番唇枪舌剑的激烈交锋还不知道要持续到多久。

张帆说，你们不要相互揭丑好不好？你们不怕丑，我还怕呢。让我听了心里头直犯恶心。

白小勇则说，都是一个寝室的，咱们谁跟谁啊？我看还是务实一些吧，大家动动手，把屋里的卫生打扫一下，要不明天中午怎么向班主任交代啊！

见张帆和白小勇这么说，李东和吴少山也就无心恋战了。接下来，大家唉声叹气地开始打扫起卫生来。

第二天中午，班主任谷一飞说到做到，真的就到寝室检查卫生来了。谷老师检查得很仔细，他用手这里抹抹，那里蹭蹭，不多时，手掌上就沾了一层灰。谷老师阴沉着脸对大家说，你们就这样打扫卫生的啊？别是在阳奉阴违糊弄我吧！告诉你们，统统给我返工，直到寝室的卫生合格了为止。临走前，班主任谷一飞特地留下话，说他明天中午还要来检查！

这不，班主任前脚刚走，李东就忍不住悲情地喊了一声，我的妈哎，还有完没完啦。接着，吴少山、张帆和白小勇冲着班主任离去的背影连连哀叹不已。大家都对自己能够打扫好寝室的卫生，直至让班主任感到满意，丧失了信心。

又到了中午时分，大家正心神不宁坐卧不安地等待着班主任谷

有人敲门

一飞的到来，忽然张帆指着窗外如同招致电击般惊恐万状地喊了起来，不好啦，不好啦，她……她……她们……来了……

顺着张帆的手臂往窗外看去，初二（8）班男生宿舍的所有住校生们顿时傻了眼。你猜怎么着？原来不仅仅班主任谷一飞一个人来检查卫生，他还把同班女生宿舍的崔平平等人一同带来了。其实，光班主任一个人来，就叫他们抵挡不住了，这下可好，又带了一些女同学，这对于寝室卫生不过关而又特别爱面子的他们来说，简直就是雪上加霜啊！

怎么办？一屋子人瞬间乱成了一团。李东追着吴少山直嚷嚷，让他快想个好办法。吴少山一脸愁云密布的样子说，怎么光让我出主意，你自己不能想一想嘛！李东说，你不是自称是咱寝室最聪明的人吗？到了关键时刻，不找你找谁！……就在这时，班主任谷一飞带着崔平平等人已经走到寝室的门口了，吴少山一急之下，干脆大义凛然挺身而出，他一边用自己的身体堵住寝室的门，一边慌忙应付来者道，嘿嘿，你们……你们来啦？

在吴少山身后，是张帆、李东和白小勇，他们也跟着吴少山鹦鹉学舌，表情做作地苦笑着说，嘿嘿，你们……你们来啦？

班主任谷一飞用手指了指崔平平她们，说我特邀她们同我一起来检查你们的寝室。我想你们肯定会欢迎的。说完，也不等吴少山他们回答，就领着崔平平她们要往寝室里去。

吴少山没有让开道的表示。

吴少山支支吾吾地说，谷老师，您一人来就行了，我们的屋子小，人多了，嘿嘿……挤不下……

李东们连忙跟着说，对，人多了，挤不下。

崔平平见状，马上说，你们是不是不欢迎我们啊？随即崔平平又说，挤不下不要紧，我们可以分期分批地进入宿舍进行检查——谷老师，你说呢？

班主任谷一飞不怀好意地笑了。

班主任谷一飞话中有话地说，那样更好啊，我们可以多检查一遍。说着，他就要带人进宿舍。

这时，白小勇从吴少山的身后挤到前面来，他让自己镇静了片刻，然后自称代表宿舍的全体同学向班主任谷一飞和崔平平她们表示歉意。白小勇说，真不好意思，我们今天的卫生打扫得不好。你们看，能不能宽容一些，给我们一点时间，过两天再来检查？

班主任问崔平平，你看呢？

崔平平略思索，然后说，那就满足你们的愿望，我们后天再来。

那好吧，于是班主任谷一飞对白小勇说，今天就不检查了。不过，我有一个小小的建议？

白小勇说，老师，您说。

班主任谷一飞说，我建议你们现在到崔平平她们的女生宿舍参观一下。她们的卫生搞得好，得了流动红旗，你们不妨去学习学习！

崔平平马上表态，说欢迎参观，欢迎给予批评。

有人敲门

白小勇用目光征求了一下大家的意见,见没有异议,便说,那就去看看吧。

崔平平她们住的女生宿舍就在右侧另一栋楼的楼下,虽然相距不远,但女生宿舍对于男生们来说,毕竟显得十分陌生。因为学校有着明确规定,不允许男女住校生们相互串门,如若需要找人,可以通过传达室给予帮助。所以初二(8)班住校的四个男生虽然住校近两年了,但从来就没有哪个人去过同班女生的宿舍。这次有班主任带领,再加上属于参观学习的范畴,当然男生们进入女生宿舍便很是顺理成章的了。

一走进崔平平她们的女生宿舍,给男生们的印象便是处处都要比自己的寝室干净百倍。你瞧人家是怎么把屋子整理的,该放置在哪儿的东西,就放在那儿。一眼望去,一点多余的杂物都没有。你再瞧人家的窗户玻璃擦得多干净啊,说是纤尘不染,绝对不是夸大其词。尤其是床底下的鞋子,一律排列整齐地放在地面,鞋头朝外,一只紧挨一只,很像是商店货架上摆放着的陈列品……

崔平平笑眯眯地说,请你们多提宝贵意见啊?

李东一边观看,一边把头点得像是小鸡吃米:嗯、不错、不错,蛮干净的。说完,李东趁别人不注意,有意在门框上用手指蹭了一下,然后见手上仍旧无灰,这才扭过头来对身后的吴少山悄悄地说,果然名不虚传。真是"高家庄,实在是高"!

班主任谷一飞问,你们叽叽咕咕地在说什么啊?

李东连忙掩饰着说,我是说她们不愧是卫生流动红旗的获得者，值得我们好好学习！

班主任谷一飞笑了，那好哇，回去以后你们好好清理清理卫生，大后天中午，我们一起到你们宿舍去参观——就这样说定啦！

接连两天，初二（8）班男生寝室的所有人，只要一有空闲时间，就忙着打扫卫生。

说来也怪，自从那天班主任谷一飞领着他们参观了崔平平她们的女生宿舍，大家一瞬间仿佛变了另外一个人。这不，过去李东一向标榜自己居有文人气质，常常以不拘小节为借口，把脏呀乱呀视作潇洒的代名词。他曾多次对同宿舍里的人公开宣称，生活中太仔细太干净的人，不是正宗的男子汉。可这一回，俨然大不一样了，李东的积极性特别高涨，他一边干活，一边敞开嗓门可着劲地吆喝，要大家好好打扫卫生，拿出个样子来，一定要改变寝室脏乱差的落后面貌。吴少山以前常常指责别人不注意卫生，其实追根求源细细分析，那都是他别有用心，其目的在于掩饰自己。据吴少山坦白交代，他从小就没有养成把东西放置整齐的习惯，所以生活中一如既往地希望不受他人的束缚。不过这一切已经成了历史，现在的吴少山则表示要痛改前非，以实际行动，重塑自我，给同学们留下一个崭新的印象。而平时懒得连油瓶倒了都不去扶的张帆，按照他自己的话说，不能再像以往那样没有责任心了，要换一种活法，借助打扫卫生的这一契机，让精神振奋起来。同寝室的四个人中，最叫棒的要数白小勇了，自打参观了女生宿舍之后，他没有什么豪言

有人敲门

壮语，注重的是实际行动，积极埋头苦干。两天来，诸如打水拖地、擦洗门窗之类的活儿，几乎都让他承包了，结果惹得其他三人意见纷纷，吵吵嚷嚷地要白小勇给他们一个表现的机会……

初二（8）班男生宿舍大张旗鼓地打扫卫生的举动，自然而然地引起了左邻右舍其他寝室的住校生们的密切关注。起先他们三三两两地前来串门，说你们瞎忙什么呀？反正校方都检查过卫生了，你们没有份儿得到流动红旗，还不索性好好歇一歇，攒点儿劲等下一次卫生大检查前再往外使！李东他们听了不作回答，只是嘿嘿地笑，仍旧手脚不闲地忙碌着。后来，有消息灵通的人士得知内情，跑来煽风点火，说你们整个是群傻帽，统统中了班主任谷一飞的奸计了。谷老师狡猾狡猾的，他见你们打扫卫生效果极差，就利用你们的弱点，借用女生的力量，来壮大他的队伍。你们可要擦亮眼睛，提高警惕，不要中了他的圈套哟……谁知李东他们一听，却更加高兴了。李东咯咯笑着说，谢谢你的关心。其实，我们知道班主任暗地里使了绝招，但不瞒你说，我们喜欢的就是老师这一手呢！吴少山则说，怎么，你们是不是嫉妒上我们啦？接着张帆和白小勇也打趣地说，我们纯属姜太公钓鱼，愿者上钩，完全是自觉自愿地想把寝室打扫干净。如果你有心参与，不妨加盟我们的队伍，和我们一同行动！

两天过后，初二（8）班男生寝室的面貌顿时焕然一新，新得就连居住在屋里的四个人都纷纷觉得感官受到了强烈的刺激。接下来，为了确保班主任谷一飞带领崔平平她们前来检查卫生顺利通过并且能够获得好评，经张帆提议，大家预先对寝室的卫生状况进行了一次极为严格认真的自我检查。张帆说，咱把丑话说在前头，这回大家务必狠下心来，千万别心痛自己，哪里有毛病，就往哪里找，横挑鼻子竖挑眼，好好计较一番，看看还有什么地方留有不足，以便进一步完善。大家都表示同意。然后大家就开始行动起来。李东专挑旮旯处摸，他的手指沿着门框、窗角旅行了一遭，过后满意地笑了。白小勇显然是冲着吴少山来的，他掀开吴少山的床垫，没发现他要找到的东西。张帆则与李东较上了劲，说是非要找到李东藏起来的脏衣服不可，结果忙乎了好一阵子，最后仍是徒劳……通过自查，大家的信心特别足，以至下一步迫不及待需要做的，唯有迎接班主任谷一飞和崔平平她们前来检查了。

然而，真的到了事先约定好的那天中午，班主任和崔平平她们没有来。这让提前做好准备工作的初二（8）班住校的男生们顿时感到莫大的失望。但好在这一天上午放学前，崔平平受班主任谷一飞的委托，把话及时转达给了李东他们。崔平平得意洋洋地说，今天我们就不去检查卫生了；至于什么时候去，到时候另行通知。这就是说，只要她们一天不去检查卫生，他们就要持之以恒地使寝室的清洁保持住一天。对此，别看李东他们听了表面上虽然连连叫苦不迭，实际上一个个心里面却暗暗感到了一种难言的好受。因为相对说来，检查卫生的时间推迟，势必预示着这一项活动尚没有结束的意思。那么，对于自觉自愿打扫好寝室的卫生，随时随地渴盼班主任谷一飞和崔平平她们前来检查的他们，从中不同样可以感受到

有人敲门

生活中隐匿的某种乐趣吗？

这样一来，李东他们隔三差五地去找崔平平，打听班主任和她们什么时候来检查卫生。而崔平平总是回答说快了快了，可实际上却总是在吊人胃口，一拖再拖地兑现不了。直到后来，学校每两月一次对住校生宿舍进行的卫生检查又开始了，这一次初二（8）班的男生宿舍在评比中并不怎么费劲地就大打了一场翻身仗，由上一次初中部男生宿舍卫生检查中的最后一名，一跃而成了排行榜之首，直乐得学校教导处的何主任把流动红旗交给李东他们后，还笑得合不拢嘴。

当然，更高兴的还数班主任谷一飞了，据说他在学校时没有笑够，以至于下班回到家，没事还偷着乐！

得到卫生流动红旗的第二天下午，正上着最后一堂自习课，班主任谷一飞把李东、张帆、白小勇和吴少山叫出了教室。谷老师郑重地要求他们再接再厉，继续保持好寝室的卫生。他说他和崔平平她们将在大后天的中午，对他们的宿舍进行一次卫生检查。

记住哟，是大后天的中午——班主任谷一飞特地加重语气，对他们强调着说。

减 肥
——《住校生》系列之六

张帆一本正经地向同寝室的同学庄严宣布,他从明晨零时起开始正式减肥,希望大家对他进行严格的监督。如果一旦发现他拥有任何损害减肥的行为,其中包括苗头或倾向,轻则警告(仅限一次),重则严重处罚,罚他请客做东,给在座的每个人买十支羊肉串吃!为此,他特地加重语气地说道,我张帆说话算话,并愿以人格担保,君子一言,驷马难追!

吴少山就笑。吴少山说,你不是说你不胖的吗?怎么想起来减肥了呀!

是啊,李东怪声怪气地说,你不怎么胖嘛,用你的话说,只不过腰比我们略微粗壮七八厘米而已。

白小勇却要张帆说实话,是不是哪个漂亮的女同学在你面前说

有人敲门

你胖啦？别听她的，那是她在嫉妒你呢！

张帆听了咯咯咯地笑。

张帆说，你们别瞎扯了好不好？我真的是肥胖呢，肥胖得都发愁了。这不，报纸上登了，张帆说着拿出一张报纸，极其认真地念道：国际肥胖症大会最近发布的一项报告显示，全世界因患肥胖症死亡的人数是因饥饿死亡人数的二倍还要多。为此，肥胖专家们总结出一检验肥胖的标准，这就是肥胖的指数。其英文缩写为BMI，即你的体重（公斤）除以你的身高（米）的二倍得到的数字，就是你的肥胖指数。这就是说，肥胖指数在20以下，说明你身体太瘦了；如果介于20至25之间，说明你的身体是健康的；介于25到30之间，说明你已经超重了；如果肥胖指数在30以上，说明你已经患了肥胖症，是个标准的胖子了。

李东连忙关心地问，那么你的肥胖指数是多少呢？

张帆一脸痛苦不堪的样子说，我算过了，正好达到25，也就是说，已经到了超重的临界点了，如果我再不下决心减肥，后果将不堪设想。

别故弄玄虚好不好，吴少山说，即使不减肥也没有那么严重吧？其实肥有肥的好处。据说世界上胖子比例最高的当数西萨摩亚，这个群岛国家的女公民76%是胖子。而那里的人总是在肥胖和富裕之间画等号。在西萨摩亚，苗条没有市场，肥胖才是美丽。那里号称是肥胖者的天堂呢！所以，你大可不必为你的胖发愁，世界上比你胖的人多着啦。再说，你的胖，显示出了你不同凡响的富态，我们想向你那样胖还胖不起来呢！

吴少山的话音刚落，张帆便两手抱拳，连连向大家作揖，并以哀求的口吻说道，好了，各位好友，看在我们都是一个班的同学，且同住一个寝室的份儿上，帮我这个忙吧。你们都了解我，我这人缺乏毅力，如果没有大家的严密监督，我就根本不可能减肥！怎么样，我在这里求你们了，权当你们学雷锋见行动，助人为乐一把！

见张帆把话说得那么恳切，恳切得让大家简直不忍心予以拒绝，于是，大家纷纷表态，说你想减肥那就减吧。只是咱们丑话说在前头，如果你一旦违犯了自己订下的有关减肥的规定，那么，当罚给我们每人的十支羊肉串，到时候一支也不能少哟！

张帆立即把头点得像小鸡吃米，说行啊行啊，那我们就这样说定啦！说罢，张帆以最快的速度迫不及待地扑向自己的床头柜，然后从柜子里掏出五根火腿肠，开始大吃起来。张帆一边吃，一边向大家解释，说对不起大家了，还不到明晨零点，减肥还没有正式开始，我这是不得已才进行的"最后的晚餐"，给肚子里打点底子，否则，到了明天，就吃不成了！

真正考验张帆减肥的决心是否坚定不屈，是在第二天中午吃饭的时候。

依照惯例，只要下课的铃声响起，张帆总是把自己演绎成一匹脱缰的马，飞也似的朝着食堂的方向不顾一切地狂奔而去。于是，在排队打饭打菜的队伍中（特殊情况除外，比如老师耽误了下课时间，等等），张帆的排列名次一般都在前五名之内。这一天，张帆当然也不例外，他的肚子早就饿了，尤其是从打菜窗口飘散出来的一阵阵荤菜的香味，馋得他口水咕嘟咕嘟直朝喉咙管里咽。自从张帆站到打菜的队伍中，他的目光就在中午的菜谱上扫描了好几遍。这时候的张帆早已忘了减肥这一茬子事，他的注意力一瞬间统统集中到了该打什么样的菜上。起先，张帆对吃排骨还是吃红烧肉拿不定主意，他一时觉得吃红烧肉过瘾，一时又觉得排骨味道香。后来张帆决定两份菜都打，要吃就吃个痛快时，剩下的想法就是如何快快把那两份菜打到自己的碗里。这样一来，张帆便忍不住对打菜的师傅不满起来。于是张帆大声抱怨着说，打菜打得太慢了，能不能快一些啊！窗口里的打菜师傅也不恼，只是对他宽容地笑了笑，说急啥，下一个不就挨到你了嘛！

谁知正当张帆如愿以偿美滋滋地打着两份荤菜，满脸喜色地坐在餐桌前准备大吃一顿时，李东、白小勇和吴少山就像是从地缝里冒出来的不速之客，忽然间便出现在他的面前。

哟嗬，双份的肉啊，李东笑眯眯地用手中的勺子敲打着张帆菜碗的边缘，然后对张帆不紧不慢地说，你没忘了什么事吧？

什么事啊？张帆不解地问。

李东一笑，问你呢？

白小勇说，别装糊涂好不好？

张帆想了想，没忘记什么事啊。

吴少山说，要不要提醒你呀？结果不等张帆回答，吴少山便说，你的忘性也太大啦，昨晚你还咬牙切齿地说要减肥，这才过了十多个小时，就全忘在脑后啦！

哟，你看我……张帆一拍脑袋瓜，真的忘记了呢！

这时，李东幸灾乐祸地说，想起来就好。怎么样，为了你的君子一言驷马难追，为了你的身体健康，也为了我们对你极其有效极其负责的监督，这两份荤菜当场予以没收，归我们三个人所有——想必你不会有什么意见吧！

哎、哎……张帆刚想伸手护住菜碗，菜已被李东端走了。张帆无奈地看了看远离自己而去的红烧肉和排骨，忍不住使劲咽了两大口涎水，难过得差点落下泪来。张帆意识到自己在这个中午吃不成肉了，于是无不带着伤感的语气小声地对李东说，你们端走了我的菜，那我吃什么？

李东说，别担心没有菜吃，我们几个早就给你准备好了。说着，李东向白小勇和吴少山用目光快活地示意了一下，顿时，三个人便把三份素菜推到了张帆的面前。张帆一看，那三份菜分别是：炒芹菜、炖豆腐和烧冬瓜。张帆不由愣了一下，说，就给我吃这个呀？

李东说，这些菜好啊，尤其适合你吃。你看，芹菜和冬瓜具有减肥的功效，而豆腐营养丰富，被誉为东方奶酪……你就甩开腮帮子猛吃猛喝吧！

尽管张帆心里老大的不愿意，但一点办法也没有。怪谁？怪自己。谁叫你这么胖的？谁叫你胖到了不得不减肥的程度？因此，张

有人敲门

帆只好打碎了牙往肚子里咽,忍声吞气地就着三份素菜,大口大口地往嘴里一个劲儿刨饭。

其实,光吃素菜对张帆已经不算艰难困苦了,最让张帆感到水深火热的是同桌吃饭的李东、白小勇和吴少山他们三个人就餐时的那种可恶至极的表现,真叫他受不了。你说他们吃肉就吃吧,可他们偏偏在你没有肉吃的时候,一边吃一边对红烧肉和排骨赞不绝口。一个说,这肉真好吃;一个马上接上来一句,说味道太香了;而另一个也不甘示弱,把排骨在嘴里嚼得吱吱咯咯响,动静弄得大得不得了。犯得着这种吃法吗?好像八辈子没吃过肉似的……不过,张帆不得不承认,他们吃肉发出的声音对他的诱惑太大了,要不是千方百计克制住自己,张帆真恨不能扑上去,把那些本属于他的荤菜统统夺过来,然后统统塞进自己缺少油水的肚子里!可是,这不是没办法吗?谁让自己减肥了呢!于是张帆在心里一遍又一遍地骂开了,减肥真是个可恶的东西!你可把我张帆给害苦了哇!……

满打满算,减肥刚刚进入了第三天,张帆就感到实在忍受不了了。肚子里每天揣得都是素菜,没有多少油水,弄得往日吃惯了肉食的张帆胃里一阵阵难受。张帆非常怀念有肉吃的那些幸福的时光,他时常闭上自己的眼睛,让想象把自己带到某个豪华高档的自助餐餐厅去,然后不再受李东、白小勇和吴少山的监督,一任自己随心所欲,你想吃什么就吃什么。那时,遐想中的张帆自然首选的食物是肉了,什么油炸鸡腿、酱牛肉、烤鸭、卤猪蹄以及红烧狮子头……啊，内容丰富，应有尽有。张帆终于可以大口大口地吃肉，大口大口地满足自己肠胃的需要了。他吃得大汗淋淋、满嘴流油，结果越吃越想吃，越吃越觉得浑身上下舒适惬意。后来……后来睁开眼睛一看，哪里有那么多好吃的食物啊，想象中美好的一切只能存在于虚幻的想象中。为此，张帆的胃里面更加感到空旷难忍。

有什么方式能够适当解决一下眼前的困难呢？张帆左思右想，最后拿定主意悄悄买一些油性大的食品，比如桃酥之类的点心，它既然不属于肉食，就不能算他违犯减肥的规定。但张帆为了防止万一，考虑到别羊肉吃不上，反而惹得一身膻，于是决定还是瞒着李东他们，小心谨慎为好。于是，张帆在这一天下午第二堂自习课的课间，成功地摆脱了同寝室那三个人紧追不舍的目光，以百米冲刺的速度跑到校门口的小卖部，急急忙忙称了两斤桃酥，然后又以同样快的速度，避开教学楼，绕道图书馆，最后将那一大包沉甸甸的点心藏在了自己的床头。临离开寝室时，张帆本想打开包装点心的塑料袋，先解解馋，吃上两三块桃酥，过一把瘾再说，可是一想，一是时间太紧了，即使想吃也吃不好，估计上课的铃声马上就要打响；二是怕因小失大，你想想，短时间内狼吞虎咽地吃下两三块桃酥，噎得难受不算，搞得不好留下满嘴的桃酥渣子以至于暴露了目标，反倒会误了大事。既然三天都忍过来了，那就不妨再忍一忍吧，等到晚上，同寝室的那三个人都睡着了，没法子履行职责，对自己实行监督了，那时候自己再饱吃一顿也无妨！这样想来，张帆便狠狠心，恋恋不舍地离开了寝室，或者换句话，更加准确地

有人敲门

说，是恋恋不舍地离开了床头藏匿着的那一包油乎乎散发着诱人香味的桃酥！

几乎是踩着骤然响起的上课铃声，张帆恰到好处地回到了教室。当张帆坐定，然后用目光装作漫不经心的样子在李东、白小勇和吴少山的身上扫视了一圈之后，顿时放下心来。凭借自己敏锐的感觉，张帆觉得他们并没有发现他课间的行动。他想，这就好。

接下来的这一堂自习课，张帆上得心情特别舒畅。也真怪，前两天每到这时候，张帆的肚子就饿得叽里咕噜乱叫唤，可是现在却反常，整个儿腹腔风调雨顺，肠啊胃啊一个个都不吵不闹安定团结，竟像绅士一样，显得很有修养。难道是因为晚上有一大包桃酥在等待着它们，它们才拥有这番无比杰出令人感动的优秀表现吗？如果不是在课堂上，张帆真恨不能当场对自己那善解人意的肠胃弯腰鞠躬行个大礼方才心满意足！

也许是有好吃的东西在等待着张帆去享受，所以在张帆的感觉中，这一天的时间仿佛过得特别缓慢。比如说，张帆眼睁睁地看着日头该西下了，可是太阳就像是有意跟他逗乐子，依旧耐住性子挂在空中就是不往下落。再比如说，放学的时间快要到了，他已经做好了要走的准备，可是数学老师却不慌不忙地继续在那里讲课，在张帆的印象中，那位老师从来上课都是干净利索不拖泥带水，今天却反常，好像是在故意找他的别扭……于是，感觉中的时间的延长，对张帆来说，是一种心理上的不折不扣的折磨。他一心盼着时间快些过，最好是能把现在到晚间的一大段过程统统省略掉，直接像拨钟表那样,把时光拨到夜晚,拨到他可以美美地躲在被窝里吃桃酥的幸福时刻,那就太好了。他盼那个时刻的到来,盼得心急如焚,可是表面上却又不能随意流露出来,为此,张帆体验深刻地认为,这种精神上的痛苦,才是人世间最大的痛苦。

后来,可以吃桃酥的那个幸福时刻终于在张帆的期盼中来临了!张帆心情激动地躺在床上,一会儿微微抬起头来看一看同屋已经躺下的那三个同学睡没睡着,一会儿又支棱起耳朵听一听他们轻轻发出的喘息声是否流畅均匀。等到张帆小心翼翼地把这些过程进行了一遍又一遍之后,这才放心地从被窝里伸出手来去触动床头隐藏着的那一包桃酥。

平心而论,张帆的动作已经够轻的了,但那包装在塑料袋里的点心还是在这寂静无声的夜晚发出了惊天动地的声响(这仅仅是张帆的感觉而已)。塑料袋哗哗啦啦的响声,把张帆吓了一跳,以至于他的手指像是触电般给狠狠打击了一下,打击得十指连心地痛。张帆心想,不好,声音那么大,他们肯定要听到了。可是张帆屏住呼吸听了听屋子里的动静,依旧一切如前。这下张帆才放下心来。后来张接受了上一次的教训,他想了想,然后把被子使劲往上拉,一直拉到床头,等到能够覆盖那包桃酥了,这才将被子捂住塑料袋,接着悄然无声地把那两斤极其可爱的桃酥拖往被窝深处。

终于,功夫不负有心人,张帆如愿以偿,可以吃到美妙无比的桃酥了。这时候,用被子蒙住脑袋的张帆迫不及待地打开塑料袋,

有人敲门

掏出一块油乎乎香喷喷的桃酥大口大口地吃起来。他觉得此时此刻，世界上最美好的食物就是桃酥了，桃酥实在是好呢，肯定胜过广东美食城的烤乳猪，胜过北京全聚德的烤鸭，胜过大西北著名的手抓羊肉，胜过人民大会堂国宴上的美味佳肴……

然而，就在张帆得意洋洋地情尽享用第一块桃酥时，就听屋子里冷不丁"吧嗒"嘹亮地响了一声。那是电灯开关线被人拉动的声音。随着这一声响，屋里的电灯唰地亮了起来。还没等张帆反应过来，只听一声吆喝，李东、白小勇和吴少山不约而同地分别从各自的床上一跃而起，然后径直奔到张帆的面前。于是，张帆只觉得一阵凉风嗖嗖刮来，身上的被子一瞬间便被李东他们掀开了。这时，张帆想把桃酥藏起来，可是为时已晚。这样一来，按照李东他们的话说，叫作人赃皆获，张帆也就只好听任大家对他进行处罚了。

李东乐得合不拢嘴，伸手就把那包桃酥从张帆的怀里夺了过去。李东说，没收没收，全部没收！

白小勇笑着说，怎么样，狐狸再狡猾，也斗不过好猎手呢！

倒是吴少山多多少少还有一点点同情心，吴少山拉过被子给张帆盖上，然后说，张帆你别急，先把嘴里的那一点儿桃酥慢慢咽下去再说，千万别噎着。

毕竟是半夜偷偷摸摸吃东西，被大家捉住后张帆感到面子上很是过意不去。于是张帆咽下嘴里的桃酥，接着又舔了舔残存在唇边的碎屑，说我张帆认罚，就算警告一次吧！

好吧，李东一边毫不客气地吃着没收来的桃酥，一边无比兴奋地对张帆说，警告只限一次，这可是你事先说好的哟，下一回再犯，就得请我们吃羊肉串啦！

自打张帆躲在被窝里吃桃酥被当场查获后，张帆就发现李东他们对他的监督越来越认真严格了。张帆为此闹糊涂了，他不清楚究竟是他给了他们监督的权限，大大激发了他们热衷于行使权力的潜意识；还是以往深埋在心底的对于权力欲望的膨胀，使得他们对他的监督越来越严格，以至于近似了苛刻？总之，张帆的减肥开始进入了一个更为艰难的新阶段。

以前，张帆曾在一些文学书刊上看过有关描写右派生活的小说，那时候他作为一个八十年代出生的中学生，对小说中的某些段落和情节，仅仅是随意读读而已，并没有往心里头去。可是随着减肥进程的深入，张帆却突然发觉自己生活中的某些方面竟与小说中描写的右派十分雷同。这不，张帆自从减肥以后，身份突变，由以前的住校生，迅速变成了被同寝室的同学们监督改造的对象。从此后，张帆在吃的方面的人生权利便部分地被李东他们无情地剥夺了，每天只要走进食堂，张帆与李东、白小勇和吴少山相互之间的关系，立即转换成了监督与被监督的关系。张帆在打菜时，他们三个人便极为警惕地像盯住贼一样盯着他的碗看，一旦发现里面有荤菜，哪怕只是蔬菜上沾着的一星半点肉末，他们都不愿放过。他们会毫不客气地用筷子从他的碗里夹走，根本不管他面部表情是否沮丧，真是一点儿人道主义都不讲！尤其是吃饭时，张帆总想躲着他们，不和他们共同坐在一张桌前就餐。原因是他们一边大口大口地吃着碗里的荤菜，一边故意谈论肉的味道如何鲜美可口，那劲道不用分辩，就可以看出他们是在别有用心地用肉食来馋他，以至加重他因减肥而不得不吃素菜的痛苦。而在寝室里，李东他们更是有恃无恐了，他们会以监督为借口，随时随地地对他的床头柜进行检查。有时候张帆发现他们的检查纯属故意，或者是做出个样子让他看，其中含有向他示威的性质。比如说，李东或是白小勇或是吴少山，会突然当着他的面用鼻子在空气中使劲地嗅了一嗅，然后便莫须有地声称说是闻到了某种食物的味道，接着让张帆交代，是不是背着他们又买东西藏起来，准备晚上等他们睡着了再拿出来吃。于是，他们口径一致地向他宣布政策，让他老实一些，不要以为他们什么都不知道，其实他们心明眼亮着呢。他们要他坦白从宽，抗拒从严……张帆为此哭笑不得，心想，这是干吗呀，我这不是纯属拿稻壳子擦屁股，自找不利索吗？！

说起来，转眼间便到了星期五的下午，张帆不由高兴起来，他心想，谢天谢地，真是老天有眼，好不容易名正言顺地给了他一个摆脱李东他们监督的机会，放学后可以回家了。而回家，就意味着减肥暂告一个段落，他可以无拘无束地放开肚皮开荤吃肉了。要说减肥的这几天来，净吃一些清汤寡水的素食，真把他给害苦了，以至于他都快要忘记肉是什么滋味了！于是张帆想好了，一放学，就回家。回到家，第一件事就是打开冰箱，见到好吃的东西，就吃它个饱，吃它个痛快！

许是张帆太高兴了，他那高昂的情绪顿时引起了李东他们的高度警惕。当然，这仅是一个方面。其实就在张帆想到星期五的下午可以回家的同时，李东他们也想到了。他们马上意识到他们监督的权利面临着极大的挑战。怎么办？就在星期五的这一天中午，李东就和白小勇与吴少山悄悄碰头商量过了对策。所以，正当张帆高高兴兴专等放学铃响就准备回家时，李东、白小勇和吴少山及时找到了他。

李东说，今天是星期五，但你不能回家？

张帆一听，急了，连忙问，为什么？

李东说，你正在减肥期间，一回家，有许多事情就说不清楚了。

白小勇补充说，也就是说你的减肥失去了应有的权威的监督，那还叫什么减肥啊？

张帆说，我保证不吃肉还不行吗？

吴少山一笑，你的保证可信吗？你能瞒住我们大家，半夜躲在被窝里吃桃酥，难道就不能瞒着我们在家大块大块地吃肉？

张帆想说什么，可是嘴一张，却没有说出来。

李东于是严肃地说，为了对你负责，为了你的身体健康，也为了巩固这几天来的减肥成果，我们认为你还是不要回家吧。

张帆慌了，那……那我以后都不回家了吗？

李东说，以后的事，以后再说。最起码这一星期你不能回家。你说你要减肥，你还让我们监督你，那么你就必须高标准严要求，以实际行动来为你减肥的诚意做出有力的证明。

有人敲门

　　白小勇说，别紧张，不是你一个人不回家，我们商量过了，有福同享，有难同当。我们这星期也不走了，统统留在学校陪你。

　　吴少山接着说，还愣着干什么呀，快去打电话告诉家里一声，这事就这样决定啦！

　　于是，这个星期的双休日张帆没有回家。张帆往家里打了个电话，撒谎说学校有活动，要排练文娱节目，然后就很不情愿地留了下来。看得出，张帆没能够回家，让李东他们非常高兴，他们似乎从中感到了一种精神上的莫大刺激与满足，竟像过节一样，每一个人的脸上都闪耀着兴奋的光芒。

　　然而这个星期的双休日对于张帆来说，简直就是暗无天日。为此，张帆一点儿也高兴不起来。他没法子高兴。他觉得自己十足是个倒霉蛋。在某种意义上来讲，他被李东他们粗暴地绑架了！他已经意识到自己的减肥偏离了初衷，整个儿变味了，变成了另外一种让他事先无法想象的甚至是可怕的游戏法则中去。他想李东他们这是怎么啦，怎么突然间就变啦，变得陌生了，变得无情无义了，变得令他反倒为他们担忧起来了。于是，张帆在这个不同寻常的双休日里，花费了很长时间躺在床上认真地思索着，他想了很多很多。有时候张帆好像从减肥以来一系列事情的发生过程中悟出了什么，有时候却又好像什么也没有想清楚。不过，有一点张帆倒是明确了，那就是他决定不再减肥了，他觉得减肥的本身并不可怕，可怕的却是附着在减肥身后的那些隐匿着的朦朦胧胧一下子说不清道不明的东西，那才叫人感到望而生畏呢！

接下来，一个新的问题顺理成章地进入了张帆思索的空间，他突然发现停止减肥势必像开始减肥那样，总得有一个能当着李东他们的面可以说的过去的理由。他已经十四岁，是一个初中二年级的学生了，如果像小孩子那样，翻手为云，覆手为雨，说不减肥就不减肥了，多少会有损自己的面子，让他在同学的面前感到难堪。那么，这个足以能够当作表面文章去做的理由究竟是什么呢？为此，张帆挖空心思想了很久很久。

张帆在这个星期天的下午突然晕眩起来，他觉得地在摇，床在摇，就连房子都在摇。张帆显得十分痛苦的样子在李东他们的陪同下，坚持着摇摇晃晃地到校医那里走了一趟。校医询问了病情，张帆一一作了回答。

校医问，是不是近来觉得体弱，时常出现耳鸣？

张帆点头，说是。

校医又问，是不是上课精力不集中，智力严重下降？

张帆仍旧点头，说是。

校医说，都是营养不足造成的。你不能再减肥了；你的减肥已经卓有成效，体重趋于正常。下一步，你要重点加强营养，多吃肉类食品，作为身体需求的必要补充。校医还说，作为学生，首先考虑的是学习。为此，校医语重心长地建议，说你不妨可以试一试，不要怕胖；并且一再强调，说你其实并不胖，只是骨架子大，身材比一般人魁梧而已。

有人敲门

既然校医说张帆减肥有效，体重已经正常，李东他们也就不好再要求张帆继续减肥了。尽管他们的意识深处，仍然渴望能够继续行使减肥的监督权，继续通过对张帆的监督获取某种难以言说的兴奋甚至乐趣，但总不能让张帆大脑供血不足、智力严重下降作为惨重代价吧？于是李东他们只好主动宣布张帆的减肥暂时告一段落。

见大家这样说，张帆脸上露出了笑容。张帆说，在前阶段减肥期间，大家尽心尽职，对我进行了十分有效的监督。为了表示我对大家诚挚的谢意，虽然我的身体暂时不适，但仍不妨碍邀请大家去吃羊肉串。每个人十根，你们看怎么样？

没意见！大家顿时群情振奋地欢呼道。

当即，张帆在校外的一处烤羊肉的小摊前，以极好的心情，慷慨大方地宴请了大家。

李东一边眉飞色舞地把烤羊肉往嘴里塞，一边客气地递给张帆一串，让他也吃。

张帆笑着说，你们吃吧。我就不陪你们了。我吃这个不过瘾。我得来点别的。说着，张帆朝路边的一家卤肉店走去。张帆一进门，便迫不及待地对站在柜台内的店主大声说道：

老板，请给我称两只鸡腿。要肥的，捡个儿大的挑！

意外来客
——《住校生》系列之七

吃完晚饭，哼着歌儿往寝室走去，谁知刚走到门口，那支熟悉的不能再熟悉的歌，竟然严重发生了故障，在张帆的嗓子眼里卡住了。张帆张了张嘴，那支歌曲没有趁机溜出来，反倒让他极不舒服地吸了一口凉气，于是张帆的心情一下子就像傍晚的光线，变得灰暗起来。张帆皱了皱眉，不情愿地走进了寝室，然后对同居一屋的另外三个同学说，你们太积极了，刚吃过饭，也不消化一下满肚子的饭菜，就坐下来埋头学习，是要分数啊，还是想要得胃病？

居然没有人理睬他，张帆十分窝火。

张帆将不满的目光从左至右地在屋子里瞬间扫成了一个扇面，他先看了看李东，李东表情严肃地正从书包里取出书本往桌上放，那一副认认真真"两耳不闻窗外事，一心只读圣贤书"的劲头，让

有人敲门

张帆觉得是在有意和他作对。接着，张帆看见了白小勇，这家伙用一本打开的书遮住自己的大半边脸，分明是对他刚才的话，装作压根儿就没有听见的样子。再接着往下看，张帆的目光就撞上吴少山了。吴少山态度极不友好地瞪了张帆一眼，连忙将注意力重新投向书本，那神情就像是由于刚才朝张帆瞪了一眼，结果耽误了许多宝贵时间，以至遭受到极其惨重的巨大损失，一脸的痛苦不堪……这是怎么啦？不就是要考试了吗？不就是接连几天班主任做动员要求大家一定要全力以赴考好，力争每一个人的成绩排列名次都要提前，为初二（八）班争光，使全班总分位于年级第一吗？张帆心想，怎么就该把自己搞得那么紧张了呢，完全没有这个必要嘛！这样想，张帆心里就有气，他在往自己的床上坐的时候，有意让脚用力地把床下搁着的脸盆磕碰了一下，随后就听到脸盆"咣当——"发出了一阵嘹亮的不满之声。

脸盆的响声未落，吴少山的吼叫就爆发出来了。你干什么啊？什么时候了，别捣乱好不好！吴少山因为嗓门大，喊得额头上的筋都鼓胀起来，就像是皮肤下潜伏着几条粗壮的蚯蚓。

看到吴少山蛮横不大讲理的凶恶样子，张帆心想你吴少山近来学习成绩下降，你老爸着急，嫌住校寝室里人多干扰大，想在校外租房让你搬出去住。而你却害怕孤独，不愿意，心里就特别犯急。其实你急，我就不急啦？张帆近来也莫名其妙地被传染上犯急的毛病，他也想趁机发作，大声吼上两嗓子。说实话，张帆这两天早就觉得心里边某个隐秘的地方被什么东西堵着，让他憋得难受；但张帆只是嗓子痒痒的，如同千万只小虫在里边横七竖八地乱爬，却没能吼得出来。张帆看见李东和白小勇明显站在吴少山一边，用同样凶恶的样子瞪着他，他就没法吼了。因为张帆心里十分清楚，尽管他讨厌刚吃过饭不歇一歇就伏案学习，但平心而论，自己也需要为迎接考试而抓紧时间复习功课，如果在这种情况下发生争吵，明摆着，搁在谁身上都将是一件愚蠢的事情。

于是，张帆忍住恼火，自找台阶下，支支吾吾地说，不就是碰了一下脸盆吗？我不碰了，还不行啊……说完，张帆憋着一肚子气，在桌旁坐下来，然后取出课本，重重地放在桌上。

白小勇不满地看了看张帆，小声说，喂，你不要拿书出气好不好？书可是无辜的哟！

张帆见到好不容易有了可供发泄的机会，岂能轻易错过，便立即咬牙切齿地说，我现在最仇恨的就是书了，我要是秦始皇，想做的第一件事，肯定也是焚书坑儒！

要是往常，百分之百会有人借着张帆的话题大肆发挥然后海阔天高地神侃一通。可是这时候大家显然没有那份心情。大家情愿委屈一回自己，让张帆充当一次对牛弹琴的角色，也决不吭声。随后，张帆见大家没什么反应，也就觉得没趣，便自己跟自己赌气似地打开书本，开始复习功课。

自从这学期开学以来，张帆和他的同学们明显觉得学习的气氛紧张起来。什么原因，搞不清楚，只是感到一天到晚除了学习就是学习，整个日子就像一根弦，被一只无形的手拉扯得紧紧地。张帆

有人敲门

觉得奇怪，这才是初二，离考高中距离遥远着呢。要是这会儿把学习搞得那么紧张，真的到了初三，不是让人没法活了？但想归想，张帆自然抵挡不住潮水般紧张气氛的袭击，于是大家紧张，他也跟着紧张。张帆觉得自己成了一只陀螺，一旦旋转起来，就身不由己，即使想停也停不下来了。

这时候，整整一座宿舍楼都沉浸在一片寂静之中。那种寂静，不是普普通通的寂静，而是寂静得逼人。张帆就觉得自己在寂静压迫下变得矮小起来，形如侏儒。于是张帆在学习中开始走神了，心想这种感觉恐怕不止他一个人拥有吧。他看了看同寝室的其他同学，他们在张帆的眼里，竟然变形，也变成了侏儒——三个侏儒静静地伏在桌上，一个个手和胳膊变小了，而脑袋却显得好大好大……由此张帆想象力开始丰富起来，他联想到整座宿舍楼里此刻正在刻苦用功的住校生们都成了侏儒。然而这样的奇想刚一发生，就把张帆着实吓了一跳，他想如果那样，那他们的学校不就成了残疾人学校了吗？！

张帆当即决定不再胡思乱想了。他必须静下心来认真复习功课，要不，时间都被自己浪费掉了，且浪费得毫无意义。

接下来，张帆命令自己无条件地投入学习。他伸手在腿上狠狠地拧了一把，以便让疼痛提醒自己，精力一定要集中、集中、再集中！

可是，就在张帆好不容易把精力集中起来的时候，却不幸遭到了吴少山的严重破坏。由于吴少山的胳膊移动，放在桌上一端属于吴少山的铁壳文具盒，顷刻之间便以一个高难度的翻滚动作从空中坠落在地。也许是宿舍里太寂静的缘故，文具盒与地面的接触瞬间变得异常嘹亮。那一声巨响，竟然把张帆惊呆了。于是张帆愣了一下，当他明白眼前发生了什么之后，突然冲着吴少山吼了起来："吴少山，你搞什么名堂嘛！……"吴少山眼一瞪，"怎么啦，我怎么啦？只许你碰响脸盆，就不许我把文具盒碰掉啊？"

瞧，吴少山的火气此刻竟比张帆还要大！

张帆站起来，指着吴少山，怒气冲冲地说，你影响大家学习，还觉得有理啦……

后来，要不是白小勇和李东劝阻，没准张帆能和吴少山动起手来。白小勇劝张帆，说算啦算啦，不就是那么一点屁大的事嘛，平时都是要好的同学，吵什么架啊！李东也说，抓紧时间学习吧，要不熄灯铃一响，校长又来宿舍楼转悠，到那时谁也别想坐在灯下看书了！

见白小勇和李东这么说，张帆也就不好再吵了。张帆气呼呼地重新坐下来学习。宿舍里一下子又静了下来。

不过，这种安静虚假得很，张帆听见自己因为烦躁，血管里的液体杂乱无章地流淌，流淌得噪音四起。于是他大口大口地吸气，想借此平静一下自己的心境。然而适得其反，张帆发现寝室内的空气竟然凝重起来，沉闷得很，以至致使他此时此刻的呼吸发生了一定的困难。张帆心想今天这是怎么啦？反常得很呢，莫非要闹地震啊？

有人敲门

又过了一些时候，情况仍旧没有好转，屋子里的空气似乎压缩得越来越厉害，竟让张帆恐慌而又荒唐地想到，如果此时谁想纵火，只要轻易地划一根火柴，肯定能把空气点燃……

然而，就在这时，寝室的门被谁轻轻地敲响了。那敲门的声音很轻很轻，"笃、笃、笃……"敲得十分柔和，透出一片温情。你听，一声一声，像白雪落在树杈上，像微风掠过荷花池……一屋子的人都听到了，但谁都没有说话，生怕不慎之间制造出来什么响声，惊吓住晚间门外的来客。

张帆把目光从书本上移开，他看见大家都在默默地朝着寝室门口张望，面部呈现出的纷纷是一派风调雨顺的可人景象。而这种景象明白无误地告诉张帆，其实此时此刻大家在心理上不约而同地都需要这会儿能有客人到来——当然张帆也不例外。于是，受到大家情绪的感染，张帆情不自禁地笑了笑，然后也去看那扇被敲响的房门。

"笃、笃、笃……"房门继续被来客轻轻地叩响着。张帆刚想说一声"请进"，这时，门竟然被推开了。门开得不大，准确地说，只露出一条宽宽的门缝，然而就在这缝隙中，一只雪球一般浑身洁白的小猫大摇大摆地走了进来。这只小猫歪着脑袋打量着屋里的人，然后"喵——"地歌唱般柔美地叫了一声。这一叫，顿时把屋里的人情绪激活了。张帆连忙笑着说，我当是谁呢？原来是你啊！李东快活地伸出手来招呼小猫，过来，快过来。你这个小东西，好漂亮哟！就连吴少山也高兴地说，稀客，绝对是稀客。欢迎你来到我们 201 男生寝室！白小勇干脆跑过去，把小猫搂在了怀里。

白小勇说，是一只波斯猫吗？

张帆仔细辨认了一下，说不像。波斯猫应该是一只蓝眼睛一只黄眼睛。

李东说，也有两只眼睛一种颜色的波斯猫。

吴少山说，可是这只不是。它的毛没有波斯猫那么细长，样子长得不像老外。依我之见，它是我们国产的一种品种挺不错的狸猫。

小猫似乎听懂了大家的话，它用肯定的语气轻轻叫了一声，叫得大家都乐了起来。吴少山说，你们瞧，它说我说得没错，是国产货呢！

小猫随后被白小勇放在了桌上。面对四周散放着的书本，小猫十分善解人意地半蹲在那里，显得文静而又有修养。

这时，吴少山趴在桌边，把脸凑近小猫，热心地问，喂，小家伙，你想吃点什么？我这里有面包呢！说着，吴少山就把面包拿了出来。

可是小猫仅是用鼻子很感兴趣地闻了闻，没有动口。

张帆想了想，说可能是太干了吧？我这有奶粉，冲一些，泡面包，它准吃。

张帆拿出奶粉时，却为难起来，他一时竟不知道该用什么东西给小猫当食盆才好。吴少山说，嗨，就用我的碗好了。张帆说，那多不卫生啊？吴少山说，我明天再买一个新的不就得啦！

有人敲门

　　看着吴少山精心地在给小猫用奶粉泡面包，张帆不由心头倏地一热，竟被感动了。张帆曾听吴少山讲过他小时候做过的恶作剧。吴少山说他有一次把邻居一位老奶奶养的猫从五楼阳台扔下去，结果猫没摔死，腿却跌瘸了，落下了终身残疾；还有一次，他把一只小猫放进洗衣机的甩干桶里旋转了足有五分钟，以至于过后那只小猫得了非常严重的眩晕症，走起路来东倒西歪，嘴里不断流淌粘涎……然而，就凭吴少山现在对待小猫的那份亲热劲儿，谁也无法想象得出他小时候竟然干过那么多可恶的事情。张帆心想，人真是怪，该变时就变了。

　　面对牛奶泡面包，小猫食欲大开。它毫不客气地埋头苦干，呼噜呼噜，不多一会儿就把一碗美食吃光了。

　　李东说，算啦，夜宵哪有吃这么多的，别撑坏了它的胃！

　　吴少山说，对，它还年轻，身体健康最重要。

　　张帆听了就笑，说吴少山，你说起它来，头头是道，可是轮到自己就不行了。吴少山说，怎么啦？张帆说，你忘了，有一次你晚上学习饿了，跑到校门口一气吃了十个包子，结果撑得睡不着觉，为了消食，一个人黑灯瞎火地围着我们这栋宿舍楼推磨似地转悠……吴少山听了就笑，说你呀你呀，哪壶不开偏提哪壶！

　　大家都笑，就连小猫也乐得一个劲儿梳理胡须。

　　就在这时，远处传来了几声猫的叫声。那声音传到屋里其实已经很弱了，但小猫还是听到了。小猫竖起耳朵，全神贯注地听了一会儿，然后显得心神不定起来。于是它在桌上转了两圈，又支起耳朵，很注意地接受着屋外传来的信息。

吴少山说，是老猫叫它回家了。

像是作为对于吴少山的回答，屋外又响起了几声猫叫。听得出，那叫声离201寝室越来越近了。这时，小猫听清楚了，它甜甜地回应了两声，然后身子一跃，跳下桌子，从来时敞开的房门的缝隙处跑了出去。

吴少山用目光护送小猫远去，直至它完全消失在门外的一片夜色里，才喃喃自语道，它走了……

大家说，走了。

小猫在说什么呢？小猫在远处喵喵地叫了两声，接下来，夜晚被小猫的叫声过滤得格外寂静。

吴少山说，我们该学习了。

大家说，是啊，是啊。然后屋子里就不再有人说话，大家都坐下来心平气和地重新开始复习功课。

张帆不知道同宿舍的其他三位同学感觉怎么样，事后他没有和大家进行交流，张帆只是发现自从小猫——那位意外来客走了之后，他的心境一下子就平静了下来。于是，在当天晚上余下的那段时间里，他觉得学习的效果竟然好得出奇。

有人敲门

代号罗密欧与朱丽叶
——《住校生》系列之八

完全是偶然,在这一天午饭后,李东往学校大门口走的时候,遇上了张帆。李东问张帆上哪去?张帆揉着肚子说,吃得太饱了,随便走走,消消食。李东就笑,说正好我也吃得撑着了,这下好了,有伴啦。

李东和张帆边走边说地出了校门,他们先是沿着大街毫无目的地走着,可是走着走着,目的性就明确起来。李东说,前面就到新华书店了,我们一起去看看有没有英语的辅导书?张帆一听,便乐了,说你怎么尽说我想要说的话呢?这不,咱俩想到一块去了!

虽然已是中午,但书店里的人仍旧很多,大约是新学期开学不久的缘故,学生们三三两两地结伴而来,使标有教育类书籍的书架前大有人满为患之感。

这时候，正兴冲冲地大步往书架跟前走着的李东忽然拉住张帆，让毫无思想准备的张帆脚下一滑，竟然打了个趔趄。张帆刚要开口问怎么回事，只见李东伸出手指竖在唇间做了一个不要出声的姿势，然后用眼光示意张帆，说你看到了吗？

张帆说，看到了什么？

李东说，白小勇啊！

接着李东神秘地说，你看，那不是白小勇嘛！

白小勇是他们初一（8）班的同学，并且与李东和张帆同住一个寝室。张帆弄不明白李东为什么看见白小勇这般大惊小怪，既然你能来书店，那么白小勇为什么就不能来啊？再说，大家都是住校生，抬头不见低头见的，没有必要搞得就跟见到外星人似的，神秘得不得了。因此，张帆不以为然地说，他来了好啊，我们又多一个伴了。

嘿，李东说，你别瞎往里掺和好不好，人家有伴呢？说着，李东用手指给张帆看，瞧见了吧，就是白小勇左边的那个女孩，长得挺漂亮的那个！

这下张帆看清楚了，的确白小勇和一个女生一起在逛书店。白小勇的肩膀挨那个女孩很近，以至那个女孩在扭头的时候，她后脑勺扎着的马尾巴辫子，都蹭着白小勇的脸颊了。

李东怪声怪气地说，看到了吧？

张帆点点头。

接着，张帆瞅了李东一眼，怎么，你嫉妒啦？

有人敲门

没哪回事,李东笑着说,我可是一个很听老师话的正正派派的初中生,早恋跟我不沾边儿。

张帆说,那你管人家白小勇什么事呀?

李东说,我承认,我只是好奇心作怪而已。你想,我们和白小勇同班,且同住一个寝室,相处的时间不能说很久,可也足有半个多学期了吧?白小勇平时老实巴交的,不大见到他主动和班里的女同学说话,可谁能想到他竟有这一手,背地里和别的班级的女同学来往如此密切!

张帆说,这倒是,要不是眼见为实,你就打死我,我也不相信会有这事啊!

李东见白小勇的身子转动了一下,他怕被他发现,连忙示意张帆隐蔽。于是,李东和张帆将身子侧过来,装作在书架前看书的样子,然后不时用眼的余光,偷偷注视着白小勇和那个女生。

李东就这样盯住白小勇和那个女生看了一阵子,随后忍不住问张帆,你认识那个女孩吗?

张帆摇摇头。

李东自言自语道,不知道她是哪个班级的,叫什么名字?

接着,李东不怀好意地嘿嘿笑了几声,然后出主意对张帆说,我们不妨过去听听他们说些什么?

张帆说,那可不好,如果让他们看见了,我们双方都会尴尬的。

真笨,我们不能不让他们看见吗?李东说着便拉住张帆的手,充分利用地形地物,一步步朝白小勇和那个女孩接近。

好在人多，再加上白小勇只顾和那个女孩一起往书架上找书，因此对于李东和张帆的到来，白小勇竟然毫无觉察。这样一来，李东和张帆就在离白小勇和那个女孩不远的地方隐蔽了下来，他们把自己的一双耳朵竖成了一对灵敏度极高的雷达，全神贯注地严密搜索着他俩的每一句对话。

其实，白小勇与那个女生的对话并不怎么多，让李东和张帆听来，无非就是这本书好，或是这本书一般化之类的大路货。在李东和张帆各自的想象中，他们渴望听到白小勇与那个女生要说的一些内容独特的话，却一句也没有。不过，尽管这样，李东与张帆还是收获巨大，因为他们听到了白小勇对那个女生的称呼，白小勇喊她叫"许梅"。

许梅？这个名字很好听。事后李东一连喊了几声这样的名字，然后对张帆说，这个名字就像她人一样漂亮。张帆就笑话他，说又嫉妒白小勇了吧？李东说，哪里的话，我这不过是说着玩玩而已。接着，李东便很认真地对张帆说，记住许梅这个名字，我们好好查一查，看看她是哪个班的？

走出新华书店，李东一再要张帆对今天发现的情况严格保密。张帆问，就连吴少山也不告诉吗——吴少山与他们和白小勇同住一个寝室。李东异常坚决地说，一个字都不要透露。张帆想了想，又问，那我们以后要议论这件事时，被吴少山听到了，怎么办？李东略一思索，然后说，这好办。我们给今天这件事起个代号，就叫罗密欧与朱丽叶。你看，这代号不错吧？

有人敲门

张帆说，真棒。棒极了！

李东和张帆回到学校不久，白小勇也回来了。李东便示意张帆，说罗密欧回来了，张帆就发出会心的一笑。接着张帆问，怎么没见朱丽叶啊？李东说，你是真傻啊，还是有意装傻，那小朱还能与小罗像在书店里那样肩膀靠着肩膀地一同归来呀？人家还不早就单溜了。

说起来也怪，自从李东和张帆在书店里看见白小勇和那个女孩在一起后，有事没事地就老是忍不住用另一种眼光来瞧白小勇。有时候白小勇被看得不对劲了，就纳闷地问，你们这是怎么啦？李东和张帆连忙掩饰着说，哦，没什么，没什么……白小勇也就不再深究。事后，李东和张帆看见白小勇就像没发生过什么事似的如同往常那样坦然自若地与他们说话，便暗地里感到惊讶得不得了。于是，当白小勇离开之后，且身边无其他人在场的情况下，李东便半是敬佩半是嫉妒地对张帆感叹万分道，你瞧瞧这个罗密欧，就像是特工，经过特殊训练似的，心理素质就是好，事情做了，却在你面前无风无浪，一点痕迹都不露，真是让人不得不佩服得五体投地！张帆说，谁说不是啊，看上去，他的心里一点都不发虚。这也是一种本事呢！李东就笑，说要是这事搁在你身上，你会这样吗？张帆很是认真地想了想，然后摇摇头，说做不到。我会心慌的。我不是早恋的那块料！

问题是，既然白小勇的隐私被李东和张帆偶然之间发现了，那么，他们的好奇心便驱使着他们控制不住地想继续扩大战果，不妨从中再发掘出一点什么更加新鲜的事情来。于是，白小勇越是在他们的面前显得若无其事，他们便越是感到一种无形的诱惑，非要捅开那张窗纸看个究竟不可。这样一来，在他们心底深深埋藏着那种潜意识，竟像干柴遇到了烈火，一点着，就呼啦啦地燃烧了起来。

这不，有一天晚上，李东见白小勇不吭声不吭气地趴在桌上埋头写东西，心想肯定是给那个名叫许梅的女孩写情书，情绪一下子就高涨起来。李东趁吴少山不注意时，用鼻子轻轻哼了一声，然后暗示张帆有情况。而张帆则心有灵犀一点通，立即就知道李东是什么意思了。接下来张帆就找各种借口朝白小勇接近，他一会儿说是字写错了要用涂改液，一会儿又过去找橡皮，结果打扰得白小勇安静不下来，以至于白小勇频频对张帆发出了抱怨。为此，张帆生怕自己的举动引起白小勇的疑心，只好按兵不动，急忙悄悄示意李东另想办法。

李东真是个鬼精灵，他装作要上厕所的样子，大张旗鼓地从床头拿了一卷卫生纸，然后动静很大地出了门。大约七八分钟过后，李东才回到寝室。李东进门的第一句话就是白小勇，有人找你。白小勇问，谁找我？李东说，他从卫生间出来，就听到有人说楼下传达室有人找白小勇，他就赶快过来喊他了。白小勇听了自言自语道，这时候谁找我啊？尽管如此，白小勇还是停下手中的笔，出门下楼了。就在白小勇出门之后，他写得那些文字便被李东顺理成章地一览无余了。李东事后告诉张帆，说白忙乎了，白小勇写的是墙

有人敲门

报稿！后来白小勇自然是白跑一趟，他回到寝室后便冲着李东说，耍我了是吧？这下你可开心啦？李东就笑，顺势来了个假戏真唱，说我这是试试你的革命警惕性高不高呢？没想到一试你就上当受骗了！白小勇便笑着追打李东，结果闹得小小寝室里气氛挺热烈。

还有一次，吃完晚饭后，李东回到寝室，见张帆和吴少山在聊天，就问白小勇到哪去啦？吴少山说，他呀，吃完饭就没有回来。李东连忙问，没看见他到哪里去了？吴少山含含糊糊地说，好像是往东面走了。李东心弦倏地拨响了一下，他心想往东去了？食堂的东面有花坛，再往东是一片草坪，而与草坪连接着的是小树林……现在天色已暗，白小勇会在小树林里吗？如果不在，那就是出校门了。树林的东面是一座教学楼，再往东呢，就是校外了。那么，白小勇这时候会悄悄溜出校门，和那个名叫许梅的女孩在一起吗？这样想来，李东匆匆对张帆使了个眼色，然后径自离开了寝室。李东并没有走远，他在离住校生宿舍楼不远的一棵树下等张帆。他知道张帆会来的。张帆果然随后就来了。

李东说，有情况。我们一起去找找罗密欧。

张帆说，好吧。可是我们上哪儿找呢？

李东说，顺着食堂往东找。天已渐晚了，他走不了很远的。

接下来，李东就和张帆开始了对白小勇的寻找。他们先到食堂，然后拐向东边的花坛，继而穿过草坪，进入那一片小树林。

在小树林里，数着李东眼尖，他很快就发现了远处有两个晃动的人影，于是李东打了个手势，示意张帆停止前进。张帆学着影视节目里执行特别任务的侦察兵的样子老练地躬着腰,目光一个劲地向前方延伸,直至抵近暮色之中那两个模模糊糊的人,然后用极低的声音报告,已经咬住了目标!下一步怎么办?李东对张帆耳语道,跟上去,千万不要让罗密欧与朱丽叶发现了!

就这样,李东和张帆花费了很多的时间,小心翼翼地逐步缩短他们和那两个人影之间的距离,然而,最终让他们失望的是,那两个人并不是他们渴盼之中要找的罗密欧和朱丽叶,而是一对年轻的正处于热恋中的老师……

后来,李东不甘气馁,又和张帆到学校的大门外面找了一圈,仍然没有见到白小勇。

谁知,就在李东和张帆一无所获垂头丧气地返回宿舍时,却意外地听到了白小勇的声音。白小勇说话的声音从住校生宿舍楼楼上的一间寝室里传出来,像是专门特快专递给李东和张帆听似的,一瞬间就把李东和张帆给听得愣住了。李东苦笑了一下,说这个罗密欧,怎么跟我们捉起迷藏来啦?他跑到高一年级的宿舍里去干什么?

说着,李东和张帆悄悄来到了楼上,其实,还没有等他们贴近窗户探望,就知道此时此刻白小勇在干什么了。他们听到了象棋叩响桌子发出的乒乒乓乓声,以及白小勇一边下棋一边指责对方"臭棋篓子"的叫喊声。这时,李东和张帆无言地对视了片刻,然后默默地离开了那间高一年级的寝室……

有人敲门

既然在罗密欧的身上没有发现他们想要发现的情况，继而李东和张帆便把注意力转到寻找朱丽叶的方面来。李东认为，只要找到了朱丽叶，也就等于揭开了罗密欧隐藏着的全部秘密。

一开始，李东和张帆对于朱丽叶的寻找就不顺利，其中一个重要的问题是，李东与张帆在对朱丽叶的印象上出现了分歧。李东说朱丽叶是高鼻梁，鼻翼边好像有一颗明显的小痣。张帆偏说李东看走了眼，朱丽叶的鼻子不高不矮，端正得让人无可挑剔，且鼻翼旁边根本就没有任何的杂物。这样一来，由于分歧的存在，他们在校园里就不大好找那个印象中的朱丽叶了。他们今天看看这个班的某个女生很像那天看到的女孩，明天又看看那个班的某个人也跟许梅极其相似，但后来通过打听，进一步落实，结果那几个长相基本雷同的女生全都不叫他们所需要寻找的那个人的名字。

后来，李东和张帆发现直接找不行，还是发动群众，依靠大家的力量比较好一些。于是，李东和张帆便分别委托了同学们中的好朋友一起帮助寻找许梅。

好朋友们在接受这个差事之前，往往会很有内容地打听许梅是谁？费这么大的劲找这个女孩干什么？是不是这个女孩特别漂亮？等等。李东和张帆便统一口径地说是受人之托，纯属个人隐私之类的话，有意调对方的胃口。因为他们知道，只有把对方的胃口调足了，对方才会有兴趣帮你寻找。至于找到许梅之后怎么办，那已是下一步的事了，李东和张帆目前尚没有时间多想。

到底是人多力量大，没过多久，就有朋友打听到了许梅的下落。原来许梅是初二的学生，难怪李东和张帆没有找到，发给想来是被自己贫乏的想象力画地为牢给框住了。谁说不是呢，难道朱丽叶非得是初一年级的不可？罗密欧就不能改革开放一把，打破年级的界线，和比他高一年级的女生交朋友？就样想来，竟让李东和张帆对罗密欧刮目相看起来：哇，罗密欧还真有两下子呢，没想到相貌一般，魅力却如此之大，简直太有些出乎人的意料之外了！

带着这样的感叹，李东和张帆及时找到了初二年级的那个名叫许梅的女生。然而，遗憾的是，那个许梅根本就不是那天他们在新华书店看到的那个许梅。眼前的这个许梅个子不仅矮，而且胖，与他们要寻找的朱丽叶在外形上足足相差十万八千里！

尽管这样，李东仍旧不死心，他执意要当面问问罗密欧，弄清楚那个朱丽叶到底是什么人。张帆说，你疯啦？你这一问，不是把我们的行动都暴露啦？李东说，我还没有笨到小巷子里扛木头——直来直去的地步。设法想个好点子，不让罗密欧发现我们的意图，不就行了嘛。事在人为呢。

接下来，李东果真找了一个机会去问罗密欧，他对白小勇说，刚才传达室王大爷接到一个电话，说是找你的。王大爷说，下课了，不好找人，便问对方姓名，以便好让你给她回话。对方说，她姓许，名叫许梅。

白小勇一听，连忙让李东再说一遍，问那个打电话的人叫什么名字？

李东不露声色地说，她说她叫许梅。

有人敲门

怎么可能呢？白小勇说。

什么可能不可能的，我可转告你了。回不回电话是你的事。李东说。

不可能的，白小勇说，许梅是我的表妹，她怎么可能在这时间打电话来呢？

噢，是你表妹就不能给你打电话啦？李东有意在套白小勇的话，心里边却想，有门了，那个许梅终于浮出了水面了。

白小勇一笑，说我的表妹随着我的姑妈回国探亲，今天刚刚返回法国。你想，她现在大概还在国际航班的飞机上，怎么可能给我打电话呢？肯定是你又在耍我，试试我的革命警惕性高不高了吧。

李东听后愣了一下，连忙说，这回你没上当受骗……真是火眼金睛……

不过，事后张帆对李东说，白小勇的话可信吗？如果许梅果真属于朱丽叶那样的人物，那么，既然你能编个法子哄他，套他的话，罗密欧就不能再编个故事打发你？

李东想了想，说，有道理。

又过了一些日子，发生了一件令李东和张帆大为吃惊的事情。这一天下午，正当李东和张帆毫无思想准备地走进寝室时，眼前的情景陡然把他们给惊呆了，就像正播放着的录像带倏地定了格，竟然让他们好半天缓不过劲来。你瞧，怪不怪吧，白小勇正在跟另一个白小勇面对面地站在一起说话儿呢！他们不仅人长得一模一样，就连说话的声音，乃至说话时的神态，以及面部的表情，活脱脱硬是从一个模子里面铸造出来的。也就是说，尽管世界上不允许克隆人，但不知道什么时候，盗版的现象还是发生了，白小勇由一个变成了两个！

白小勇们见李东和张帆一副惊呆的样子，顿时发出了会心的一笑。接着，其中的一个白小勇开始说话了。这个白小勇对那个白小勇说，我来介绍一下，这位是李东，这位是张帆。我们是同班同学，又是同住在一个寝室里的室友。接着，这个白小勇对李东和张帆说，这是我的哥哥，名叫白大勇，现在东方中学上学，也是住校生。

李东一下子就明白了，原来他们是一对孪生兄弟！

张帆则心里一惊，这么说，上一次在新华书店看到的那个罗密欧是白小勇的哥哥白大勇？因为离那个新华书店不远就是东方中学。那是一所省重点中学，张帆中考时，总成绩离录取的分数线只差两分，要不，他现在也是那一所中学的学生了。

于是，李东和张帆连忙上前与白大勇握手。

李东说，你两个长得一模一样，要是不说，真让我们分不出来。

张帆说，太像了，像得就连我都觉得你们其中有一个人是假的了！

白小勇和他哥哥就笑。

白小勇说，经常有人把我们哥俩弄混了，说白小勇，我哪天看到你在街上走，你好大的架子，竟然不理睬人……我就笑。

有人敲门

　　李东连连点头道，是啊，弄错的事经常发生……

　　张帆就笑，应和着说，是啊，是啊……

　　从此以后，李东和张帆再也不提代号罗密欧和朱丽叶的事了。他们把这件事深深埋藏在心底，让漫漫岁月成为它的一种尘封。

　　从此以后，在李东和张帆的潜意识里，总觉得在某一方面对不起白小勇。但究竟在哪方面，他们却始终没有勇气深究，亦没有勇气对白小勇挑明。

　　日子就这么一个接着一个地继续过着，对李东和张帆来说，就好像那一天没有发生过在新华书店里看见罗密欧与朱丽叶一样……

小顺子

越过窗棂无声无息地在昏暗的墙壁上成功上演皮影戏的树影,成为小顺子醒来之后第一眼看到的模糊景象。她揉揉眼睛,一轱辘爬起来,心里直埋怨自己睡过了。这时,四周很静,远方有一只从事地下工作的小虫在夜幕的掩护下,压低嗓门唱着谁也听不懂的歌谣。

"小顺子,还早呢,再睡睡。"母亲在隔壁的屋子里轻声地说。接着尾随而来的几声重重的咳嗽,竟然诱发了细碎的陈年老土从破旧屋顶的某个旮旯纷纷地坠落。

"不早了。"说这话的时候,小顺子已经穿好衣服,在黑暗中摸摸索索地向门外走去。

不一会儿,手握镰刀,背上背着大箩筐的小顺子,已经来到

有人敲门

村外。草地上丰富的露水很快浸湿了小顺子的鞋子。踏着深深的凉意，小顺子开始弯下腰来割草。镰刀在她的挥动下飞快地把青草略带苦涩的芬芳悄悄搅拌在夜色里，使夜顿时弥漫着一种特别的很好闻的淡淡气息。

等天大亮，太阳躺在麦秸垛上的时候，小顺子将要和同学们在老师的带领下乘车到城里去，与另一所小学的师生们开展"手拉手"的活动。小顺子从没有出过远门，虽然她的想象曾使她周游过许多地方。为此小顺子十分珍惜这次机会。要知道，并不是所有同学都能够拥有这样的幸运。小顺子是班上评选出来的代表之一，学习成绩的优秀使她轻而易举地获得了进城参加活动的"通行证"。老师说了，早上去下午才能回来；于是小顺子早早起来割草，目的正是为今天即将开始的远行而进行必要的准备。因为小顺子的母亲有病，瘫痪在床已经两年多了，弟弟还小，她得为父亲分担一些家务和劳动。小顺子不可能把参加活动当成一条理由，而增加父亲的负担。在家里，父亲已经够劳累的了。小顺子看见父亲的腰超前地弯曲着，弯曲成一张类似弹棉花的弓，每每弹奏出的都是日子的艰辛……

现在小顺子以很快的速度挥舞着镰刀，青草在刀刃下纷纷断裂，发出嚓嚓嚓很脆的声响。每天小顺子都要重复这样的劳动，割下满满四筐的青草。家里养着羊和兔子，它们作为小顺子一家人生活的一项重要补贴，实在是不可缺少。

这时天渐渐亮了起来，在晨曦的辉映下，青草的汁液，早把小顺子的手染成植物的颜色……

在老师的安排下，小顺子登上了第一辆大客车。

一共开来了两辆这样漂亮的车子。它们具有双胞胎的典型特征，外表毫无二致，亲亲热热地紧挨着停在麦场上，被赶集一样众多的村民围观的目光擦拭得亮亮堂堂。大客车是城里的那所小学专程派来接石磨村小学师生的。一下子有两辆客车开进村，这在古老的石磨村实属史无前例。

小顺子心情激动地走进车厢后，下意识地站住了，她在一瞬间笨拙地把自己站成一颗傻乎乎的树。在小顺子的眼里，一排排罩着雪白布罩的软椅都那么干净整洁，在它们的面前，不知怎么竟有一种自惭形秽的感觉小虫一样在她心里蠕动，蠕动得很不好受。小顺子想找一个差一点儿的座位，就像学校课堂上的那种长条硬木凳，或像家里吃饭时坐的那种木墩子，如果那样坐上去小顺子准会觉得心里头踏实。但是没有，也不可能有。于是小顺子就不知道自己该坐在哪儿了。

"王顺，别站在那儿堵着道，快找地方坐下。"老师说。

"坐在哪儿啊？"王顺是小顺子的学名。这时候小顺子脸上可能渗出了红晕，因为她在说话时感觉到自己的面部隐隐约约地发热。

"就坐那里吧。"老师随手一指。

那是一张靠窗口的座位，小顺子坐上去时显得很是小心翼翼。小顺子身着这个季节她的所有衣服中最好的一件，整个衣服和裤子

有人敲门

上没有一个补丁。小顺子平时舍不得多穿，所以时间久了衣服略有一点儿短，穿在身上显得十分紧凑。今天早晨小顺子割草回来，做完饭，又挑了两桶水，然后关起门擦洗了身子，才换上这套干净的衣服。小顺子知道自己的衣服不会把车座染脏，但她还是尽量回避背部与椅面的接触，让腰直直的，挺得坚定不屈。

大客车大约行驶了一个半小时，就把小顺子和她的老师以及同学们顺利地从石磨村送进了在小顺子看来是那么遥远的城市。

与石磨村小学开展"手拉手"活动的是幸福路小学。名副其实，是这所小学给小顺子的第一眼印象。凭感觉，小顺子心想在这样一所小学里读书的学生们，肯定一个个都幸福无比。

在离幸福路小学很近的地方，小顺子和大家一起下了车，然后排着队在夹道欢迎的人群中，踏着鼓号鸣响的节拍，走进了学校大门。小顺子注意到，同样是学生，那些学生和她们乡村的孩子们显然大不一样。那些学生无论男生还是女生，一个个脸色红扑扑的，从里往外渗透着真实的笑意，一眼看去，像是上过化肥的禾苗，长势极好，拥有一种朝气蓬勃、蒸蒸日上的劲道。小顺子想，这大概和种庄稼差不多，纯属肥料施得足，有底劲的缘故。

和许许多多活动的程序大同小异，开大会总是理所当然地得到优先安排。当小顺子跟在同学的后面走进幸福路小学的时候，作为大会会场的学校操场上已经摆好了凳子。石磨村小学的老师和学生们坐在中间。除了前面的主席台，三面都是统一穿着校服的幸福路小学的学生们。小顺子在入座时，无意之中环顾了一下四周，她觉得她们有些像一块杂色的补丁，缝补在中央的位置上，缝补得很不是个地方。

接下来会议很快开始了。

会议开得十分隆重，奏国歌，升国旗，然后是双方学校的领导和学生代表讲话。小顺子开始听得很认真，什么开展"手拉手"活动具有重大意义啦，什么两个学校将安排老师互换教学和实习啦，什么定期组织互助活动啦……后来听着听着小顺子的注意力就无可挽回地发生了转移。

这种状况对于小顺子来说前所未有。小顺子是个十分听话的好学生，她知道在开会的时候思想不该开小差。但这一会儿小顺子把握不住自己了，小顺子觉得冥冥空中有一个无形的手在拉她，拉得她不可抗拒且身不由己。事后小顺子想，都怪阳光的诱惑。

往常阳光把小顺子的影子斜斜地倾在地上时，正赶上第二节课下课。那时候小顺子总是见缝插针，利用课间休息匆匆忙忙地跑回家，去为瘫痪在床的母亲翻个身，或是擦洗一下身子。这已成为小顺子上学期间必须完成的一项内容，如同作业，无论春夏秋冬都要去做，以至天长日久，形成了习惯。小顺子的学校离家很近，即使做完一些事情听到打铃才往回赶，也一点儿不耽误上课。

而现在不行了，小顺子离家太远了，她不知道这时候的母亲会怎么样？两年多来母亲已经习惯了她这一刻的到来。母亲会很用心地听她的脚步声，在她还没有进门的时候就呼喊她的小名，喊得

有人敲门

亲切动人……可是眼下没有人照看母亲了；母亲躺得时间长了，背部饱受压迫，不知讨厌的褥疮会不会乘人之危居心叵测地趁虚而入……小顺子很是后悔，心想自己不应该来，如果她事先向老师请假，相信老师会答应她的。

小顺子就这么想着想着，不知不觉中大会已经进入了尾声。是如雷的掌声把小顺子的思绪牵回现实中来，于是小顺子顺应潮流地尾随周围的同学们，热烈地拍着巴掌。小顺子拍得很使劲，手都拍红了，像是在和谁赌气似的，暗暗地发着狠。

散会后，石磨村小学来的师生们被分成若干个组，按照原有的年级，一一对应，由幸福路小学的老师和同学们领着参观，然后开展联谊活动。

小顺子是五年级的学生，于是她们一行数人便由对方学校同届的几位班干负责接待。这时双方的老师都主动地退居二线，让学生们成为活动中的主角。老师们默默地跟在学生们的后面，那样子很像是牧羊人，不动声色地在青青的草地上放牧着羊群。

先是参观学校。幸福路小学的富有远远超出了小顺子的想象，小顺子第一次看见城里的学生们是在怎样优越的环境里学习的。尤其让小顺子感到新奇的是，人家教室里的黑板竟然黑白颠倒，不像她们学校一律用墨汁涂染，而是白颜色的。上课时老师不用粉笔，用的是很粗的彩色水笔，字写在上面，既柔和又好看。还让小顺子稀罕不已的是电化教学室和微机学习室，进入其间就好像进入了一个完全陌生的领域。结果小顺子在很长的一段时间内，尽管努力要求自己尽快地适应，也没有把这些现代化设备与她所熟悉的那类教学用具联系在一起。甚至小顺子一度产生过虚假的感觉，她觉得自己仿佛置身在一个美丽的童话世界里，离真实太远，远得难以置信……

在这个晴暖的日子里，站在宽敞明亮的教室里的小顺子，不知怎么忽然间竟想起了下雨时的情景。每逢下雨，小顺子所在班级都要及时调整桌椅，以便腾出空来好让雨水从屋顶破漏处顺顺当当地坠落到地面。这时教室里自然而然地形成了五六处积水洼塘，雨水落下溅起的清脆之声如同敲锣，此起彼伏、叮当作响。老师曾爬上屋顶修过，结果得不偿失，不仅没堵住漏洞，反而又踩出了新的开放区域。老师说屋子太旧了，连连后悔自己不应该爬上去……而幸福路小学绝对不会出现这样的情况，小顺子看得出这里的教室早已把风啊雨啊一律置之度外了。所以小顺子在离开教室的时候，心里竟莫名其妙地滋生出一种眷恋与嫉妒混合为一体的相当复杂的情绪来，以至本来就寡言的小顺子，这时候显得更加沉默了。

联谊活动在一间很大的活动室举行。尽管参加活动的双方事先都有准备，但从节目的内容形式和质量上来看，幸福路小学与石磨村小学之间，简直就是东风压倒西风的局面。城里的学生似乎个个能歌善舞，人人会写会画，好像闭上眼睛随便从人堆里拉出一个，上了台表演起来都足以让乡下来的孩子们羡慕不已。不过石磨村小学也有自己的绝招，最后一个节目里小顺子的剪纸博得了满堂的喝

有人敲门

彩。小顺子从小跟母亲学过剪窗花。小顺子不知道剪窗花这样的小玩意儿还能够被称之为民间艺术。小顺子当场用一把剪刀在众人的目光下剪红纸,只见她的手在红纸间鱼一样灵巧地游动,不一会儿工夫,一幅长着翅膀的孩子们手拉手围成圈组成太阳的图案就剪出来了。作为观众的幸福路小学的师生们赞不绝口,纷纷说这是主旋律的作品,突出了"手拉手"活动的主题。其实小顺子却没有想那么远,小顺子只是随手剪了玩玩,她觉得人要长翅膀就好了,长了翅膀可以飞,飞到理想中的地方去……

午饭小顺子是在幸福路小学一个名叫林媛媛的同学家里吃的。就像在村子里老师挨家吃派饭一样,来自石磨村小学的学生们分别被分配到对方学校的同学家里去吃饭。老师说,这也是一种交流的方式。

林媛媛与小顺子同年,是班长。林媛媛把小顺子带回家的时候,受到了家长热情地接待。林媛媛的妈妈腰间系一方有着鲜艳图案的大花围裙,在厨房与客厅之间不断地来往穿梭。她利用炒菜的间隙把对小顺子的关心体现得自然、亲切而又感人。

"能告诉我你叫什么名字吗?"林媛媛的妈妈满面笑容地问。

"我叫王顺。"小顺子低着头说。

"家里都有什么人?"

"爸爸、妈妈,还有个弟弟。"

"种了多少地啊?"

"五亩。"

……

林媛媛在她妈妈返回厨房炒菜的时候告诉小顺子，说她妈妈身体不好，已经有半年没上班了，平时在家寂寞得很，好不容易见着有客人来，机不可失，说起话来总是没完没了，一副津津有味的样子。

可是小顺子很用心地看了几回，也看不出林媛媛的妈妈有病。她的面色多好啊，年纪很轻，眼角连细密的皱纹都不随随便便地绽露，加上精神头又那么足，怎么会是病人呢？小顺子不自觉地把她与自己的母亲相比着。

见小顺子受拘束，身子缩在客厅的沙发里，给她水果也不吃，林媛媛便提议到她的卧室里去。林媛媛说她有许多 CD 唱碟，可好听了。小顺子不知道什么是 CD 唱碟，她只见过电视机，在村长家。整个石磨村，就村长家有一台黑白电视机。村长说那玩意儿费电，所以平时收视的时间很有限。于是小顺子想，到林媛媛的卧室看看也好，总比干巴巴地坐在这里等饭吃强多了。

林媛媛家住着三室两厅的房子，三口之家，林媛媛理所当然地独自占了一间。小顺子跟着林媛媛走进同龄人的一方小小的天地，就像走进了一个童话中的世界：粉红与白色相间的家具，带有几何形状的提花地毯；窗帘、床罩被草莓的图案恰到好处地盘踞着；床上、书架上分别成为各种长毛绒动物玩具的幸福乐园……小顺子刚刚走进卧室就站住了，小顺子不知道自己的脚该往哪儿迈才好。小

有人敲门

顺子觉得屋里的一切都那么精致,无论是踩在什么地方都将是对美的一种糟蹋。

"进来啊!"林媛媛对愣在那里的小顺子说。

小顺子就往前挪了两步。

林媛媛从地柜里拿出一摞 CD 唱碟,对小顺子说:"你喜欢听谁的歌,刘德华还是郑智化?或者孟庭苇、梁雁翎的?……哦,我还有一些世界名曲,有古典,也有现代的。"

对林媛媛畅通无阻极其流利地报出的一连串人名,小顺子前所未闻。小顺子知道自己孤陋寡闻,就说:"随便哪个都可以。"

林媛媛挑选出一张,然后把那银光闪亮的薄片放进了 CD 唱机。这时奇迹出现了,有很好听的钢琴声从屋子的四周向着小顺子流水一样轻轻地漫了过来。小顺子被音乐包围住了,包围得很是舒服、惬意。

"这是法国钢琴王子理查德·克莱德曼的名曲《献给爱丽丝》。"林媛媛介绍说。

小顺子点点头,然后静静地听着。

一曲放完,林媛媛关上唱机说:"我给你弹一曲好吗?"不等小顺子回答,她就兴致勃勃地打开了钢琴。后来小顺子听说林媛媛五岁的时候就开始弹钢琴了。小顺子想,在那个年龄自己在干什么呢?在小顺子的记忆中除了割草,还是割草……

林媛媛的琴声后来被她的爸爸的到来打断了。她爸爸下班回来后听说小顺子来了,就径直来到林媛媛的卧室。林媛媛的爸爸对小顺子说：

"你好，欢迎你到我们家作客！"

小顺子没有经过这样的场面，只是笑，不知道该怎样回答才好。幸好这时候林媛媛的妈妈喊了一声开饭了，纯属歪打正着，才替小顺子及时地解了围。

"那好，我们一起去吃饭去。"林媛媛的爸爸说着作了一个"请"的手势。

午餐十分丰盛，桌上的菜盘由于数量的缘故显得拥挤不堪。有许多菜吃到嘴里，都不知道是什么东西做出来的，小顺子只觉得好吃，她从未吃过这么美味的佳肴。在家里，炒菜很少放油，一个月能吃一次肉就很不错了，即使逢年过节，小顺子也没有享受过如此高级的生活待遇。但小顺子吃得很拘束，目光慌忙地在桌面上扫过之后，就十分保守地落在自己的碗里，轻易不突破碗的重围。尽管林媛媛的妈妈非常热情，不断给她搛菜，把她面前的小碟子装饰得内容丰富；然而越是这样，小顺子越感到浑身不自在。小顺子有生以来第一次深刻地体验到吃饭竟然这么艰难。

下午，在离开林媛媛家回到幸福路小学之前，小顺子又遇到了一件比吃饭还要感到不自在的事情。林媛媛的妈妈事先有所准备地拿出一个崭新的书包，里面装有铅笔盒等文具，另外还有一条花裙子，说是送给小顺子的礼物，要她收下。小顺子不收。这倒不是说小顺子不喜欢那些东西，小顺子从小学一年级起，书包都是利用废旧化肥袋裁剪后缝制的。小顺子做梦都想有个正宗的、从商店

有人敲门

买来的新书包！现在那样的新书包就放在小顺子的面前，只要伸手就可以拿到。但小顺子不要。小顺子除了晓得不能随便拿人家的东西外，还觉得在那书包和裙子后面隐隐约约隐藏着一份同情或是怜悯。小顺子能吃许许多多的苦，却受不了这样的关怀。小顺子十分清楚，林媛媛的妈妈绝对没有伤害她自尊心的意思，对方完全是出于真诚。可是小顺子受不了，富裕与贫困之间很大的悬殊，使一种本来属于正常的关怀，轻而易举地就扭曲成了另一种形态。

然而，不接受礼物显然有失对林媛媛一家的尊重，小顺子虽然来自偏远乡村，但她的心地十分善良，她懂得自己应当如何不伤害对方的情感。这样一来，小顺子权衡再三，最后迫不得已，内心很不乐意地接受了那些礼物。当小顺子拿着书包和裙子离开林媛媛的家的时候，竟生有一种逃的感觉。她恨不得立即逃离城市，回到遥远的石磨村去……

大客车停在麦场上时，已是黄昏了。

下了车，小顺子就朝家里跑，跑得很有些奋不顾身的劲道。小顺子觉得自己离家的时间太长，一天不知不觉就这么过来了，有很多该做的事情都没有来得及做，实在可惜得很。

还好，未进门就听到母亲喊她的声音，那是小顺子往常非常熟悉的情景。于是小顺子便把脚步踩得更响了，她一边跑，一边喊："妈妈，我回来了！"

很有一种久别重逢的感觉，小顺子和母亲一见面就亲热得不得了，小顺子忙着和母亲说话的同时，又打来水忙着给母亲擦洗身子。

这时候暮色缓缓地降临了，小顺子在弟弟叫唤饿的催促声中开始做饭。晚饭很简单，小顺子操作熟练地往锅里加水，馏玉米饼子；等饼馏好，再往水里倒进一些玉米面，然后搅拌搅拌就成了玉米糊。在石磨村，几乎家家晚上都吃这样的饭。

给母亲和弟弟盛好饭，小顺子见父亲还在地里没有回来，便到院子里去挑水。不多一会儿，水缸就满了。接着小顺子没让自己歇着，又拿起了箩筐和镰刀。母亲听到动静，隔着老远的在屋里问："割草去啊？在外面跑了一天了，也不饿？吃了饭，歇歇再去吧。"

"不饿。"小顺子说。

中饭吃得饱，又没干什么活儿，小顺子这会儿的确没有饿的感觉。小顺子只是想多干一些活儿，把一天外出造成的损失弥补回来。

小顺子向村外走去。

很快，又闻到了青草蓬勃向上的气息，又听到手中镰刀挥动之后草茎断裂发出的嚓嚓声响，小顺子把自己的腰弓成月牙状，久久地浸泡在静静的夜色里……

一周之后，小顺子收到林媛媛的来信，满满三页印有漂亮图案的信笺托载着那位城里学生浓烈的热情。林媛媛在信中谈到了那天参加"手拉手"活动的收获，谈到要与小顺子在学习上开展竞赛，

有人敲门

谈到了将来如何以优异的成绩考上重点中学……小顺子本想回信的，只是太忙了，除了学习，她还有许许多多的家务事需要做，时间对于她总是显得十分吝啬和小气。这样一来，随着日子的消失，回信的念头渐渐淡漠了，以致后来小顺子把那封信与林媛媛妈妈送给她的礼物放在一起，很用心地收藏起来，让它们纷纷成为往事。

操 练

郭成天生拥有一张即使是在睡眠中也微笑不止的生动有趣的脸，以至于他的同学们常常为此开玩笑，说作为赌注，谁要是有能耐让郭成恼怒了，情愿做东，请大家喝汽水，或是吃冰淇淋。结果，迄今竟无一人得逞！

现在站在队列中的郭成正是如此表情依旧地注视着王教官，就在王教官发出的口令尚在喉管里急速跃动即将喷薄而出的时候，郭成再一次抢了个先。郭成把音量控制得恰到好处："起步——走！"这样一来，现场呈现出一前一后几乎是重叠的颇为滑稽的效果，即郭成的口令发在面前，而王教官的声音尽管一往无前穷追不舍，却依然显得动作迟缓力不从心，硬是慢了小半拍！于是，就在这两个内容同样的口令争先恐后地奋勇抵达同学们的耳畔时，大家不约而

有人敲门

同地爆发出了笑声,那笑声十分张扬,以至看上去,队列中的每一个人都极像是郭成的同谋!

其实郭成的这套小把戏,在军训第一天的这个上午早已玩过多次,王教官一直想训斥他一顿,都忍住了。因为王教官心想,就是让你这样,你又能玩几次呢?顶多重复几回,你自己也会觉得没意思了吧。然而出乎王教官意料之外的是,郭成竟有如此坚韧不拔的耐性和经久不衰的玩兴,这不禁让他在恼火之余又滋生出了一份小小的佩服。王教官于是板住脸,眼一瞪,亮开嗓门,大喝一声:"最后一排,右数第三名——出列!"

"是!"郭成双手握拳贴于腰间,然后一路小跑来到王教官的面前。

郭成的跑步姿势非常标准,即使是拥有三年军龄的上士班长、曾两度带领学生军训的王教官也感到无可挑剔。

"你叫什么名字?"王教官问。

"姓郭,叫……"郭成说着,笑眯眯地指了指身上穿的文化衫,在郭成的胸前,印有一位著名港台歌星的大幅头像。

"什么,你叫郭富城?"王教官脱口而出。

"正是鄙人。"郭成微笑着说。

队列中"轰——"地炸响了笑声。

王教官知道自己上当了!

于是王教官狠狠地瞪起眼珠盯住站在他面前的郭成,可是看着看着王教官的眼睛就瞪不起来了,因为郭成那张布满甜美笑容的圆圆的脸上，中间部位拔地而起轻轻耸立着一个圆圆的鼻头，而圆圆的鼻头上方，架有一副精致的圆圆的眼镜，除此之外，再加上他那特有的弯弯的眉毛，弯弯地眯成一条细缝的眼睛，弯弯的略为上翘的嘴巴……似乎每一个物件都有机地组合成一只无形的小手，而那只奇特的小手此时此刻轻而易举地就向前悄悄伸了过来，然后在王教官的脸上非常柔和地抚摸了数下，结果王教官便身不由己地不得不跟着对方一起笑了起来。

如此一来，队列中的同学们见状，一个个便不失时机地友情大客串，也跟着王教官一同笑开了。

王教官笑了一阵子，便宽容地对郭成挥挥手："还站在这儿干吗？归队吧。"

"是！"郭成重复着刚才出列时跑步的标准动作，转身回到队列中去。

王教官又笑着说："郭富城，以后不要再在队列中随便喊口令了。我比你大五岁，听我的没错儿。"

"是，教官！"郭成说。接着郭成又说，"其实你比我大五岁也没有什么了不起的，不要骄傲哦，再过五年我就赶上你了！"

郭成的话很是随意，同学们却听后一个个捧腹大笑，笑得前仰后合。

王教官也忍不住笑出了声，笑得泪水都快要溢了出来。

而郭成只是微笑，与往日一样，显得平平常常。

有人敲门

高一年级新生的军训从 8 月 24 日开始，为期一周，然后休息一天，接着 9 月 1 日正式开学上课。这也就是说，8 月末的这些天，炎热依旧，酷暑难挡，这对于暑假中舒服惯了的同学们来说，军训的日子注定充满了艰辛和不易。

因为军训动员的时候，教导主任一再强调不许戴遮阳帽，要从难从严，所以训练中的同学们只好无奈地置身在无遮无挡的操场上，一任阳光肆无忌惮地随意欺凌。

说起来让同学们气愤无比咬牙切齿的是，军训的当天，烈日高照，晴空万里，大自然有意与大家作对似的，直晒得大地热浪滚滚，烈焰升腾。于是上午训练小憩时，平日皮肤白白净净的女生毛蓉蓉首先手捂住脸蛋，声带哭腔不无夸张地叫开了："哎呀呀，这怎么得了啊，我都被太阳烤熟了！"

于是，仿佛事先有约，所有的女生们都捧着脸蛋跟着嚷嚷："哎呀呀，肯定烤得像煮熟的虾一样红彤彤的了！"

郭成闻声笑道："哎呀呀，怪不得我闻到一股正宗的海鲜味儿来呢！"

当即，郭成遭到了所有女生的强烈攻击："好你这个家伙，真是没心没肝没肺，连一点同情感都没有哇你！"

接着到了下午，休息时又是毛蓉蓉不失时机地带了头："哎呀呀，这怎么得了啊，我都被太阳烤煳了！"

众女生便一如既往唱歌似地跟着直嚷嚷："哎呀呀，糊的脸上皮肤都翻翘起来了！"

郭成见状，正要说什么，随即被毛蓉蓉制止住了。毛蓉蓉说："郭富城，你又要逮住机会幸灾乐祸胡说八道了吧？"

"怎么可能呢？"郭成笑道，"我正想助人为乐，为了你们好呢！"

毛蓉蓉一脸得不信任："哪有这么好的事史无前例地发生在你的身上？"

"你看看，误会了吧？"郭成说着套近乎地对着毛蓉蓉耳语了几句。毛蓉蓉一边听一边忍不住咯咯地笑。

女生们顿时群起攻之："好哇，郭富城，老实交代，你和毛头说了什么甜蜜的悄悄话，看把毛头给喜得嘴都合不拢了？"

郭成得意极了："不告诉你们！"

毛蓉蓉也跟着说："保密。"

其实郭成在毛蓉蓉喊叫烤煳了的时候，本想凑趣说上一句俏皮话的，谁想话没吐出口就让毛蓉蓉给堵住，便随机应变灵机一动转换了话题。于是郭成对毛蓉蓉耳语，说是要帮她如何整个最新式的发型，既新潮，又可模拟遮阳帽，从此训练中免受烈日曝晒之苦，云云。郭成几句话便说的毛蓉蓉很是开心。

毛蓉蓉与郭成是邻居，晚饭后毛蓉蓉如约来到了郭成家。郭成他妈早先是市京剧团的专职化妆师，后来随着经济不景气，剧团解散，就回家开了个个体美容美发店。所以毛蓉蓉来到郭成家，准确地说，是来到郭成她妈开的店里。

"来啦？挺准时的。"郭成说。

"那还用说。"毛蓉蓉说。

"这边坐。"郭成拍拍理发椅,俨然一副理发大师的样子。

"你行吗?"毛蓉蓉犹豫片刻,后来还是坐在了椅子上。

毛蓉蓉无奈地叹了一口气,说:"郭富城啊郭富城,要不是本小姐参加军训被太阳晒得没办法,说什么我也不会把一脑袋可爱的秀发交给你这个蹩脚的冒牌理发师去收拾!"

郭成笑眯眯地说:"此话在理,本人也这么认为……"

就在郭成利利索索地给毛蓉蓉围上白色罩布的时候,郭成的妈妈进来了。郭成的妈妈见状连忙说:"你这是干什么啊?想当妈的革命接班人你不觉得太早了一些?!"

郭成说:"是超前了。妈,既然如此,还是您老一辈革命家继续革命吧?"接着郭成就把要整个什么样的发型,以便达到什么样的目的一一告诉了妈妈。

"哎,我的儿哟,你这个主意真不赖呢!发型也设计得好,有特色!"郭成的妈一边给毛蓉蓉烫头,一边赞不绝口。

"我是谁啊?"郭成得意洋洋,"要就不干,只要一干起来绝对不同凡响!哎,我说毛头,这发型可是我的专利哟,头是你的,版权却归我所有。"

第二天,毛蓉蓉一到学校立即引起巨大的轰动,同学们像观看稀有动物似的,团团把她围住,如炬的目光把毛蓉蓉本来就光彩照人的发型打量得格外灿烂夺目!

在众人的目光照耀下毛蓉蓉得意非凡,她一连夸张地做了几个电视屏幕上时装模特常做的那些造型亮相动作，然后才心满意足地对大家说："怎么样，都来看看——把头发拉直了朝前烫，定型后额前就像戴着一顶遮阳帽——够帅的了吧？"

女生们看了异口同声一个劲儿地直叫唤："毛头哎毛头，你真不够意思，好狠心哟，有这么好这么实用的创意，怎么就不能及时通告一声，害得我们想抄袭你那样子一时也来不及了。这不，光天化日之下无遮无挡的，让我们可怜的脸蛋儿还得继续挨太阳暴晒一天！"

就在女生围住毛蓉蓉时，男生们也众心拱月般把郭成圈在了人群的中间。只见郭成当众操作，一边手挤一管戏剧化妆用的油彩，一边笑眯眯地往脸上胡乱涂抹。不多会儿，郭成的面部便呈现出迷彩状，把他本来就丰富的表情此时此刻装潢得分外多姿多彩。接着，涂抹完毕，郭成把油彩慷慨地递给身边的同学："谁来？这可比进口的高级防晒膏管用！"

就在人员到齐，集合队伍准备开始军训的时候，郭城所在的高一（2）班，让前来跟班作业的教导主任大吃一惊。教导主任指着脸上横七竖八，胡乱抹着棕黑色油彩的郭成们说："你们这是怎么啦？这是干什么呀！"

郭成跑步出列："报告主任，我们在军训中学习特种兵，脸上涂的是迷彩！"

接着教导主任又指着毛蓉蓉说："我不是在军训动员的时候就说过了，不许戴……"说到这里，主任卡壳了，因为同学们的笑声及时提醒她眼睛看花了。

这时，站在队列中的毛蓉蓉也学着郭成的样子，双手抱拳跑步出列，然后立定："报告主任，我没有违反规定。请您仔细检查，我头上顶着的是头发，不是帽子！"

同学们大笑不止。

王教官也笑，只是背过脸去。但他的肩膀一耸一耸的，把他的笑暴露无遗。

军训进行到第三天，郭成就觉得训练的内容单调重复枯燥乏味儿了，不就是立正稍息、四面转法、起步、正步、跑步走嘛，如此简单的动作对于智商高的人来说，一看就会，犯不着铆足了劲儿练。这么想来，郭成心里原先紧绷着的那根弦就自然而然地松了下来。

但郭成又不能不练。军训动员时教导主任讲过了，非特殊情况一律不许请假。鉴于不参与训练的可能性几乎是零，郭成就开始考虑能否采取另一种办法，尽量少练。

办法对于郭成来说向来都不缺乏。

不一会儿工夫，主意拿定后的郭成开始迅速实施计划：只见他的手在眼镜架上轻轻托了几下，镜架竟然就自动解体，解体得很是轻松无比。接下来，残疾了的镜架被郭成高高举过了头顶："报告教官，我的眼镜架断了。"

王教官闻声走了过来，仔细看了看镜架，果然出了故障，不能戴了。王教官便问郭成："你的眼睛近视到什么程度？"

郭成答:"左眼四百度,右眼五百五。"

王教官想了想,问:"不戴眼镜还能看得见走路吗?"

郭成立正答道:"我想没有问题。"

郭成接着又说:"王教官曾经一再教导过我们,轻伤不下火线。"

王教官一笑:"瞎说你,我可从来没说过这话!"

王教官说完,满意地回到队列前,然后扯开嗓门对着大家把郭成扎扎实实地表扬了一回。王教官希望同学们向郭成学习,学习他那种严格要求自己认真对待军训的态度;学习他不怕困难不怕吃苦重在参与的精神……接下来王教官兴致勃勃地带领大家继续操练。

训练的内容是起步走,可是王教官发出口令后列队走着走着就乱了阵。乱阵的原因是郭成走斜了,本该照直前进的,结果他走时一个劲儿地偏左,把左边的队列挤得乱七八糟。

"怎么搞的?照直走,两眼目视前方。"因为王教官刚刚表扬过郭成,为了给他也给自己留个面子,就没有批评他,只是把起步走的要领当众复述了一遍,然后下达口令,让大家再走一次。

完全可以想象得到,又一次起步走,只不过有效地成了上一遍操练的复制品。王教官极不满意,严厉质问:"郭富城,照直前进,谁让你斜着走的?"

"报告教官,"郭成在队列中说:"我本是照直走的,可是由于眼镜坏了没法儿戴,左眼的视力比右眼好,所以走起路来两脚不知不觉就朝左边偏。我有心想纠正,可是总是力不从心。"

王教官不信任地微微一笑:"哦,还有这种事,可能吗?"

有人敲门

郭成说："难道还有什么可怀疑的？"

郭成又说："如果不信你可以试验一下，把一只小母鸡的右眼用纸遮住，然后你看它走起路来是不是一个劲儿地向左边偏。"

没等王教官吭声，队列中毛蓉蓉冷不丁地插话："报告教官，郭富城讲的是事实，我曾经做过这样的试验。不过，我试验用的是一只纯属少年时代还没有打鸣的、脸上自始至终布满笑容的小公鸡！"

话音未落，同学们好一阵放声大笑。

"笑什么？不要笑，队列里严肃一点！"王教官似乎觉得耽误的时间够多的了，于是来了个快刀斩乱麻速战速决，"郭富城，下面的训练你可以离开队列单独进行。但不能走远，就在那边自己练习。"

接下来郭成名正言顺地离开了队列。说是自己练习，但郭成感到，那毕竟要比和大家在一起训练轻松多了。郭成给自己设立的训练科目是立正、稍息和四面转法。也就是说，郭成不仅在这样的训练中不用走步，大热天里尽量减少体能消耗，而且可以自由自在地做动作，悠着劲儿慢慢地来。

稍微轻松一下，时光仿佛过得特别快。这不，才不多一会儿休息时间便到了。远远地郭成看见教导主任和一名校工在树荫下摆好了用保温桶盛着的冰绿豆汤，一种痛快畅饮一番的强力欲望便立即抑制不住地占领了他的全部意识。于是郭成连忙将目光投向王教官，具体地说是盯住了王教官的嘴巴。只见王教官的嘴巴启动，一句"休息十五分钟，解散"的话尚未吐露完整，郭成便如一支射出的箭，朝着远处树荫下的那只盛有冰绿豆汤的保温桶急奔而去。

真叫棒！痛痛快快地喝完了一杯绿豆汤，心情很好的郭成没把自己当外人，当仁不让地又给自己盛满了一杯。正当郭成端着杯子离开保温桶时，迎面碰上了王教官。

"我发现了一个问题。"王教官说。

"什么问题？"郭成说。

"当我发出休息的口令时，是你第一个冲向绿豆汤，并且跑的是直线！"王教官得意地说，"你看，一点儿也没有向左偏呢。"

"你问这个呀？"郭成沉着地喝了一口绿豆汤，"不瞒你说王教官，这是绿豆汤吸引我的结果。尽管我眼睛近视，没戴眼镜看不见，但打老远的，那一阵一阵非常好闻的绿豆汤的香味，就仿佛是酷热之中凉爽的风儿飘呀飘地吹过来了。正是由于绿豆汤的英明导航，我才能够有幸凭借自己敏锐的嗅觉，准确无误地采取最佳路线既不偏也不斜地直接抵达目的地！如果不相信，王教官，我可以再表演一回给你看看，如何？！"

当天市气象台发布的预报说是没有雨，可是到了下午，军训才进行了一个多小时，一团一团的乌云便从南部天空的某个隐蔽处开始对蓝天烈日发动了突然袭击。乌云像是吞食了超级营养素的黑色魔鬼，呼呼地喊叫着，在风中急速膨胀着自己的身躯，几乎是眨眼之间，阳光铺就的蓝天就被吞食得残缺不全了。接着，天空很快阴

有人敲门

暗了下来，一场大雨即将来临！

军训已是第五天了。五天来，天天都是烈日当空，过分强烈的阳光晒得操场上大片大片的青草叶儿蔫巴着露出一副垂头丧气的样子，晒得同学们嗓子眼儿冒烟一个个把老天爷臭骂了无数遍也不解恨……所以，当乌云密布，大雨眼看就要降临，大家别提心里有多高兴了。于是，同学们人人兴高采烈，个个精神抖擞，口号喊得格外嘹亮，队列走得越发整齐。

不多时，一阵劲风迎面吹了过来，乌云似乎受到了挤撞，忽然就从空中拧下了无数的雨滴。雨点稀疏，却个儿大，落在地上噼噼啪啪直响。操场上，起初是一两个班开始收操，接着又有几个班鸣锣收兵，而最后宣布就地解散的是郭成所在的高一（2）班。当王教官站在队列前喊罢解散，让大家赶紧回到教室躲雨时，这位有着三年军龄的老兵怎么也不可能想到，刚刚跑开的同学们，却又在郭成的一声召唤之下，重新聚集在一起。"同学们，大热天想不想冲个凉水澡啊？想冲澡的，不要走，留下来，风中雨中，让咱们潇潇洒洒走一回！"郭成一挥臂，全班所有的人就像着了魔，毫不费劲地就被他挽留在了雨中的操场上！

显然郭成对自己的行为和同学们的表扬很是满意。郭成此刻站在日常训练中王教官常站的那个位置上，面对众人开始发号施令。

——"面向我成四列横队集合。"

——"立正——向右看齐！"

——"向前看！"

——"报数。"

——"起步走——！"

——"一二一、一二一……"

雨开始下大了，哗哗作响的雨把大家的衣服全都打湿了，但同学们毫不介意。此时此刻，高一（2）班的所有成员仿佛一瞬间进入了神奇的无雨之境。你瞧，队列中的每一个人，都像是淬了火的钢，显示出力，展现着美，最大限度地释放出自己的能量，然后毫无例外地又把自己融进一个坚强的整体之中；而这个整体随着郭成的声声口令，很是自然地成为一块儿流动的钢铁方阵，一道校园中寻常不可多见的绚丽风景！

先是起步走；

接着练跑步；

最后是正步。

同学们步调一致，动作整齐，臂摆起来，"唰——"地人人胸前横起一座山岭；脚踢出去，"嗖——"地个个脚下涌起一道波涛。尤其是喊口号，大家"一二三——四"地高喊，喊得声声嘹亮，阵阵有力，好像自天而降的倾盆大雨硬是让那喊声给震落似的。

"真是太棒了！"站在一旁观看的王教官禁不住暗暗赞叹道，以他的评价，军训以来，同学们队列训练中走得最好的一次，也莫过于此！

……

后来几经努力，王教官才把大家从操场上劝回教室。为此同学们纷纷埋怨王教官，没让大伙儿过足了凉快的瘾。王教官说，让雨淋久了会受凉感冒的。同学说不要紧，在家常冲凉水澡，适应了。王教官说不可掉以轻心，否则会影响到后天的会操。如果会操时，全年级八个班级相互比试训练成果，就咱们这个班边走队列边有人不停地一个劲儿地打喷嚏，你们说说那会是个什么样的情景？不成了喷气式飞机编队了！好像是呼应王教官的这一番话，教室里果然就有人配合及时地打了一个很响的喷嚏。于是王教官说，看看，衣服都湿透了，受凉了吧？这时大家才忽然感觉到身上的衣服湿漉漉的，凉意很重。

是郭成自告奋勇地报告王教官说他可以给大家找来干衣服换。王教官说这么多同学，那需要多少衣服啊？言外之意是你能弄得来嘛？毛蓉蓉这时一脸正经地说，王教官，郭富城可能了，除了生孩子，没有他不能干的事！于是大家跟着起哄，王教官你就让他去弄呗，不换衣服我们可就要感冒打喷嚏了……接着喷嚏一个接一个此起彼伏错落有致地在同学们中间很有韵味儿地响开了，王教官见状只好对于郭成说，那你就不妨试试看。郭成得令，向毛蓉蓉借了手机，离开教室，到走廊上打起了电话。

等郭成回来时，王教官正组织同学们讨论如何搞好后天的会操。同学们发言很是踊跃，有的建议要统一服装，有的提议男生不许涂抹防晒的迷彩、女生把烫成帽形遮阳的发型再烫回来恢复原先的模样……郭成则毛遂自荐，要王教官放权，实行自治，会操时由他来带队喊操。郭成说："这样做的好处，一是可以体现军训的成果；二是与其他班级相比在形式上匠心独创别具一格；三是充分展示高中入学新生崭新的精神风貌；四是名师出高徒，我指挥的好，说明王教官更棒；五是杀鸡岂能用牛刀，会操这点小事，哪用得着你王教官亲自上阵？交给我就足够了！同学们说对不对？……"王教官听了一笑："郭富城，你的理由真不少啊！至于放不放权，让我考虑考虑，到时候再说。而眼下，迫切需要解决的是检验你的能力如何？你不是去替大家弄衣服了吗？怎么样，弄来了？同学们正等着换呢！"

"我就知道你要说这样的话。"郭成笑眯眯不紧不慢地说。之后郭成告诉王教官，干衣服已经送来了。因为郭成看见教室外面有一个人正趴在窗户上朝里张望，玻璃把那人的鼻子挤成了一块柿饼的模样。于是郭成潇洒地朝窗户打了个手势："在这儿啦，送进来吧！"

开着一辆面包车冒雨前来学校送衣服的是郭成的表哥。这位跟郭成一样满脸是笑的表哥吆喝随车来的两个哥们把打成包的衣服捆扛进教室，然后对王教官说："同学们换下湿衣服都交给我好了，一个半小时后保证烘干送回来。我们大酒店洗衣房设备先进齐全，且服务热情周到……嘿嘿，最主要的是我们部门经理出差在外，眼下里里外外由我当家，方便得很。"

面对这神话般的现实，王教官恍若置身于梦中，纵然他的想象力有那么丰富，此时也绝对想不到那个细高挑个儿，长着一副圆圆的脸蛋，圆圆的脸蛋上镶着一个圆圆的鼻头，鼻头上架有圆圆的眼

有人敲门

镜，满脸终日笑容不散的郭成，竟然在这么短的时间内变戏法般一下子就弄来了这么多件干衣服，这简直是个奇迹！于是面对郭成的表哥，王教官瞠目结舌，竟一时无话可说。

这时，在众人的热烈欢呼声中，同学们很快换上了干衣服。

换上干衣服的同学们从着装上看，一个个都成了某大酒店的服务员。

郭成换上一件迎宾的服装，然后特地挑了一套同样的衣服递给王教官。郭成说："穿湿衣服会受凉打喷嚏的。"接着郭成又不无得意地说，"瞧这身衣服，不仅有肩章，还有金色的绶带，漂亮得很。王教官，你穿上准和我一样，像个将军！"

会操的日子阳光灿烂。

灿烂的阳光下，参加军训的高一年级八个班的同学们分别在操场上庄严列队，然后站成一个巨大的"口"字形，摆开阵势，进行军训所有科目中的最后一项内容——会操！

会操，就是检验同学们参加军训一周以来的训练成果；

会操，就是班与班之间综合素质的公开亮相与当场比试！

所以，每个班级乃至每一个同学都对会操予以高度的重视。如果不信，只要你随便对哪个队列或者队列中的哪个同学瞧上一眼，你都能无比真实地凭着感觉的无形之手，从排列整齐秩序井然如刀切割的学生方阵中，从精神振奋挺胸昂首站如雕像的同学们身上，轻而易举地触及到那种强烈张扬的、甚至是咄咄逼人的昂奋意识。

会操由教导主任宣布开始，顺序先八班，继而七班、六班……郭成所在的班级排在倒数第二位。也就是说，教导主任的安排，无意之中给高一（2）班一个机会，一个先看他人操作然后再展示自己雄厚实力的机会。

瞧，八班首先登场，把口号喊得震天响；

接着七班亮相，队列走的横竖成行；

再下面是六班，重在展示风貌，临场表现相当不俗；

五班不甘落后，一招一式都带有鼓足干劲力争上游的顽强劲道……

轮到高一（2）班上阵时，同学们早已摩拳擦掌迫不及待了。只见王教官一声令下，队列就像是一块移动的钢铁方阵，脚踏一串串滚雷，迅速定位，眨眼之间便在四周射来的灼人目光中，纹丝不动地嵌在了场子的中央。

威风凛凛的王教官此刻站在队列前，面对开训以来朝夕相处了七天的高一（2）班的同学们，他似乎是有意稳定了一下自己热烈的情绪，然后声如洪钟地下达了一道让其他班级无不感到意料之外而又震惊异常的口令。

王教官的口令坚定而有力："最后一排，右数第三名——出列！"

"是！"郭成应声，迅速两手握拳贴于腰间，接着以极为标准的姿势跑步出列。这时候的郭成已经意识到即将发生的是什么事情，于是他兴奋得满面红光，脸上那似乎永久性的微笑一时显得格

有人敲门

外灿烂。

当郭成跑步来到队列前,然后距王教官大约五米处立定时,王教官大声宣布:"郭成同学,高一(2)班的会操,现在由你接替我指挥,请开始实施!"

"是!"郭成此刻的目光里,除了拥有感激,拥有自信,还拥有美丽的微笑。事后,他的同学毛蓉蓉说,那一瞬间,他用目光传递给大家的微笑,特别特别地动人!

……

军训结束,王教官就要离开学校了,同学们依依不舍地为他送行。

瞅准一个机会,郭成悄悄问王教官:"王教官,为什么你决定放权,把如此重要的角色交给我,让我在会操中担任指挥呢?"

王教官一笑:"这问题对你很重要?"

郭成说:"也许吧。"

王教官又一笑,接着在郭成肩上轻轻拍了一掌:"其实这很简单,因为我和你一样,也曾是一个高中生。"

德国钥匙

安安深深地吸了一口气,然后硬着头皮走进了摩根咖啡店。安安不敢看那个人,她飞快地走着,然后选择了临街落地玻璃窗前的一张座位,坐了下来。这时候,安安听到那个人沉重的脚步声缓缓地在向她接近。等到脚步声停了,那人说,晚上好!小姐,您要点什么?尽管安安早有思想准备,但听到对方从喉咙管里慢慢吞吞叽里咕噜仿佛打了若干个滚才吐出来的低沉而浑浊的话语,仍然受到了不小的惊吓,她本能地身子抖动了一下,接着慌乱地说,来一杯咖啡。

那个人闻声离去。

那个人是咖啡店的老板,姓什么叫什么安安一概不知。安安自费留学,来到德国这座名叫不伦瑞克的城市满打满算还不足六

有人敲门

天。因为安安租住的房子与摩根咖啡店相隔一条不宽的马路，白天她常看到他在零零星星散坐在门前遮阳伞下喝咖啡的客人之间穿梭不停；不仅如此，还因为安安第一次看见那个人就没敢忘了他。安安在国内上大学的时候，曾经在教学楼地下室的录像放映厅看过一部《午夜时分》的恐怖电影，令人无比惊讶且不可思议的是，那个人竟然和影片中的杀人凶手长得一模一样：一样的虎背熊腰，一样的老态龙钟，一样的有着让人琢磨不透的眼神，一样的手背上茁壮成长着茂盛的类似蟹爪似的汗毛……以至安安每每怀疑影片中的那个可怕角色就是以那个人为真实生活原型创作出来的，或者索性那个人就是那个杀人狂趁警方不备从银幕上千方百计地逃离然后隐姓埋名潜藏到了这里。这样一来，安安害怕那个人就不是无中生有空穴来风了，她极怕那个人本性不改，原形毕露，在某个时刻极其熟练地重复电影中的那些惯用伎俩，突如其来向她伸出罪恶的手，死死掐住她的脖子，就像掐一根细嫩的小葱……于是安安很是后悔，后悔不该来到这里。真是忙晕头了，活得不耐烦了你啊？安安想走，可是当这个念头如同种子发芽，刚刚冒出一星半点绿叶，就被那个人粉碎了。莫非他发现了自己的意图？安安听见那个人正一步一步向自己走来。安安不由惊恐万状，她发觉自己的头发竟然不听使唤，瞬间很是没出息地一根一根站立起来，站立得绝对丢人现眼。与此同时，她的血液也开始失去控制加速流淌，甚至隔着胸襟，她都能听到自己的体内成了雨后的山涧，哗啦哗啦喧闹个不停。眼看大祸临头了，安安想喊，可是嘴巴张了张，却发不出声音来。真急人呢。安安只好心一横，听天由命，采取鸵鸟政策，紧张地闭上眼睛。安安不敢看那个人，不敢看他向她伸来的那双毛茸茸恐怖的手……

还好，可怕的事情并没有发生，安安睁开眼，是在她闻到面前浮动着的浓烈的咖啡香味之后。安安第一眼看到的是摆在桌上的一杯冒着热气的咖啡，然后才看到那个人离去的背影。安安重重地吐了一口气。她发觉自己因为紧张，额头上沁出了不少汗，便从随身携带的双肩包里掏出纸巾，胡乱地擦着。

安安晚上八点半钟来到摩根咖啡店，完全是出于无奈。这天下午上完课，安安照例吃了晚饭才离开学校。回到住处，安安一掏口袋，竟发现钥匙没带。也就是说，钥匙被安安出门时忘在了屋里，现在大门打不开了。这真是一件糟糕的事。以前安安不曾犯过这样的错误。以前安安出门，总是把钥匙放在衣兜里。可这回怎么啦？是因为那把德国钥匙形状特别，容易被人遗忘？不是。其实那把钥匙很普通，就是我们在国内常见的那一种。那么就是走时匆忙，急急慌慌？好像也不是。安安记得走前她还仔细检查过上课要带的书。后来书带齐了，钥匙却忘在了屋里。好在安安住的是单元屋，一套三居室的房子，安安只占其中的一间。另两间分别住着一个名叫玛雅的法国女孩和一个名叫杰尼塔的德国女孩。她们都是大学第三学期的在读生，在这里已经居住了两年。安安和她们共用客厅和厨房。于是安安希望她们比她早到家。可是门敲了，敲了不止一遍，却无人应答，这使安安很是失望。为了等她们回来开门，在这

有人敲门

之后很长一段时间,安安就好像一只忧伤的流浪猫,在街上来来回回地溜达。

不知在街上走了多少个来回,安安突然发现自己不能再这样走下去了。一方面安安走累了,两条腿越走越沉重;更重要的是,一个年仅十九岁的女孩,在这样一个温馨的春天的夜晚,独自无所事事地徜徉在街头,会让人怎么想?安安发现已经不止一次行人把好奇的目光停留在她的身上。安安受不了了。安安决定找一个地方,坐下来等玛雅或是杰尼塔。在德国的这座城市,所有的商店或是超市,都在人们下班的时候打烊关门了。正常营业的,除了歌舞厅、餐馆、酒吧,就是咖啡店。安安初来乍到,异国他乡的歌舞厅和酒吧自然不会去。餐馆嘛,当然也不在考虑之列,安安已经吃过晚饭,且这会儿她一点也不饿。接着,剩下来可供选择的,只有咖啡店了。不过,离安安住所最近,同时也是附近唯一的一家咖啡店,是摩根咖啡店,透过该店巨大的落地玻璃窗,安安可以从那里轻而易举地看到斜对面她住处客厅的窗户。也就是说,只要玛雅或是杰尼塔回来,客厅的灯光就可以通知她。因此,尽管安安十分害怕那个与恐怖电影中的杀人狂长相雷同的店主,但她犹豫再三,最终还是选择了到摩根咖啡店去坐一坐。安安从窗外观察过摩根咖啡店,那里面不下于五位客人在喝咖啡。既然有那么多的人,安安的胆子也就壮了起来。于是安安写了留言条,回到住处,插在门缝里,告诉玛雅或是杰尼塔,她的钥匙忘了带,进不了门。她在街斜对面的摩根咖啡店等她们。安安留此便条还有一层意思,是想告诉她们她所在的位置，万一出了什么意外的事，她们也好找她。这时，安安看了看手表，时间正值晚上八点半，这才磨磨蹭蹭多多少少有些心惊胆战地向摩根咖啡店走去。

现在，坐在咖啡店里的安安一边看着那个很是恐怖的人离开她回到吧台，一边下意识地伸出手来捏住杯中精致的小勺轻轻地搅动着咖啡。

咖啡很香。

咖啡店里若隐若现的音乐也很好。

但就在安安要喝咖啡的时候，她突然停住了。安安望着杯中深棕色的液体，又一次想起那部恐怖电影中的某个片断。安安吓坏了。安安心想，要是那个人在咖啡里放了迷魂药怎么办？

不敢说如今年轻的心气很高的大学生都向往出国留学，但最起码持强烈反对意见者凤毛麟角。安安就是大多数渴望走出国门的人中的一个。

其实，追根究底，当初安安出国留学的欲望并不十分强烈。安安考上省城的一所并非名牌却也不算很差的大学，专业比较热门，学的是信息工程。据说，近几年来这所大学该专业毕业的学生一律成了香饽饽，只要进入人才交流市场，就会被用人单位迫不及待地连锅端，以至目前尚无一例就业难的光辉记录。后来要不是学校发生了动乱，安安也就不会走了。安安也许会在那个大学读书直到完成学业，然后跨出校门当一回"香饽饽"，风调雨顺地就业。可是

有人敲门

就在安安大一下学期的时候，动乱发生了。原因是学校接二连三扩招，原先有限的校园经不起学生数量上的急速膨胀，早已人满为患。校方只好一边在郊区圈地建立分校，一边临时就急，狮口大张，吞并一两所中专，然后向那里疏散人员。由于安安所在的年级被校方安排远离本部，其结果引起了学生强烈不满。现在的大学生大多独生子女，在家哪个受过这等窝囊气啊，于是大家抗议，并开始罢课，其理由是即将疏散到那里的一所中专学校条件差，比如图书馆规模小，比如试验室简陋，比如届时老教授和外籍老师不愿去授课，再比如那个地方偏僻，荒郊野外，交通不便，安全系数低，等等。总之，理由很多，也很充分。其间，安安虽然对校方的做法有意见，但她没有过激的行为。安安是个胆小的人。安安很怕惹是生非。这样说，并不表明安安面对现实无动于衷，实际上安安的内心十分痛苦。安安本想上了大学好好读书，没想到环境突变，竟变成这种乱糟糟的样子，与理想中的带有璀璨光环的高等学府相去甚远。安安突然便对自己就读的大学感到了失望。这种失望，便成了安安半年之后通过中介公司出国自费留学的一个重要原因。

安安原本以为，办完留学手续，乘飞机来到德国，就像脚下铺有红地毯，步入一条康庄大道，所有的阳光都在为她灿烂辉煌，所有的鲜花都会为她喷芳吐艳。哦哦，其实不然。安安来到德国仅仅六天，她就实实在在地尝到了有生以来前所未有的无助、烦闷与孤独，真是苦不堪言！那个花言巧语的国内留学中介公司在德方的代理人葛宁，把安安从法兰克福机场接来，然后草草安排她住下，接着就从空气中蒸发，再也寻不到踪影。安安曾经数次拨打他的电话，都是空号。或者，他给她留下的电话号码本身就不存在。要知道，安安仅仅是利用假期，先后在北京的一所语言学校学过三个多月的德语，初来乍到一个新的国度，举目无亲，语言又有障碍，所遇到的困难可想该有多么大！再说，安安在国内早已把来德后的住房押金、语言学校的半年学费、三个月的医疗保险以及交通月票等等费用付给了中介公司，现在他们倒好，拿了你的钱，却不给你办事，实在是太气人，气得天性胆小的安安，现在竟恨不能连拿刀杀了他们的心都有！

就这样，安安有苦只能往肚里咽，她不敢马上把自己的艰难处境告诉爸爸妈妈。安安想过，老爸老妈离她太远，眼下纯属鞭长莫及。如若让老爸老妈知道她现在一肚子苦水，岂不是害了他们，除了给他们增添苦恼与忧愁，还能解决什么问题？难道自己一个人水深火热不够，还要拉扯着家人一同陪着受罪？所以，安安在与老爸老妈通电话时，总是尽量调整语气，弄虚作假，装模作样，善意地对父母进行欺骗，说自己在这里如何生活好，如何适应环境，等等，目的是让父母快乐，让父母放心。至于中介公司不履行合同的林林总总，安安打算过一些日子，等事后自己把自己安顿好，再告诉老爸老妈。既然双方有合同，那么，早一点晚一点让老爸老妈找中介公司交涉，都不迟。不过，安安可以瞒住父母，却骗不了自己。安安每每与老爸老妈通电话，都会忍不住泪水汪汪。不仅如此，安安发现自己长这么大，从来没有像现在这样想家，想老爸老

有人敲门

妈,想她读过三个学期且一度失望过的那所大学,还想大学同宿舍的同学……

一想到这些,安安立马就有要哭的感觉。她拼命地克制住自己,不要哭,不要哭……后来泪水在安安的眼眶里打了好几个转,果真没有突破重围。

但安安还是用纸巾擦了擦湿漉漉的眼睛。

算了,不去想这些了,安安决定调节一下自己的情绪。这时安安把注意力及时转移到眼前的现实中来。她看见了面前的那杯咖啡。虽然咖啡不再热气升腾,但浓浓的香味仍然一如既往顽强不屈地在她的嗅觉里缠绵。安安忍不住端起杯子,闻了闻咖啡的浓香,就把杯子放下了。仅此而已,安安不敢喝。安安心想,雨后森林里生长的蘑菇,越是色彩艳丽,越是内容可疑,那是万万吃不得的。

就在安安放下咖啡杯的时候,她抬头看了一眼离她不远处站在吧台内的那个人。安安看见那个人正冲着她微笑。

那是一种什么意味的笑?瞬间,一个成语不由让安安警觉万分。那个成语便是——笑里藏刀!

玛雅和杰尼塔怎么还不回来?她们究竟干什么去了?安安一遍又一遍地看着手表,无奈,斜对面住处客厅的灯光就像一棵极有耐心的消息树,都什么时辰了,仍然没有发出她渴望获取的信号。

安安很后悔在此之前没有向玛雅或是杰尼塔索要手机号码。安安刚刚入住这套公寓,乘坐飞机的时差也仅是前两天才倒过来,一方面她与玛雅和杰尼塔不熟悉，另一方面她还不适应环境，觉得一点过渡都没有，就直接了当地要老外的手机号码或许不大礼貌，所以她就错过了今晚摆脱困境的一个机会。要是有了她俩任何一个人的手机号，安安绝对不会委曲求全地坐在这个鬼地方担惊受怕倍受煎熬。

安安还后悔在此之前与一同从中国来的同学联络不够。那个该死的中介公司在德方的代理人葛宁，没有把她和他们安排居住在一处。葛宁说你们不知道啊，在不伦瑞克住房可难找啦，那意思好像他让他们同机来德国的四个学生能够分别住在三个地方，已经算是破天荒，很不容易的了。对此，他们似乎应当加倍感激，联手答谢，请他吃牛排喝啤酒才对。可是房子真像葛宁说的那么难找吗？天知道是不是这样？！反正安安一到这座城市，就和他们分手了。虽然在这以后，安安和他们见过面，但都是在语言学校里。安安和他们其中的一个来自无锡的女孩同在一个班，无锡女孩说其他两个人住哪她也搞不清，光听说住的房间同样没安装电话。就这样，安安还没顾得上与其他几个中国同学密切关系，她就把住处房门的钥匙忘在了屋里。要是安安知道他们中的任何一个人住在哪，她一定会去找他们。

就在安安又一次看手表的时候，咖啡店里的情况发生了变化，有两个客人走了。那两个客人的离去，似乎随手就把安安内心某一个部件带走了。于是安安有了类似塌方的感觉。安安的心里真的就少了一块，空荡荡的。

有人敲门

安安不安地看了看店里还剩下的三个顾客，还好，他们没有要走的意思——最起码现在他们不会走。安安悬着的心便放下了一半。说句实话，他们的健在，就是安安安全存在的基本保证。安安希望他们不要走，就这么一直陪着她喝他们的咖啡，直到玛雅或是杰尼塔回来。哪怕他们在这里的所有消费，由安安付账，安安都心甘情愿。

此时，吧台里挺胸昂首站得笔直的那个人，仍旧面带微笑，用眼的余光朝安安这边打量。安安心想，你就不怀好意地一脸坏笑吧，别得意，还有三个人在这里呢，你不能把我怎么样？这样想着，安安就把目光焦急地投向街对面的那扇窗户。玛雅、杰尼塔，你们干什么去啦，已是晚上十二点钟了，怎么还不回来？

这会儿什么叫如坐针毡？什么叫度日如年？安安全体验到了。安安心里急得冒火，火焰呼啦呼啦一蹿多高，表面却不敢有一丝半点的流露。她怕那个人看出她渗透到骨子里的懦弱与胆怯，那样，那个人肯定更加得意和张狂。安安得沉住气，稳住自己。即使是怕，她也应该在那个人的面前装作无所谓的样子。

可是安安做不到。比如眼下，店里的三个客人又走了一个，这时安安的心"哐当"一下重新被冥冥空中的一只无形的手粗暴地抓举了起来。安安肯定有点惊慌失措了，因为安安听到她坐的椅子发出了一声呻吟。那呻吟是她制造的，不过安安此时已经顾不了这个细节了。安安看见吧台里那个与杀人狂雷同的人旁若无人地仍在冲着她笑。甚至笑着笑着，那个人还朝她轻轻点了一下头。这是什么

253

意思？真是太可怕了！安安立即把脸转向窗外。安安不敢再看那一张恐怖的面孔。

在这之后，时间好像过得格外缓慢，就连店里若有若无的音乐也变得诡谲起来，久而久之，安安发现自己的警觉竟然一点一点地被它们瓦解和销蚀。她想抵抗，却常常显得力不从心。安安心里明白，许是持续的高度紧张造成了精神疲劳，她开始累了，也开始困了。这样想来，真的就有了阵阵困意，挡都挡不住。安安强打精神，使劲揉了揉眼睛，她看见那个让她害怕的人继续站在吧台里直直地挺着身子朝她微笑，但同时安安还看到店里的那两个顾客仍坐在那里不紧不慢地喝着咖啡，这样一来，安安便略略放心了。于是安安在心里对自己这样说，趁着他们还在陪伴我，想睡就睡一会吧。就睡十五分钟，不，不，就十分钟……说着，安安的眼皮发涩，即使想睁，一时也难睁开了。

安安先是用手支撑着脑袋，后来显然支撑不住，便顺势趴在了桌上。在这期间，安安恍恍惚惚记得自己曾经数次抬头看过街对面住处的那扇窗户，可是没发现灯光。接下来，安安就不再顾及窗外了。安安把目光锁定在一片绿地上。那是不伦瑞克大学所属的语言学校教学楼一侧的大草坪，碧绿碧绿的小草争先恐后地簇拥在阳光下闪烁着迷人的光芒，安安觉得她的眼睛快要被它们晃花了。这时，长着金黄色长发淡蓝色眼睛的安瑞得老师喊了安安一声，安安向前跨出一步，从同学们中走出。安瑞得老师说，安安，今天我们这座城市的市长特地前来向新生赠送礼物，请你接受。这时，安安

有人敲门

才知道站在她面前的那位先生是市长。只见市长打开一只紫红金丝绒质地的精致的礼盒，将盒中一把金光闪闪造型夸张的钥匙递到她的面前。安安以前不止一次从电视屏幕上看过这样的镜头，她知道接受这样的礼物意味着什么。于是她十分激动。她在接过这个珍贵礼物的同时，向市长鞠了一躬，连连说了几声谢谢！可是紧接着安安便懊悔不已。为啥？安安一张口，说的全是中国话。嘿，这下完了，市长根本就听不懂嘛……

就在安安准备改用德语向市长道谢时，她被一连串叮叮当当的响声打断。安安抬头一看，大吃一惊，咦，市长呢？市长不见了，她却坐在咖啡店里。原来刚才的情景，仅仅是她的一个梦境！

安安想起来自己为什么坐在咖啡店里了。

安安看见店里原先坐在那里喝咖啡的两个客人早已不见踪影。

而偌大的一个咖啡店，只有两个人，一个是她，另一个就是那个让她一晚上都感到可怕的人。现在，那个人正站在吧台内接电话。是电话铃声让安安从睡梦中回到了现实。

接完电话，那个人向安安走来。

安安害怕极了。安安的目光越过那个人的肩膀，无意之中看见了挂在墙上的一只造型古朴的木壳石英钟，啊，已是凌晨五点三十五分了！安安忽然记起那部恐怖影片中，也在这个时辰，发生了一起凶杀案……

安安紧张地站起来，她的身子控制不住地抖动着。

安安望着向她走来的那个人，心想，你再敢往前一步，我就要喊救命了！

然而，就在安安想喊还没有来得及喊出声时，那个人站住了。那个人用沙哑、浑浊的声音对安安说，她们回来了。她们打来电话，说门开了，你可以回去了……

安安听后身子晃了一下，差点晕倒。随后，安安看到了街斜对面住处的灯光，看到了客厅窗户映出的两个人的剪影。

安安向门口急迈两步，随后又退回来。安安匆匆掏出一张纸币放在那杯一口没喝的咖啡旁，然后夺门而出。

就在离开咖啡店时，安安听到身后那个人说了一句什么。声音低沉，呜噜呜噜，安安没听清。安安已经顾不得了，她看见不远处，一扇大门已经敞开……

玛雅告诉安安，庆幸的是她们参加同学举办的party，回来还算比较早。安安鼻子酸酸的，心想，还早啊，天都快亮了！

杰尼塔对安安说，回来时经过咖啡店，怎么没见你啊？只见店主站在吧台里，站得像棵树。安安不好意思地笑了，说我趴在桌上睡着了。

半个月后，经安安同意，玛雅和杰尼塔在住处举办party。那天来了很多她们的朋友，大家从晚上九点钟一直热闹到第二天上午九点钟，人才散尽。安安第一次参加这样的聚会。安安注意到整个party高潮是在深夜两点到三点。安安还注意到，凌晨一点多钟，她撩开客厅的窗帘，看见街的斜对面摩根咖啡店的灯不知道什么时

有人敲门

候熄了。事后安安问杰尼塔，她说那个咖啡店一般午夜一点钟关门。安安听后不由愣住了。

安安记起那天凌晨她离开摩根咖啡店时，那个人咕咕噜噜说了一句什么，她没听清。那是句什么话呢？是欢迎再次光临吗？

安安决定明晚到摩根咖啡店去喝咖啡。

茉莉花开

结婚六年了，我和老公至今仍然是二人世界。我说这些，并不是说我想要孩子而生不出孩子。其实，我是个零件齐全、设备完好、完全能够生儿育女的女人。我曾经怀过两次孕，不幸都流产了。第一次怀孕，都怪我革命警惕性不高，在我看中央电视台播放的春节联欢晚会时，见赵本山在舞台上卖拐，真逗，结果乐得我大笑不止。这一笑，不要紧，大意失荆州，当即就把我的小宝宝笑没了。当然，我这样说，一点儿没有责怪赵本山的意思，要怪就怪我的肚子不争气。我的肚子实在太娇惯了，竟然经不住笑；一笑，肚皮绷紧，就毫无商量余地地把我怀着的那个可爱的小宝宝挤出了家门。后来，第二次怀孕，我接受了教训，别说是赵本山出场，就是卓别林再生，来到我的面前，我也坚决不笑。可是我忽略了咳嗽。

有人敲门

我在吃饭的时候，吃得急了，一不小心呛住，就大声咳嗽起来，且咳得太厉害。每咳一声，都不可阻挡地造成了我腹部的强烈地震。后来，即使是后悔得肠子发青也挽救不了巨大的损失，其代价可想而知，相当惨重，我肚子里的那个可怜的小宝宝就被我不经意间轻而易举地咳掉了……事后，医生严肃认真地对我说，你已经习惯性地流产过两次，再也经不住风吹草动了。下一次怀孕，必须采取措施，卧床保胎，直至分娩，否则，你从此就别想要孩子。

我太喜欢孩子了。在我两室一厅不算宽敞的住处，墙上无一例外地张贴着各种各样孩子们的图片，有男孩，也有女孩；有黑发黑眼睛的小宝宝，也有金发碧眼的洋娃娃；有白皮肤、黄皮肤讨人喜欢的小妞妞，也有黑如陶瓷般光亮的可爱的小家伙。我每天都要看一看他们，且怎么看都看不够。我想，要不是考虑到经济状况的制约，那么，我会生一大堆孩子。准确地说，是三个男的，四个女的。我想象着他们像归巢的鸟儿，叽叽喳喳地围绕在我的膝下，听我给他们讲故事……哇，那该有多么幸福啊！所以，我不能没有孩子。我真的不能想象，这辈子如果没有孩子，将来该怎么生活？！再者，我和我的老公今生有缘，携手走到了一起，到头来，天天在一张床上睡觉，疯狂做爱无数次，竟然无法看到我们创造的爱情结晶，甚至连未来我们的孩子是个什么样，是像我，还是像他，或是集中了爸爸妈妈的优点，像我们两个人，我们都不能知道，你说，多混账，多不可容忍啊！如果命运对于我们太不公道，太残酷了，那么，我们的人生，简直就是一场悲剧！

于是，我和我的老公郑重决定，无论遇到多么大的困难，我们必须要一个孩子，以便让我们蓬勃的生命得到应有的延续。为此，我们精心策划，在前期做了大量周到而又细致的准备工作。

首先，我的老公开始戒烟戒酒。需要在此说明一下，不是我逼他戒的，我可以对天发誓，我老公这样做，完全是他提高认识端正态度的必然结果，因此他戒烟戒酒，戒得顺理成章自觉自愿。你想一想啊，即使是老天爷天天免费给我老公抽世界上最昂贵的香烟，日日无偿给他喝天下最香醇的美酒，则对于我们，也没有比生一个聪明健康的宝宝更加重要。这乃是涉及到我们后代质量第一的头等大事，一点儿也不能马虎。

若是在此之前，我老公肯定不会痛痛快快地戒烟戒酒，他会百般强调理由，比如说他外出采访，人家热情招待你，你总不能拿架子，显得很廉洁的样子，滴酒不沾吧？你以为你是谁啊，不就是报社的一个普通记者吗，又不是纪委的同志，与被采访单位的关系搞好很重要，要不下一次人家没准就不主动给你提供线索，或是不积极配合你的采访，那么你还怎么进行工作啊？再比如，晚上加班写稿，烟不能不抽。烟这玩意儿含尼古丁，但提神。久而久之，你对香烟就产生了依赖性，不抽烟，注意力不集中，就写不出好稿。我老公肯定会振振有词地举例，说以往他写的若干篇获省政府以上级别新闻奖的优秀稿件，都是一边抽烟一边写作的产物……可是这次，为了我们的小"接班人"质量优秀，我老公纯属无条件地戒了烟酒。他的举措，很是让我感动。

有人敲门

其次，一旦确认我怀有身孕，我将毫不犹豫地辞去公职。要知道，一次大笑，一次咳嗽，都能引起流产，那么，我怎么能够按时按点地去上班呢。我是电视台的职业化妆师，每天我的任务就是在那些主持人的脸蛋上涂脂抹粉，给他们锦上添花。我知道哪个主持人应该在化妆时眼影抹深一点，哪个主持人的腮帮上底色需要加重，但我更知道我有责任来保护我的孩子，让他或她能够在我的呵护下平平安安地来到人间。我是个女人。记不清是哪位哲学大师精辟地说过，没有生过孩子的女人，人生便不够完整。就冲着这句话，我也该不顾一切地生一个孩子。我渴望我的人生完美无缺。

单位里的同事听说我为了生孩子而打算辞职，纷纷为我丢掉饭碗感到可惜。要知道电视台是个多么好的单位啊，工资高，奖金多，工作又很体面，如今社会上有许多人想方设法托门子找关系可谓削尖了脑袋往里钻，而我却说走拔腿就要走。如果真的一时头脑发热辞职走人，就怕是过了这个村，没了这个店呢！可是我听了仅是笑笑，信心绝不动摇。因为我觉得生孩子对于我来说，实在是比在电视台当化妆师更加重要。工作失去了，可以再找。大不了，将来我干个体，开个美容店什么的，就凭我的职业经验与专业技术，怎么着也不至于在社会上混得连口饭都吃不上吧？

然而，辞职毕竟是一件重要的事情，失去工作，也就意味着我在重新找到工作之前，必须积攒一笔足以用来供我卧床保胎的生活费。尽管我的老公拿一份工资，不至于使我们日常生活开支捉襟见肘，但提前做好准备，多多挣钱，则是我心理上的需要。我只有在怀孕之前，通过加倍的劳动，把卧床保胎期间的经济损失弥补回来，那么，届时我才有可能心安理得地躺在床上，像一只雌鸟那样专心致志地孵化小生命。于是，工作之余，我和我的老公不乏超前意识，两人你追我赶，争分夺秒，分别打了不止一份的零工。比如我吧，马不停蹄地穿梭在我们这座城市星罗棋布的各化妆品公司与美容店之间，去为正在接受培训的员工们讲课。虽然每次讲课的报酬有限，但日积月累，收入也就相当可观。而我的老公，则像军犬般凭着敏锐的嗅觉，在业余时间里挖地三尺，到处寻找他所需要的素材，去为《知音》《家庭》等一类的生活杂志写稿。我老公深知好的稿件可以卖出好的价钱。他经常在电话里和某个编辑砍价，让那个编辑哥们替他把稿子以最理想的价格卖给他们的总编。我听了，笑他商人习气太重。他却说如今是市场经济，他和杂志社完全是买方与卖方的关系。既然稿件是商品，那么，他追求的就是利益最大化。他认为，这没有什么不对的！

　　再次，我需要做好长期卧床保胎的心理准备。这是我老公特意提出来的。他最担心我在漫长的日子耐不住寂寞，做出功亏一篑的傻事。我说，这怎么可能呢？我天天工作，都干腻了，恨不能立即卧床休息才好。我老公说，就凭你这种想法，肯定坚持不下来。要知道，十月怀胎，三百天的日子，天天卧在床上，那是一种什么滋味？你可要好好想一想啊！我想，我能坚持下来。我老公不相信。我老公说，我们签个协议吧，到时候，你要是沉不住气，卧床卧得不耐烦了，我也好凭着协议对你进行制约。我说，你这不是脱裤子放屁，多此一举嘛。到时候你看我有什么做得不对，尽管提醒我好了。我老公就笑，说怎么提醒你啊？若是把你惹得生了气，一不留神，把孩子气没了，那不就得不偿失啦！我想也是，就和老公签了协议。那个协议一共三项条款，一是为了我们的孩子，要忍辱负重，顾全大局；二和三，还是同样的内容，只是每一句的结尾多加了一个惊叹号。

最后，培养一个持久的良好心情，是我和我老公的共识。我们时常忙里偷闲，有意识地放下手中的活儿，见缝插针地拨通对方的电话，哈罗一声，问亲爱的，有空吗？今晚我们一起去吃饭。我或是我的老公马上心领神会，一拍即合，说好啊，那就老地方见吧。不见不散。老地方是指我们谈恋爱时经常光顾的一家饭店。我们只要走进那家饭店，就会不约而同地重温当年美好的幸福时光。而更多的时候，我和我老公会在晚饭后散步，我们以时尚情侣最浪漫的姿势，手挽着手，肩靠着肩，走在护城河畔的绿草地上。如果我们遇上推销冰糖葫芦的小贩，肯定会一人买上一串，然后你一口我一口地互相喂着，直到把那一枚枚酸甜的果子贮藏在我们共同的美好感觉之中。当然，我们还会一同逛街，一同购物，或是在温馨而又抒情的音乐声中，一同把我们家收拾和打扫得干干净净……我们的邻居见我们亲亲热热甜甜蜜蜜的样子，羡慕之极，竟然在社区评选"模范夫妻"的活动中，毫不吝啬地把大把大把的选票一股脑儿投给了我们。其实，他们哪里知道啊是在暗渡陈仓，别有用心地谋划着我们一生中最重要的一件大事呢！

接下来，按照计划，我们的各项准备工作于五个月之内全部完成。这时候，就迎来了一个我们精心挑选的春暖花开的日子。

我老公问我，你准备好了吗？

我精神振奋地说，准备好了。

接着我问我老公，你呢，你也准备好了吗？

我老公不说话。

我老公用实际行动回答了我。他一弯腰，轻松而又欢快地把我抱起来，然后一步步走向卧室的那张宽大而又柔软的床。在这期间，我用双拳把老公的肩膀当鼓使劲地擂。我一边擂，一边喊，这就开始啦？这就开始啦！我老公把我放在床上，然后诗意浓浓地说，开始了，我们一生中的一个伟大的经历，就这样开始了！我觉得我老公太煽情了。真的，我就像一堆干柴，遇到了熊熊烈火，很快燃烧了起来。其实，我们已经结婚六年了。六年间，我们把夫妻生活中常有的某一种过程重复了无数次，可这一次却依然让我们觉得新鲜如初。的确，我们太兴奋了。我们欲望的大旗迎风飞舞。我们用肢体相互缠绕着，上演了一场著名的舞蹈《两棵树》。我们都十分清楚，为了孩子，我们在全身心地投入，极其慷慨大方地释放着心中所有的激情。这样一来，像雨，像雾，又像风。日月时而停止了运行，江河时而席卷起了波涛。阳光多么灿烂。花开多么美妙。有好受的晕眩，也有心灵的震颤；有飞天的感觉，也有坠落的体验……直到后来，我和我的老公融为一体，我在感觉到失去自我的同时，又分明感觉到了自己的存在。于是，该播种的时候，种子如期而至。于是,我的肥沃的土壤啊,便有了一份对于收获的沉甸甸的希望……

我怀孕了!

怀孕了的感觉真好,你看,我的腹部几乎是一夜之间微微凸起,成了很骄傲的那种样子。原先扁平的小肚子,皮肤一下子就紧张得不够用了,它们像是一件缩了水的衣服,包裹在身上,把身子绷得紧紧的。那争分夺秒快速生长的速度,让我兴奋,又让我担心;我害怕哪一天肚皮会像熟透的石榴自行开裂,那可怎么得了啊!还有我的乳房,明显地壮大起来。它们不分日夜地从我的身上吸取营养,然后在为日后作为哺乳器官而尽心尽职地做好必要的准备。我看着日渐丰盈的乳房,实在想象不出未来我的孩子有多大的胃口,他或她需要这么大容量的饮食用具吗?我老公肯定地说,它是定量生长的。所以,大,自然有它大的道理。我说,乳房太丰硕,一是奶水吃不了容易过剩,二是我们的孩子饮用起来不方便。我老公狡黠地笑着说,是吗?那我不妨先来模拟试吃几口看一看。说着,他就馋涎欲滴地把嘴巴伸向我的乳房。我连忙躲开了。我像一只护崽的母兽,又凶又狠。我说,不行不行,这是我们孩子的专门用品。你的使用期已经暂时告一段落。至于什么时候开禁,必须等候我的通知!我老公在我们未来孩子的面前,地位一落千丈,已经由全家的"二把手"退居"三把手"。我不让他碰我的乳房,他就坚决不碰。后来倒是我不好意思了,老公是在逗我玩,你当什么真啊？再说，我那得理不让人的样子，借孩子的威风，灭老公的志气，是不是有点狐假虎威？不过，我却乐意有这样的感觉。我们的孩子还没出世，就偏向我，对我这么好，让我一下子就成了家中的女皇，真的让我好开心好开心呢！

我们的孩子肯定是一个非常优秀的小生命。我们的孩子充满了活力，像一名爆发力特强的田径运动员，在亿万个同类中，不甘平庸，勇于竞争，最终以极快的速度狂奔不止，一路领先，然后作为一个活泼可爱的生命，进入了一个崭新的生存领域。这样看来，我们的孩子是不是很能干啊？！我们的孩子像一粒种子植入我的身体，尽管她或他尚那么小，小得只是一个生命的雏形，但你却不可因此而忽视了她的存在。她或他用孩子的特殊方式，很是明确地告诉我，从此我就不再是一个人了，而是两个生命的合二为一。于是，她或他使我有了做母亲的骄傲与庄严。以至于忽然间我发现我变了，变得很母性地对待眼前的一切，美好、宽容、温馨、安宁，会成为我日常生活的主旋律。与此同时，作为一位准母亲，我则对她或他，有了一种前所未有的责任。我会格外关注世界格局与国家命运，关注和平与进步，关注经济与发展，关注环境保护与科学技术，关注生存空间与生活质量……尽管我以前也时常胸怀祖国，放眼世界。但自从有了我们的孩子，那种关注的感觉就不同了，似乎我面对的宇宙万物，都与我有了更加直接的亲近关系。

记得，我不止一次地说过，孩子，有了你，我就有了双份的勇敢与坚强。是的，当我在医院被确认怀孕之后，我毫不犹豫地来到单位向人事部门提出了辞职。人事处长是个好心人，他让我不要着急，再慎重考虑考虑，要三思而行。我说我已经考虑很久了，就盼着这一天的到来。现在，我能够向你提出辞职，说明我准备要生一个孩子了，你应当为我感到高兴，并对我表示衷心的祝贺！处长脑子发木，尽管我把话已经说到了这种地步，他还是要我再考虑考虑。我的耐心是有限的，我把事先打印好的辞职报告往桌上一拍，对处长说，其实，批不批准我辞职，对我已经没有什么意义，反正我不干了。说完我便转身离去。我觉得我在那一瞬间极其潇洒。不知道你怎么看，反正我发现，当我的生命中有了另一个新的生命，我就拥有了新的视角，把许多事情轻而易举地看淡了，比如曾经让人一度羡慕不已的职业，有什么舍不得放弃的呢？至于铁饭碗与泥饭碗，在我看来，不都是饭碗，不都是可以用来吃饭吗？！再比如虚荣心、人的脸面一类老牌子的问题。其实，我才不管那么多啦，我只要生个聪明健康的小宝宝，就是我做女人的最大幸福与荣耀！所以，从单位回到家，我很是自觉地在床上躺下了。我对自己说，从现在开始，这张床就是你的职业岗位。你的全部工作，是卧床保胎。你的目标责任制，是在小生命成熟的时候，让他或她安全地来到这个世界上！我看过中央电视台播放的《动物世界》，我突然发现，那些心如止水的雌鸟在巢里孵小鸟时，是多么的伟大！一想到这，我竟被记忆中屏幕上的一幅幅画面感动得热泪盈眶。

我希望我将来生一个女孩。人都说，女儿好，女儿好，女儿是妈妈的贴身小棉袄。女儿长大了，一定会对我亲。而男孩子就不同了。男孩子没准会像民谣中所唱的那样，小喜鹊，尾巴长，娶了媳妇忘了娘！即使是不忘娘，也心痛媳妇，把当娘的暂时放到了一边。我老公不同意我的观点。我老公承认自己传统，对老人特别有孝心。他说他老爸原先有个弟弟，后来因病早早夭折了。这样一来，到了他这一代，如果生个男孩，他们家的香火就可延续下去，那他的老爸该有多高兴啊！我把嘴巴撅得老高。我说，噢，原来你是在为你老爸生孩子啊！我老公马上改口说，当然，他也喜欢男孩。男孩充满了阳刚之气，等到将来哪一天我们老了，你看着儿子高高大大地站在你的面前，你会觉得心里头特别踏实，有一种依靠……不过，我知道，在我面前，我老公的意见往往坚持不到底，就会大打折扣。比如我老公见我太喜欢女孩了，最后便会让步，做出一点点妥协，说那你就怀一个龙凤胎吧，一男一女，花色品种齐全，这样，你满意，我也顺心。我就笑，说又不是上农贸市场买菜，你想要什么，就可以买什么。书上说了，生男生女，关键在老公。接着我说，养兵千日，用兵一时。这回可是检验你战斗成果的时候了。我老公连忙说，别别，那样讲，我会有心理负担的。

感觉到胎动，是在一天下午。那天老公上班去了，我一个人在家。我躺在床上听音乐。准确地说，是给我们的孩子听音乐。我相信胎教。尤其是我希望我们的孩子将来懂得欣赏音乐，具有音乐方面的修养。在我看来，音乐可以让人感受到爱，感受到情感的美好，感受到内心世界的无限宽广。音乐的表现力极为丰富，那是用任何语言都无法企及的。你一旦接受了音乐，就等于接受了阳光、雨露，接受了足以让你像植物一样茁壮生长的无形力量。所以，我在卧床保胎期间，听音乐便成为我生活中不可缺少的一项重要内容。我喜欢听古典音乐。比如我喜欢巴赫的《G小调前奏曲与赋格》，那是这位巴洛克时期顶峰人物最富有诗意的作品之一。还有海顿的弦乐四重奏。在"云雀"第一乐章，一开始第一小提琴奏出的旋律，就像云雀的美妙歌唱，跳跃的音流在四件乐器上轮流突现，呈现出一派生机盎然的景象，给人一种纯美的享受。还有莫扎特和贝多芬的交响曲，其内涵博大精深，效果灿烂辉煌，让人听了如痴如醉，心灵洞开。还有捷克的音乐家马勒。作为19世纪末20世纪初世界乐坛上最重要的指挥家，马勒以其独特的风格演绎莫扎特、贝多芬、瓦格纳、斯美塔那、柴可夫斯基等音乐大师的作品，使其达到了一种极致，深深打动了一代又一代热爱音乐的人们。还有柴可夫斯基，他的交响幻想曲《罗密欧与朱丽叶》、《暴风雨》和《降b小调第一钢琴协奏曲》，以及舞剧《天鹅湖》，特征鲜明，充满了个性。还有威尔第、肖邦、普契尼、德沃夏克……也许正是受到这些世界级音乐大师作品的熏陶与感染，在这天下午四时二十五分，我忽然觉得挺起的肚子被什么力量温柔地触动了一下。起初，我以为是错觉。后来，肚子好端端地又被触动了一下。这回我捕捉到了，是胎动，真的是胎动呢！那是我们的孩子以特殊的方式，在向我显示他或她生命的存在。于是，我高兴极了。我用手在隆起的肚子上轻轻地抚摸，我想象着我在抚摸我们的孩子，抚摸他或她可爱的脸庞，抚摸他或她嫩藕一样白净的小胳膊，抚摸他或她不安分一蹬一踢的小腿……一边抚摸，我一边问，孩子，你好啊！我是你的妈妈，你能看见我吗？你能感觉到我用掌心发射出的语言密码，透过肚皮，对你进行的亲切问候？你要是感觉到，并听懂了我的话，你就动一下，好吗？嘿，我们的孩子太有灵气了，我的话音刚落，她或他就迫不及待给了我回应。你瞧，我们的孩子用小手轻轻地推了我一把。尽管他或她的动作很轻，但我感觉出来了。我的肚子的某个部位突然间就动了一下。这一动，竟然牵动了我分管泪水的那根神经。于是，我被我的孩子感动了，眼泪控制不住地流了出来。后来，我怕我的情绪影响到保胎，连忙抹去眼泪，这才让我的心境及时恢复了平静。

黄昏时分，我老公下班回到家，听说我感觉到了胎动，兴奋得不得了。他说，快给我看看，我们的孩子是怎么动的？劲头大不大？是拳打，还是脚踢？我便把衣服撩开，像一只剥去了皮的大萝卜，坦露出白花花隆起的肚子。我老公目不转睛地盯着我的肚子屏住气息进行观察，可是一气观察了四十分钟，也不见动静。我老公沮丧地对我说，你看看，我们的孩子偏心你呢，一点儿面子也不给我！正说着，我的肚子忽然动了一下。我说动了动了！我老公"嘘——"的一声，把手指放在嘴唇间，边做着手势边说，别出声，千万别吓住了我们的孩子！接着，我老公俯下身子，果然看见我肚子的某个部位蠕动了一下。当他把头重新抬起来时，我看见我老公泪流满面。我知道，那是喜极而泣啊！

有人敲门

是这个原因吗？我们的孩子占据了我身体内的一个小小空间，然后得寸进尺，星火燎原，很是勤奋地将地盘一点点地扩展开来。这样一来，他或她真了不起，竟在生命之初，如同优秀的举重运动员，把我腹腔里的诸多器官不费吹灰之力便轻轻托举了起来。随后，我的肠啊胃啊什么的，被迫挪动，悄悄离开了原有的位置。于是，我不再一如既往地舒适了，身体发生变化，强烈的妊娠反应不时袭来，让我一阵一阵地直犯恶心，想吐，恨不能把五脏六腑都吐出来才好受，可是干着急，呕了又呕，却怎么也吐不出来。

听说各个孕妇的妊娠反应情况不同，有的人严重，持续时间长；有的人则轻，轻描淡写，形式主义，走个过场也就过去了。我不知道我是属于哪一种。我犯起恶心来，挺吓人的，呕的声音特别大，很夸张的那种样子，"呕——"，"呕——"，跟嚎叫差不多。每每呕过之后，竟连我自己都觉得不好意思。如果老公在我身边，我会及时对老公表示歉意，说我不是故意的。我老公说，其实你不必介意，想嚎叫你就嚎叫。一个人孕育了一个新的生命，总得对这个世界表示一点什么吧？这种嚎叫就是一种特殊的话语。我听了，觉得挺动听的，真的，不哄你，那是一个将要做母亲的女人向明天发出的骄傲的宣言！听老公这样说，我也就坦然了。再呕，呕得放肆了许多，我觉得那呕的声音，竟然有了类似音乐的奇异效果。

妊娠反应不仅让我感到恶心，还让我变得很馋。我就想吞食咸的东西，企图借用这种对付井喷的方式，将那些咸味十足的食物不停地吞下肚，以便扼制五脏六腑翻江倒海一阵接一阵泛滥成灾的恶心感。于是,我吃榨菜,吃萝卜干,吃腌的小酱瓜……吃了不少,可仍然觉得不满足。我说老公你真笨,你就不能给我买一些让我解馋、吃了心时好受的东西吗?我老公急得直挠头,说我也不知道你究竟想吃什么啊?是啊,我究竟想吃什么呢,连我自己都不知道。我老公为此启发我,说你提示一下,大约那是一种什么食物?是大是小?是长是短?是软是脆?本国产品还是进口洋货?我把脑袋摇得像乡间货郎手中转动的拨浪鼓。老公见状,说要不这样吧,我们就不纸上谈兵了,我到超市去寻找灵感。你在家,不妨仔细想一想,你想吃的那玩意,究竟是个什么东西?我说行。老公就走了。不多一会儿,老公回来信心百倍地在我床前召开了商品供货会。他把超市里各种咸菜每样都买了一点,然后分门别类装在小碟子里,让我一一品尝。我数了一下,一共二十五碟。我开玩笑地对老公说,这不是跟紫禁城里皇帝用膳的气势与规模差不多了吗?我老公说,即使皇帝用膳恐怕一次也上不了二十多种咸菜吧,要是那样,还不把皇帝老儿齁死啦!我就笑。我说对啦,皇帝老儿用不着吃那么多的咸菜,他一辈子也怀不了孕呢!然后我就顾不得吃相,用手挨个碟子去捏咸菜吃。等到我把二十五种咸菜吃了个遍,还是没有发现我最想吃的那种咸菜。其实,我没说话,我老公就从我的面部表情看出了结果。但我老公丝毫没有灰心,他一点儿也不气馁。相反,我老公挺高兴。他高兴地说,我知道你需要吃什么了。我说,吃啥?老公说,那食物肯定不是常规而又现成的咸菜制品。我说,有道理,你把超市里那么多的咸菜一网打尽,都没有找到,可见它

有人敲门

是多么的特别。我老公有个习惯，思考问题时喜欢拍脑门。于是，我老公拍打着他的大脑门对我说，我想起来了，是不是我们家乡的梅干菜啊？我如释重负地吐了一口气，说就是它就是它！这东西把我害得好苦好苦啊！

超市里有卖袋装的梅干菜，在放置干货食品的货架上就有。我老公一次给我买了五袋。他说，吃完了，我再给你买。那种袋装的梅干菜是干菜，切成碎碎的，每根约有半寸长。一包500克。吃时，需要提前用水泡，然后煮或炒。说实话，我不大喜欢吃超市里买的的那种梅干菜，它的加工过于精细，便有别于家乡梅干菜的原始味道。我想，家乡的梅干菜一根根长长的，吃起来该是多么过瘾啊！我老公听我这样讲，说这还不好办吗，让爸爸妈妈寄一些来不就得了。这样一说，你就知道我和我老公都是外地人了。是的，我们大学毕业后远离家乡，一同来到这座海滨城市，成为双方父母平日生活中的一种牵挂。所以，当老人听说我怀孕了，想吃梅干菜，这还不好办啊，连忙争先恐后地把后勤保障工作做到了实处。于是，我一下子就成为一个很是富有的人，从家乡寄来的梅干菜，让我怎么吃都吃不完。你看，现在我的床头就放着一只盛有梅干菜的饭盒。每当我心里犯恶心时，我就会从饭盒里抓起一两根梅干菜送往嘴里。那长长的咸咸的梅干菜被我一点点往喉咙里吞咽时，其过程，对于我绝对是一种极大的享受。这可是天下任何一种山珍海味都不能替代的美味佳肴啊！

我老公对我每天吃那么多的咸咸的梅干菜表示担忧。我老公说，你要适可而止。梅干菜没有什么营养，加上盐分过多，吃多了，对身体没有好处。我说我知道，但我就想吃。老公问，挡不住？我说，挡不住！尽管这样，我老公还是找来一大堆的书，作为说服我的理论依据。我知道，那些书是我老公特地从新华书店买来的，其内容均与孕妇的饮食有关。所以我老公说起孕妇的饮食来一套一套的，颇具理论水平。他说，为了我们孩子的健康，你要多注意营养，比如维生素C可以促使我们的孩子脑功能发育敏锐；维生素B可以让孩子提高记忆力，反应灵敏；维生素E能保持大脑的活力……他建议我多喝果汁。他说喝果汁可以补充维生素。比如胡萝卜汁富含胡萝卜素；黑莓汁含有丰富的钾元素；橙汁能为你提供大量的维生素C；菠萝汁中含有菠萝蛋白酶，对你这样长期卧床保胎的人，有助于消化……我说，这些我都知道，可是我就爱吃梅干菜。要是没有梅干菜，我都不知道自己还能不能活下去。我老公见我如此固执，一点办法都没有。因为他知道千万不能惹我不高兴。我现在如同大熊猫，属于重点保护对象。要是老公一不小心，哪句话引起我情绪变化，没准会让我卧床保胎的计划从此破产，也不是不可能发生的事情。所以，我老公只好由着我来。而我，顺其自然，优哉悠哉。

不过，我看得出来，我老公还是希望我少吃梅干菜，他虽然不再挑明了说，暗地里却在我的伙食调剂方面下狠功夫，以便达到营养均衡的目的。为此，我老公特地为我制定了食谱。他悄悄打印了一摞表格，每到周末，便把下一周精心安排的食谱用文字的方式填进表格，然后张贴在厨房醒目的地方。订食谱的好处在于，注重营养的同时，讲究花色品种的搭配。比如，今早喝牛奶面包，明早就吃豆浆烧卖；再比如后天中午牛肉片炒西芹、鸡茸虾球和香菇烧青菜，大后天便是清蒸鲳鱼、海蛎炖豆腐和糖醋里脊……总之，一周下来，每日三餐，顿顿不一样。

需要说明的是，在我卧床保胎之前，我老公烹饪水平比起我来，相差甚远。可是他的最大长处在于酷爱学习。也就是说，我老公在我卧床不起期间，从新华书店买来十多本烹饪方面的书籍进行了恶补。这样做的结果是，他的烹饪水平日新月异，得到了突飞猛进的极大提高。以至于许多回，我见端上来的菜色香味俱全，误以为是他从五星级酒店买了打包带回家的呢。因此，每每吃到这样的精品佳肴，我总免不了夸奖我老公几句。我老公便特别开心。于是，下一次我老公会格外讲究，把饭菜当成艺术品进行精雕细刻。后来，日子没过多久，我老公通过他的不懈努力，就把我喂胖了。我发现我像吹了气的气球，不可抗拒地膨胀起来。最明显处，是腰变粗了。在我的臀部上方，堆积了许多看起来多余的肉。我说过，我是美容化妆师，我知道腰粗对于一个女人的形体意味着什么。可是我顾不上了。为了我们的孩子，现在正是需要我做出某种牺牲的时候。我是一个准母亲，我必须面对这样的选择！这样想来，我不仅不难过，反而挺高兴的。真的，我需要营养，我的孩子更需要营养。我通过我的嘴巴，把食物吃下肚，然后将其精华输送给另一个新的生命……那么，我胖一点，又有何妨？！

我的肚子一天一天大起来，以至我平躺在床上，想看见腿，已经很困难了。我的目光，被我高高隆起的肚皮严严实实地遮挡住了。有一天，我发觉我的肚皮绷得紧紧的。于是，我想看看绷得紧紧的肚皮究竟是什么样儿，但看不完全。我只能看到隆起的肚皮的一部分。后来，出于好奇，我拿镜子照了照。通过镜子的折射，我看见我的肚皮沿着肚脐眼往下的坡度上，长出了许多纹路。我知道，那叫妊娠纹。是我们的孩子发育成长，致使肚皮高高隆起，以至于太快的速度造成了皮肤生长的供求关系紧张，才留下了这样的痕迹？我联想到了地瓜。地瓜长大了，就会撑裂地瓜垅。要是我这样的分析有道理，也就是说，丰收在望了！

仍然是出于联想，我不知道是否所有的母亲都有这样的妊娠纹？我的母亲有吗？要是有，那就是一种标志啊，一种作为母亲的标志！

我让我的老公把我卧床保胎的形象用照相机照下来，留做纪念。我说，为了我们的孩子安全、健康而又顺利地来到人间，我要在床上躺二百多天，该是多么不容易啊。我要我们的孩子以后看一看，他或她在我的肚子里住着，受到我的精心保护，是个什么样儿。我老公说，好啊，拍下来吧，如果过了这段日子，孩子出生了，以后想拍都补拍不上了。随后，我老公为我拍照的时候，我特意把衣服敞开，露出了高高隆起的白花花的肚皮。我觉得，高高隆起的肚子，是我作为一个成熟女人的骄傲！

有人敲门

都怪我疏忽大意，我不该去洗头。

这天依旧是躺在床上，头忽然就痒了起来。那种痒似乎是制止不住的痒，痒得我一个劲地挠，可是越挠越痒。我算了一下，距上次洗头才五天时间，不该痒得这么厉害啊？是整天卧床头不离枕头的原因，还是天热淌汗的缘故？我用手伸进密密的发际，感觉出了那里面湿漉漉汗津津的。与此同时，一股受焐了的微酸气息，随着我的手指的移动，从头顶不时弥漫过来，让我的嗅觉变得异常敏锐。于是，我习惯性地看了看挂在墙上的电子钟，打算过两个钟头，等到老公下班回来，帮我洗头。自从我卧床保胎那天起，洗头之类的事，全都交给了老公处理。可是这次纯属例外。我在前面说过，我的头奇痒，痒得我受不了了，要是就这么忍住两个多小时，直到老公回来，时间实在是太漫长了。随后我于忍无可忍之中，自作主张，决定自力更生一把。当时我想都没想，就这么做了。我以为自己曾经给自己洗过无数次的头，这次只要动作轻一点，不会出什么问题。然而，就在我下床来到盥洗间，心满意足地洗头时，我的肚子突然疼痛起来。是因为弯下腰的缘故吗？我的高高隆起的肚子真是一点委屈也承受不了，说痛立即就痛起来，且那种疼痛是一种突然袭击似的疼痛，让你没有一点儿防备。当我感觉到情况不妙时，小腹竟有了下坠之感。于是我及时控制住情绪，告诫自己，千万要小心，莫慌张；接着轻轻吸了一口气，再缓缓吐出来，让自己的内心尽可能地平静下来。等到时机成熟，我这才顾不上洗去洗发露大肆制造出的带有清香气息的满头白沫，护着肚子，一步一步小心翼翼地返回卧室。

　　我的一个朋友曾说我胎气不足，经不起折腾。我不知道胎气指什么？但我知道我要生一个健康的孩子的确不容易。我要付出比常人更多的努力。我要加倍地呵护我腹中的小生命，直到她或他顺利地来到人世。于是，我在床上给老公打出了报警电话。我老公接到电话后显然很紧张，连忙问我孩子怎么样？我说，还在肚子里装着。老公说，这就好。老公让我千万别动，说他马上就回来。我老公在说这话时，语气中透出了男人特有的沉着与镇定。

　　我老公带着妇产科医生以最快的速度赶回家。

　　我们这座城市的医院大多有上门服务的项目，在我怀孕之初，我老公就未雨绸缪，无比英明地和一家医院签订了服务协议。现在，这个协议派上了用场。当即，医生为我做了精心的检查。医生说，先兆流产。我问，孩子怎么样？医生说，不要紧。接着，医生又说，不过你要注意呢，以后这样的事不要再发生了。然后医生给我打了保胎针，并一再嘱咐我，小心、小心加小心。

　　医生走后，老公抹着脑门上沁出的细汗对我说，好玄！

　　我知道我犯了错误。我不无自责地说，都怪我不好，给我们的孩子带来了麻烦！

　　老公听我这样说，连忙宽慰我，说有惊无险，过去了，就好了。

　　可我还是不能原谅自己。我说，你看你看，我真没用，竟然经不起一点儿微风细雨，就……

　　老公打断我的话，说其实你已经很了不起了。结婚这么多年，

有人敲门

我还不了解你吗？你是个性格活泼、爱说好动的人。可是为了孩子，你长久卧床，以最大的耐心，在做有生以来最伟大的一件事情——你应当富有卓越的成就感才对啊！

想想也是，对我来说，这段日子过得真是太不容易了。

白天，该是我最难熬的一段时光。那时候，老公上班去了，家里只剩下孤零零的我。而我必须躺在床上，在静卧的同时，还要时刻提高警惕，拒绝各色各样不断朝着自己袭来的巨大诱惑。比如说，听到窗外有鸟儿歌唱，唱得我心里痒痒的，可我只能当一位忠实的听众，远远地听，却不能自由自在地前往窗前看望它们。或者，我只可以凭借丰富的想象力海阔天高地去尽情猜测，它们是一种什么鸟儿，有着什么样的漂亮羽毛，却万般无奈，一时无法从现实中得到任何的印证。再比如说，时间漫长，我一人守在家，总觉得把本来并不宽敞的卧室守得空旷无比。其间，没有人跟我说话。以至于我时常怀疑再这么持续下去，我都有可能丧失语言功能。于是，我总想给老公或是某个朋友打电话，随便说点什么都可以，只要是能让我说，并能听到对方的声音，我就会感到极大的满足……可是我又不得不把这个念头掐死。我知道一旦打出那个电话，我就会像吸毒一样上瘾，以后再也控制不住自己。我的老公或是我的朋友都在上班，他和她们都很忙，理智告诉我，不能干扰他们……诸如此类的生活细节，实在是太多太多。这样一来，可想而知，当我的愿望得不到及时满足时，我便会心情不好，时常发点脾气，时常抱怨点什么，时常对什么表示不满……当然，那仅是初级阶段，没过多久，我便意识到改变生活的重要性。我认真地想过，我得想方设法打发迎面而来的一个个相似的日子，让原本枯燥乏味的生活，尽可能地变得有声有色起来。否则，度日如年将会成为生活中我的一种深刻体验。于是，我不甘平庸，把白天的许多时间统一进行管理，然后细细划分成许多单元；而每个单元，我都给它填满一定的内容。比如按时睡觉；按时听音乐；按时把自己挪到靠近窗户的一侧床头晒晒太阳；按时接受胎音，与孩子进行对话与沟通；按时阅读有关书籍，获取妊娠以及育儿的有关知识；甚至按时发挥自由想象，想象我们的孩子将来会是个什么样？如何让我们的小宝宝健康地成长……后来我发觉，我的最大敌人其实不是寂寞和孤独，而是我自己。我现在正在进行的，是一个人的战争。我要取得的最后胜利，就是战胜自己！

我是这么想的，也是这么做的。至于擅自洗头，造成先兆流产，只是生活中发生的一个小小意外。正如老公所言，我在经历一生中最重要的时刻，我已经很了不起了。我应当赞美自己才对。这样一来，经过一番自我调节，我的心情渐渐好了起来。

有一天，忽发奇想，我给远在家乡的妈妈打电话，问她当年在怀我时，是否也是这么艰难？妈妈听了就笑，然后岔开话题，说孕妇是世界上最最幸福的人了。十月怀胎。十个月对一个女人的一生是短暂的，却刻骨铭心啊！我听后想了很久很久。我想妈妈在怀我时，肯定也经历过妊娠反应，也许比我感受到的还要强烈，持续多日的恶心、呕吐，苦不堪言；肯定在食物上也是如此挑剔，不然妈

有人敲门

妈就不会体贴入微而又善解人意地及时给我寄来那么多的梅干菜；或许出于遗传的因素，妈妈也曾卧床保过胎，甚至先兆流产过，而我眼下的某些经历，只不过是她当年情景的重演或是复制……一想到这，我突然意识到妈妈有着我有生以来从未意识到的伟大！是因为我此时怀有孩子，才有可能获得如此深刻的认知吗？那么，我真应当感谢上苍，给了我腹中的孩子，给了我血脉的延续，给了我对母亲更加深厚的爱！而在此之前，虽然我读了多年的书，然后独立生活和工作，接着恋爱，结婚，像一只幸福的鸟儿筑起了自己温馨的巢穴，可平心而论，我对父母的爱，绝没有父母给予我的爱多！等到将来，我的孩子也会像我一样吗？我真的不敢多想，也不愿去想。说起来，我已是一个即将要做母亲的人了，直到此时此刻，我才想到如何做一个深爱母亲的好女儿，是不是太晚了？妈妈，你能理解我原谅我吗？！

我们的孩子肯定是一个急性子，在我预产期还没有准确到来时，她或他就按捺不住好奇心，打算提前半个月，来到人间，瞅一瞅这个令人向往的热闹非凡的世界。对此，尽管我有思想准备，但事情发生时，仍然让我有些措手不及。

我是在午夜睡梦中被即将出生的孩子唤醒的。孩子唤醒我的方式，是使我的肚子疼痛。那种疼痛不同以往，它很特别，它在开始的时候就以明确不误而又直截了当的"语言"告诉我，孩子就要出生了！而在此之前，我读过有关方面知识的书籍。我知道这是分娩前的阵痛。于是我在短暂的惊慌之后，粗略计算了一下两次阵痛之间的时间间隔，然后从容不迫地叫醒老公，告诉他，我要去医院。

在老公陪护下，出租车载着我，在我所居住的这座城市的夜晚穿行。说实话，此时此刻我心里不由自主地生有一点点紧张，也有一点点莫名的恐惧，但更多的则是一种兴奋，一种激动，一种抑制不住的喜悦。总之，那是一种综合性的挺复杂的感觉。我的手在抖。老公，你握住我的手一定感觉到了。是的，在这个夜晚，我真想对着车窗外大声喊上一嗓子，告诉全城的市民们，我就要生孩子了，我就要成为一名货真价实的正宗的母亲了！似乎那样一来，我的心里才好受，才舒坦。想象之中，我来到医院，顺利生产，当我的孩子出世时发出的一声声嘹亮的啼哭，注定将成为吹响新的一天生活开始的号角！呵呵，那时候，太阳应声冉冉升起。随后，霞光万丈，灿烂辉煌……

后来我真的到了医院，许是妇产科的大夫见到临产的孕妇实在太多的缘故，所以并没有像我这般诗意纵横。她们热情而又不乏冷静地给我做了仔细的检查，然后建议我剖腹产。我问，为什么？胎位和胎音不是都很正常吗？大夫说我年龄偏大，又属于初产，做剖腹产比较合适。我当即表态，坚决不同意。

我说，我就想让我的孩子通过我为她或他张开的生命之门来到这个世界上！

我还说，我就想完完整整连根带梢地一步步走过一个女人生孩子的全部过程，并从中体验生育的真切感受！

有人敲门

我强调，我卧床保胎，把孩子怀到临盆，很不容易。我不想在这最后的关头，简简单单潦潦草草地结尾！否则，我会感到终生遗憾！

我看见大夫在听我诉说上述的这些话时，目光里有一种东西在熠熠闪亮。我知道那闪亮的东西叫作理解和赞赏。

大夫说，好吧。到时候，你要好好配合我们的工作。

我答应着，笑了。

当我进入产房，立即就感觉到了生命的庄严与高贵。瞧，白色的墙壁，白色的产床，是否是在暗示我就要在一张洁白的纸上画出最新最美的图画？！还有那空气中弥漫着的淡淡的消毒药水气味，很是热情地簇拥着我，给我感觉到在我人生的重要关口实实在在地多了一份温馨与友善。再就是那些医生护士，大家都在为我即将出生的小家伙紧张而有序地忙碌着。也就是说，我的孩子还没有出世就牵动了众人的心。她们细心地为我准备着氧气瓶、备用的血浆和各种医用器械。她们将是迎接我的孩子来到人间的神圣天使，我打心眼里感激她们……

按照医生的吩咐，我躺在产床上。我的双腿以极大的幅度叉开，把隐秘的私处毫无顾虑地赤裸裸暴露了出来。事后，就连我自己都觉得奇怪，当时竟然没有一丝一毫丑陋、羞涩或是脸红、不好意思的感觉。要知道，那就是产床啊，那是每一个产妇来不得半点斯文、半点矫饰、半点作态的地方！再说，只要你身临其境，你也就顾不上这些了。临近分娩时的阵痛，潮水般一次比一次异常凶猛地向你袭来。这时候,你除了惦记腹中快要出生的小宝宝,其他的一切一切,都已经把它们抛到了九霄云外。此刻,你的孩子,就是你的唯一牵挂!

大粒大粒的汗珠前赴后继地从我的毛孔渗出,仿佛是在提醒我,关键时刻就要到了。于是,我的心脏更加剧烈地跳动着。我的呼吸变得异常急促起来。我的全身每一处肌肉都经过紧急动员,绷得紧紧的,就像一张拉满的弓,等待着箭儿离弦的那一瞬间。

医生引导我呼气、吸气。

医生让我全力配合,在紧要处使足了劲,用力,再用力。

与此同时,我也在暗示自己,给自己鼓劲。我在心里悄悄地说,我的亲爱的孩子啊,我和你的爸爸精心播下一颗生命的种子,经过将近十个月的孕育,这会儿可到收获的时候了。现在,你就看我的吧!就这样,我一边奋力抵御阵痛的不断袭击,一边凭借大声地喊叫给自己助威,让自己发力。

"啊——啊——"

平心而论,有生以来,我从来没有这样高分贝地叫过、喊过。

我叫得奋不顾身!

我喊得惊心动魄!

"啊——啊——","啊——啊……"

医生让我忍住一点,别这样放肆地大喊大叫。可我做不到。我想,哪有女人生孩子闷不吭声一言不发的?就连母鸡下个蛋,不是还涨红着脸,昂首挺胸无比骄傲地叫个不停吗!于是,我继续喊,继续叫。我觉得我已经进入了一种境界。我把我的生命完全融合在喊叫声中了。喊叫到后来，我仿佛在这个世界上消失了，而替代我的，分明就是那些喊声和叫声。再后来，我不喊不叫了，而我的小宝宝就像田径赛场上接过我手中接力棒的优秀选手，继续叫喊起来。当然，这已是后话。

当时，我喊着叫着，用力着使劲着。我的汗水不停地流淌，浑身上下湿漉漉的，就像浸泡在水里。我用手死死抓着产床的床帮，感觉着手指已经因为用力而嵌入其中。有一阵子，我觉得累了，真的是累了啊。我就要坚持不住了。我累得身子快要散了架。以至于我好想好想安安静静地躺在床上休息片刻……可是不行，我的孩子还没生下来呢！我不能有一丝一毫的松懈。于是，我仿佛听到我的孩子在腹中给我鼓劲，她或是他在高喊：妈妈，加油！妈妈，加油，加油！！……是的，我不能放弃最后的努力。我要竭尽全身的力量，去创造一个美好的生命！接下来，我的战斗力得到了及时的补充与恢复。我像一架马力充足的战车，向着胜利，不停地冲锋……

不知过了多久，我听到医生在说话。医生一边帮助和鼓励我，一边说，好了，就要好了。与此同时，虽然我看不见孩子出生的具体过程，但我分明感觉到胎儿通过产道，已经顺利地抵达我为她或他奋力张开的生命之门。接着，胎儿的头发已经露了出来。也就是说，最最重要的时刻终于来到了，于是我全力以赴，倾其所有，使出我全身的力气，作最后一搏！啊，我的长着柔软的黑黑的头发的孩子，终于把脑袋探出那道重要的人生之门！接下来，我的孩子真带劲，他或她不断开拓进取，一鼓作气，带着血水，哗啦一声，几乎是以奔跑的速度进行冲刺，终于进入了一个崭新的世界！

我的原先高高隆起的肚子突然发生了严重塌方！

孩子出生了！

孩子完好无损安安全全地出生了！

医生说，是个女孩。

我笑了。我说，我喜欢女孩！

我的女儿像是回应我，她"哇"地发出了第一声啼哭！

这时，我才感到了累。我一点劲都没有了，身子像一片羽毛，轻飘飘的，一阵风准能把我扬到空中。真的，有生以来，我从来没有这么累过……

茉莉，茉莉。老公在叫我。

对啦，忘了介绍，我名叫茉莉。茉莉，是我老家常见的一种花。我妈妈生我时，家里种的几盆茉莉当日全部开花，香气扑鼻，很是喜人。随后，我妈看着高兴，便就地取材，给我取了茉莉这么个名字。

我问老公，有事吗？

老公说，茉莉，你还在写啊，别累着了。

我以笑回答了他。一转眼，我们的孩子已经满月。这样我就有时间进行写作。我不可能不写。我要把我和老公共同创造一个生命的完整过程,连同真切而细腻的感受,一一写下来。今后,不管岁月多么漫长,也不管世界发生什么样的变化,我想让我们人生的这一段经历,在将来反复阅读与品味的过程中,一次又一次把我们感动。

一夜星光

章乐乐正在餐厅忙着安排演员们吃夜餐，忽然手机铃声大作。章乐乐看显示是李主任的电话号码，就知道有事情找她。果然，李主任让她立即到大门口去。李主任语速极快，像是冲锋枪狂射。李主任说，有位演员病了，需要陪护。我派车送你去医院。赵台长在那里，具体任务，由他交代。章乐乐问，那餐厅的接待工作？李主任说，我会另行安排的。说完李主任就把电话挂了。

章乐乐以最快速度跑到餐厅门口，一辆发动了的轿车正在等她。章乐乐上了车，刚坐下，身子一晃，车就迫不及待地飞了起来。车窗外，夜被路灯染成了金黄色，以至章乐乐看不清道路通往何方。但她知道，她将要去的是什么地方。

这次"海州湾之夏"艺术节开幕式大型演出活动，由市电视台

有人敲门

主办。作为电视台办公室的临时工，章乐乐能够参加这次活动，便很知足。你想想，这样大规模高级别的演出，光票价最低都要400元；演员阵容那个强大啊，仅国内一线当红歌星以及港台著名歌手，就到了一大批，足以让人大饱眼福。况且，当工作人员多风光啊，频频见歌星，顿顿吃好饭，天天有补贴，夜夜住宾馆，瞧这日子过的，就像神仙似的，真是美死了呢！所以，领导安排什么，章乐乐就干什么，并且干好什么。章乐乐知道，在参加活动的所有会务工作人员中，就她的身份和大家不一样。她是打工的。那么，领导需要临时抽调人到医院陪护病号，找她便找得天经地义理直气壮，绝对是找对了人。她是陪护人的首选。就连她自己都觉得她应当去，去得顺理成章心安理得。

章乐乐是在医院急救病房见到赵台长的。此时的赵台长根本顾不上安排章乐乐的陪护工作。在赵台长身边，聚集了好多比赵台长职务高出一大截的领导干部。章乐乐从电视上见过他们，她认出他们中有市委书记、市长。显然，"海州湾之夏"艺术节开幕式大型演出活动刚刚结束，市领导们就匆匆赶来看望病人。尽管天时已晚，但他们仍然没有忘记带来鲜花花篮。那些花篮和他们的背影一同遮住了病床，以至章乐乐看不清病床上躺着的究竟是谁。于是章乐乐十分知趣地退向病房一角，生怕妨碍了领导们对病人的亲切关怀与慰问。

这时候，病人无声无息，而小声说话的，都是前来看望病人的领导们。领导在询问病情。医生说，连续赶场，她太累了。这不，下午抵达，其间仅仅休息了三个多小时候，就上台演唱……虚脱，严重虚脱！领导们问要不要紧？医生说，不至于有大的危险。领导当即指示，事关我们这座城市的声誉与形象，要竭尽全力，给予病人最好的治疗，等等。接着，领导吩咐赵台长，安排人员陪护，有什么问题，及时向市政府值班室汇报。赵台长当即报告，陪护人已到。说着，经赵台长示意，章乐乐挺着胸脯从病房的某个角落向前跨出一步。领导见了，说这就好。接着，领导们又向有关人员交代了一些什么，随后纷纷离去。

病房一下子就空旷了。

空旷的病房里，仅剩下病人、病人的经纪人和章乐乐。

章乐乐向病床走去。

章乐乐在看清病床上躺着的那个人时，心脏突然一阵剧烈地狂蹦乱跳，以至于章乐乐不得不伸手死死地攥住胸襟，否则，她真害怕一不小心，有活物突出重围，从喉咙里倏地蹿了出来！……啊，是她？竟然是她！章乐乐眼睛睁得好大好大，她看清楚了，真的是那个让她仰慕已久的著名顶级歌星呢！她太出名了，出名得十次春节晚会，她竟有九次登台演出；出名得满街卖CD、VCD或DVD的歌坊店铺，都有她的碟片大量出售；出名得追星族一拨一拨的愿为她发疯发狂；出名得不信你当街拦住任何一个过路的年轻人，没有哪个不知道她的大名与她的歌！在这次"海州湾之夏"演出活动中，据章乐乐所知，开价最高的歌星就数她了，仅仅唱两首歌，就三十万啊！三十万，是什么概念？就是章乐乐一辈子在电视台当

有人敲门

临时工都挣不到的钱！人家啊，那是本事，那叫价值！别说她拿三十万，就是四十万或是五十万，章乐乐都不眼红。因为章乐乐喜欢她的歌。章乐乐认为她的歌就值那么多的钱！在这之前，章乐乐听说她要来演出，兴奋得不得了，总想近距离地一睹她的风采。为此，章乐乐照相机不离身，心想，自己在餐厅做接待工作，肯定会遇上她的。她总要来吃饭吧。等她来了，就和她照一张相。要是如愿以偿，那章乐乐简直开心死了，当这个工作人员就当得超值了，好比搂草逮兔子，额外赚了个大便宜！不过，章乐乐想是这样想，却在餐厅没有遇见过她。事实上，她的晚饭是在宾馆的房间里吃的。她需要更多的时间休息。是她的经纪人到餐厅给她打的饭……然而，无缘在餐厅和演出现场见到她的章乐乐，却有缘在此出其不意地见到了她，直让章乐乐感慨自己今生有幸，一不留神，撞上了大运！

事后，章乐乐得知，歌星机会把握得很好，她是在演唱结束后晕倒在后台的，否则，数万观众无法在现场欣赏到她优美的歌声；而她也就愧对早已渴盼一睹她芳容的热心观众们了。

歌星倒下去的时候，刚刚换下演出服，妆还没有来得及卸，就被救护车送进了医院。现在，歌星静静地躺在急救室的病床上，躺在章乐乐的面前。歌星的两只手分别被输液吊瓶和医疗监视器的软管连接着，造成病情严重、气氛很是紧张的样子，但她的面部却始终风平浪静波澜不惊，一点儿也没有表现出痛苦与不安。章乐乐知道，这是化妆的缘故。经过淡妆细抹的歌星，面容被粉彩装饰得光彩照人。尤其是那又弯又长的假睫毛，在她轻轻闭上的眼睛缝隙里禾苗般恰到好处地茁壮成长，那样子让章乐乐看了，如同遭遇美丽的童话，漂亮得让人眩晕，实在是可爱之极……

章乐乐紧挨歌星，坐在床前。当赵台长返回病房向章乐乐交代了陪护的有关事宜后，章乐乐就一直这样坐着，且把腰板挺得笔直。歌星的经纪人梅小姐曾劝她到邻床躺着，说没有必要这样守护，那样一夜过来很累人的。结果，被章乐乐婉言谢绝。章乐乐微微笑了笑，说你先休息吧。我坐一会儿，就睡。章乐乐看过手表，知道已是夜里十二点多了，该是睡觉的时候了。但她不想睡。你想想，有生以来，章乐乐第一次零距离地接近如此大名鼎鼎的歌星，此时你就是给她提供最好的条件，让她住进五星级大酒店的总统套房，她也睡不着啊！她真的没有困意！梅小姐或许考虑到这一点，便不勉强章乐乐，她用手捂住嘴，轻轻打了个哈欠，然后很快就在屋里的另一张空着的病床上躺了下来。章乐乐看得出，梅小姐累了，梅小姐几乎是在头挨着枕头的时候，就睡着了。这之后，屋子里很静，静得章乐乐甚至都能听到自己的目光移动发出的窸窸窣窣的声音。于是，章乐乐就在这样一种细微的很是动听的声音里看着歌星。她似乎怎么看都看不够。她看得十分仔细，就连歌星鼻翼旁一颗被粉彩遮盖住的小小的青春美丽痘，章乐乐都没有放过。这样一来，章乐乐看着看着，便很自然地让心底埋藏着的那个奢望再次种子发芽般萌生了出来。与此同时，她的手已经伸向随身携带、始

有人敲门

终放在腰包里的照相机。那是一架巴掌大的奥林巴斯数码相机，还是邻居家的女孩听说她作为工作人员参加"海州湾之夏"开幕式活动，特意借给她的。邻居家的女孩是个追星簇，她一再叮嘱，要她多和歌星拍照。现在，这个千载难逢的机会就在她的面前，此刻，章乐乐听到自己在对自己说，你不是一直渴望与这位歌星合影吗？那你还愣着干什么？傻样儿，快动手吧！然而，章乐乐快速取出照相机，又把它快速放了回去。因为章乐乐发现此时不是拍照的时候。于是，章乐乐劝自己，说要拍，最起码也得等到她醒来，睁开眼睛。歌星的眼睛虽说不是特别大，但炯炯有神，会说话……那么，就等一等吧，章乐乐相信自己既然来病房陪护，就不会没有和歌星合影的机会。

大约午夜一点钟的时候，护士来给歌星换输液瓶。一同来的医生见歌星气色好了许多，说还要继续输液。

医生和护士走后，歌星不再昏睡。

歌星缓缓睁开她那双精致的会说话的眼睛，朝章乐乐看着。看得章乐乐不知所措。章乐乐一点思想准备都没有，她的大脑一片空白，不知道自己此时面对歌星，该说什么，或是该做什么。而歌星猜测章乐乐是这次演出主办单位特地派来陪护她的人，便感激地朝她点了点头，然后小声地说，给你添麻烦了，谢谢你啊。就这一句话，章乐乐竟被感动了。章乐乐觉得自己不是一个轻易就被打动的人，但她却分明察觉到自己的心潮在起伏。要知道，她可是全国著名的当红歌星啊！要是在平时，你若能和她说上一句话，也是很不容易的呢！何况她在说谢谢你……天啦，谢什么呢？章乐乐连忙对歌星说，不用谢，不用谢！随后，章乐乐想起了自己的职责。章乐乐问，感觉好些吗？歌星说，好多了。章乐乐又问，需要我做些什么吗？歌星想了想，说那就麻烦你帮我卸妆吧。妆长时间保留在脸部，会刺激皮肤……章乐乐答应了一声，连忙找脸盆，准备去打水。歌星一看就知道章乐乐是外行。歌星说，不用不用，有卸妆油呢。章乐乐不由愣住了。章乐乐不知卸妆油是何物？在什么地方才能够找到这种东西？好在这时候梅小姐醒了。梅小姐从随身携带的拉杆行李箱里取出卸妆油和一卷卫生纸，递给章乐乐，并告诉章乐乐怎么使用。

　　章乐乐很是后悔自己缺少见识。其实，电视台就有专职的化妆师。章乐乐来到电视台办公室当临时工，还差半个月，就是一年了。在这将近一年的时间里，章乐乐经常从化妆间的门前经过，可她一次也没有进去过。要是章乐乐见过化妆师是怎么工作的，她现在就不会不知道什么是卸妆油了。不过，好在卸妆并不复杂，梅小姐简单地说了一遍，章乐乐就知道怎么操作了。章乐乐小心翼翼地用手指从瓶子里剜出卸妆油，然后轻轻涂抹在歌星的脸上。看来卸妆油的确比肥皂效果好，经过涂抹，歌星脸上定了妆的粉彩随即溶解，与皮肤分离开来。接着，章乐乐用卫生纸去擦那些各种颜色混合成的带有油性的液状物质，直到把它们一一擦净。

　　卸好妆，歌星让章乐乐给她递了一面镜子。歌星对着镜子很是熟练地取下她双眼皮间用美目贴粘贴着的假睫毛。歌星在做这件事

有人敲门

时显然消耗了不少体力,她的呼吸不由急促起来,像是跑步后在张口喘气。章乐乐见状,无能为力。章乐乐不知道怎么取假睫毛。那是一种技术性的活儿。章乐乐只会减轻歌星的负重,从歌星手里拿回那面份量并不重的镜子。仅此而已。章乐乐看见镜面上不规则地张贴着两只被歌星取下后顺手粘贴在那里的人造眼睫毛,那睫毛依然弯弯的长长的,却不再生动……过后,章乐乐打来一盆热水,替歌星洗脸。章乐乐发现卸了妆的歌星仍然那么青春靓丽,楚楚动人。这时候,章乐乐自然而然地又想起了照相。她想,等到洗完脸,让歌星稍稍休息一会儿,然后就和歌星说说自己的愿望。章乐乐觉得歌星准会善解人意,满足她与她合影的要求。

可是,让章乐乐意想不到的是,当她倒完洗脸水,满怀美好期待回到病房,歌星却睡了。

梅小姐说,她卸妆累了。

梅小姐又说,你也累了吧?抓紧时间休息吧。

章乐乐仅是对梅小姐笑了笑,此外,她还能说什么?

歌星再次醒来,已是凌晨三点多钟。

歌星声音很小地说,她想小便。章乐乐听见了。章乐乐连忙从病床下取出早已备好的便器,并用卫生纸擦了擦,然后十分麻利地掀开被子,欲把它放到该放的位置。但被歌星制止住了。歌星让章乐乐扶她起来。歌星说她要上卫生间。起初,章乐乐不明白歌星为什么不用便器,是嫌它不卫生?好像不至于,医院的便器是经过严

295

格消毒处理的；那么，是使用起来不方便？似乎也不是。这种搪瓷做成的，形状扁扁、椭圆形的便器，具有很好的科学性与实用性。那么，歌星为什么不用它呢？……直到后来，章乐乐才意识到，歌星之所以舍近求远，坚持到卫生间去解小便，完全是出于对个人尊严的维护。你想想，歌星在床上使用便器，即使那便器再科学再完美，她却必须依赖章乐乐的帮助。这正是歌星不愿意那么做的根本原因。虽然同是女性，歌星不愿意让章乐乐帮她脱裤子，不愿意让章乐乐看到她的隐蔽之处……那样，她会觉得非常难堪。总之，歌星希望人们看到的，永远只是她美好的舞台形象！……然而，章乐乐当时根本没有时间去考虑那么多的为什么。章乐乐见歌星执意要起来上卫生间，就去扶她。歌星不胖，却因生病的缘故，竟让章乐乐感觉到她的身子很重。这不，章乐乐刚把歌星的一只胳膊架在自己的肩上，歌星便有了依附，顺势将整个人靠在了章乐乐身上。章乐乐没有思想准备，竟让突然袭来的重量搡了一下，要不是梅小姐赶来帮忙，章乐乐也许就乱了分寸。后来，是章乐乐和梅小姐一同把歌星连同输液的吊瓶送进了卫生间。从病房到卫生间，虽然只有短短的五六米的距离，却让章乐乐、梅小姐和歌星历经了一场异常艰辛的长途跋涉。要知道，她们的步调并不协同，无论是谁走快了或是走慢了，都会影响大家一步一步地向前挪动。还有那个该死的输液的吊瓶，被章乐乐高高地举在空中，像是某部电影中的某个著名人物托举着炸药包，那样子竟然很是悲壮……等到她们好不容易抵达目的地，章乐乐和梅小姐消耗了不少气力，腿都软了，而歌星

有人敲门

显然比她们还要累。歌星累得浑身无力，站在那里身子直打晃，但她仍然没有让章乐乐或是梅小姐继续对她提供帮助。她坚持自己脱裤子……歌星方便完毕，肯定是对自己这般狼狈的样子感到不好意思，脸上不由泛出了许些红晕。她站在那里，低着头，看着地面，像是要对章乐乐她们抱歉地说点诸如"真是为难你们了"之类的话，可是后来她什么也没说。或是她准备说，还没有来得及说，就被章乐乐和梅小姐架走了。

回到病房，歌星很快恢复原样，有气无力地躺在了床上。

这时候，章乐乐曾一度想过与歌星照相。章乐乐设想，就让歌星躺在床上，而她则坐在她的身边。届时，请梅小姐帮助拍摄。权作是自己陪护歌星的工作照，或是她与歌星因有这段特殊经历而留下的纪念……不过，章乐乐仅仅是想想而已，随后她并没有付诸于实施。因为章乐乐想到了歌星应有的做人的尊严。你想一想，歌星连小便都不愿意用便器而非要舍近求远上卫生间，她怎么能够不洗脸不施淡妆就这么衣冠不整地与她合影呢？看来，时机不对，还是不要提照相的事吧，章乐乐觉得若是提了，反让歌星感到尴尬和为难。

于是，章乐乐重新坐在床前，默默地守护着歌星。

歌星的嘴唇十分干燥，章乐乐见她嘴巴抿了抿，便关心地问，要喝水吗？

歌星点点头。

章乐乐连忙去倒开水。

歌星是被章乐乐揽在怀里喝水的。章乐乐用胳膊挽住歌星的肩膀，这使她明显感觉到了歌星的身子瘫软。也就是说，歌星的身体仍然十分虚弱。

歌星喝了几口水，就不喝了。过后，歌星朝站在床前的梅小姐看了看，梅小姐便知道歌星有话想说。梅小姐问，是不是饿了？昨天晚饭你吃得太少……歌星点点头，说你那里还有吃的吗？梅小姐耸耸肩。歌星见了，失望地咽了一口唾沫，便不再说什么。梅小姐看了看手表，说已经四点一刻了，快天亮了，要是能坚持，你就坚持一会儿吧。

章乐乐想起街上有通宵营业的小吃店，就问歌星，你想吃什么，我去买。

梅小姐问，这时候还能买到吃的？

章乐乐说，试试看。

章乐乐接着说，问题不大吧。

梅小姐很是歉意地说，那就麻烦你了。你看，能买到什么，就吃什么。哪怕饼干都行。

接下来，章乐乐就去给歌星买吃的。

光听说附近有几家小吃店24小时营业，但店名叫什么，章乐乐却不知道。章乐乐从来没有在早晨四点多钟上街购买过食品。不过，章乐乐不怕找不到那样的小店。章乐乐出了医院大门，拦住一辆出租车，问司机，你知道哪有卖早点的小吃店吗？司机就笑，说上车吧，我送你去。司机开车穿过两条马路，然后把车停在路边。

有人敲门

章乐乐问,到了?司机说,永和豆浆店。价廉物美。尤其是这家店里做的烧卖,味道相当不错。章乐乐开玩笑地对司机说,做广告啦?你别是这家饭店的托吧!司机说,你看我像吗?章乐乐说,像,你别说,还真是像呢!说着就兀自笑了起来。司机也跟着笑。章乐乐边笑边说,你能等等我吗?我买好早餐,再乘你的车回医院。司机说,行啊。你这是照顾我生意,那还有什么不行的啊!章乐乐向司机打了一个OK的手势,迅速下车,一头扎进了永和豆浆店。

章乐乐替歌星买了一份豆浆、几个烧卖、小笼包子和一小块发糕。章乐乐不知道歌星喜欢吃什么,她想,多买几种食物,让她挑着吃吧。

回医院的路上,司机闲着无事,便没话找话地问章乐乐,瞧你忙的,家里什么人住院啊?章乐乐原本不想对司机实话实说,但心里有话憋不住,后来章乐乐就说了。章乐乐说,你看电视播放的"海州湾之夏"大型文艺晚会了吗?就那个唱《好日子》的歌星。我手上拿的早餐就是替她买的。司机说,真的是她吗?就是那个人长得像仙女,嗓子好得不得了,在全国歌坛鼎鼎有名的红歌星!接着,司机扑哧一声笑了。司机边笑边摇头,说别是哄我的吧?怎么可能呢!她唱完歌不走,到医院来干什么?总不至于慰问病号给他们上演新版《夜半歌声》吧!章乐乐这才发现本来挺简单的一件事情,却变得复杂起来,复杂得一时很难和司机讲清楚。那么,既然讲不清楚,索性就不讲好了。于是,章乐乐闪烁其词,说信不信由你。你就看着办吧。

　　章乐乐拿着买来的早点走进病房时，梅小姐已经给歌星洗过脸，梳过头。章乐乐看见歌星背后垫着枕头，坐在床上，静静地等待着她的到来。歌星的样子，让章乐乐不知怎么就想起了幼儿园的小朋友，他们一个个坐在小椅子上，目光一律粘在老师的身上，等着老师给他们发饼干吃。现在，在章乐乐眼里，歌星与那些幼儿园小朋友的神态竟然没有多大的区别，这使章乐乐觉得挺有意思。章乐乐心想，其实歌星和普通人一个样儿，并非不食人间烟火呢！

　　尽管歌星不愿麻烦人，想自己动手吃饭，但她的两只胳膊仍旧分别被输液的吊瓶和医疗监视仪器的软管连接着，行动起来实在不方便。于是，歌星只好很是无奈地让章乐乐帮助喂饭。

　　章乐乐用从永和豆浆店拿来的一次性筷子夹烧卖给歌星吃。歌星真的饿了，一口接一口地吃着，吃得非常香。吃得噎了，歌星就用吸管喝几口豆浆。章乐乐在喂歌星吃饭的时候，一个新鲜好奇的念头突然冒了出来，竟让章乐乐想摆脱，都摆脱不了。章乐乐是从歌星张开的嘴巴受到启发的。章乐乐忽然就想通过歌星张开的嘴巴，看到她的喉咙。准确地说，是看到她的声带。歌星的声带是什么样子呢？为什么如此与众不同？是因为有着薄薄的金属簧片般的质地吗？章乐乐的妈妈喜欢唱歌。小时候，章乐乐最喜欢听妈妈唱歌，甚至章乐乐以为她妈妈就是天下唱歌唱得最好听的人……可是和眼前这位歌星比起来，妈妈就差远了。妈妈纯粹是业余唱歌爱好者。前年春天，妈妈从工厂下岗了。后来，还是在爸爸的鼓励和支持下，妈妈在步行街租了一个摊位，开始卖服装。当妈妈得知章乐乐要到"海州湾之夏"晚会会场做服务工作，便好奇地向她打听，都来哪些歌星，他们一次演出的出场费能有多少……章乐乐故意说她不知道。她有意瞒着妈妈。她怕妈妈听说歌星们唱两三首歌就拿那么多的报酬，没准会因为现实生活反差太大，心里边感到难过。章乐乐记不清是谁说过，说每一个人的声带大致相同，不同的是歌星受过专业训练，知道怎么发声，怎么用气。于是，章乐乐异想天开，要是她的妈妈有条件到音乐学院去学习一把，是不是就可以不用风吹日晒地摆地摊，吃那么多的苦了呢？正因为有了这样的想法，章乐乐便想通过喂饭，看看歌星的声带是不是与普通人一样。可是章乐乐把两个烧卖一个包子都喂完了，也没有看清歌星的声带究竟是什么样子。

吃完饭，章乐乐见歌星精神挺好，没有立即躺下睡觉的意思，心里面藏匿的与歌星合影的念头又不失时机地冒了出来。那个念头把章乐乐心里边弄得痒痒的。章乐乐便盘算着，这话怎么说才合适，才能让歌星愉快地接受。

谁知，正当章乐乐为怎样措词而大动脑筋时，梅小姐陪着医护人员走了进来。章乐乐只好让自己刚才的那个想法委屈一把，暂时搁置在一边。

其实，章乐乐不知道，在她外出采购早餐时，梅小姐已和歌星商量，只要歌星的病情稳定，一时半会不会发生什么问题，她们就准备赶早班飞机飞回北京。梅小姐接到北京的长途电话，说是央视全国青年歌手电视大奖赛今晚就要现场直播。歌星是评委。没有特殊情况，歌星不能不去。现在，梅小姐让医护人员前来为歌星诊断病情，就是为了她们返京做准备。

医生见歌星的点滴已经打完，说不用再输液了。接着，他们为她仔细地检查了身体。

梅小姐问，怎么样，能走吗？

医生说，仍然虚弱。不过，如果你们急着要走，也不是不可以……

梅小姐对歌星说，时间来得及，那我们就走吧。

歌星点点头，说好吧。

说完，梅小姐就收拾东西，准备出院。章乐乐问，这就走吗？梅小姐说，就走。章乐乐想起昨晚赵台长的交代，连忙用手机与市政府值班室联系。值班室的一个同志接到电话，问医生同意她出院了吗？章乐乐说，同意了。那人又问，几点的飞机，我派车送她们。梅小姐接过电话，说不用麻烦了，时间紧，我们自己乘出租车去机场。

直到这时，章乐乐才发现，作为歌星经纪人的梅小姐，办起来事竟是如此干脆利索。梅小姐在短短的时间内，不仅帮助歌星穿好衣服，收拾好行装，做好了出院的准备；还见缝插针，给市区某宾馆总台打电话，要了一辆计程车，并与机场售票处联系，订了两张飞往北京的早班机票。梅小姐在做完这一切时，一辆红色的计程车已经泊在医院急救病房的门口。

有人敲门

于是，医护人员众星拱月般地搀扶着歌星离开病房。

由于人多，章乐乐根本插不上手。章乐乐便跟随送行的人们一同往前走。

章乐乐遗憾得不得了。

章乐乐心想，完了，完了，陪护歌星一夜，多好的机会啊，竟连一张合影都没有照成……

章乐乐完成陪护歌星的任务，出了医院，见时间还早，就在路边的小吃铺要了一碗稀饭，把先前买的、歌星没有吃的小笼包子和一小块发糕吃了，然后才回到单位。

一早来上班的电视台办公室的李主任见到章乐乐时，章乐乐已经像往常那样，把屋里屋外统统清扫了一遍。

李主任说，看你眼睛里挂着血丝，准是一夜未睡？

章乐乐无言地笑了笑。

李主任说，快回家睡觉去吧。放你一天假。

李主任又说，走之前，到会计那里领钱。

章乐乐问，是劳务费吗？

李主任点点头，顾不上说话，忙着接电话去了。

章乐乐来到计财处。会计指着桌上的表格，让章乐乐签字。章乐乐看了，是会务人员的劳务费，五百块钱。章乐乐便在会计指定的一个小格子里签上自己的名字。别走，会计说，还有这里，也签。章乐乐问，这是什么？会计说，加班费。章乐乐问，什么加班费？会计说，你不是陪护病人吗，赵台长说你辛苦，特地给你开的。章乐乐乐了，哇，这也有钱啊，太好了太好了！章乐乐接着又签名，领了一百元钱。

中午，章乐乐到步行街给摆摊卖衣服的妈妈送饭。

章乐乐乐呵呵地告诉妈妈，她到"海州湾之夏"晚会会场服务，住了两晚上，发了六百块钱。

妈妈说，哦，真多！

妈妈接着说，我要卖多少件衣服，才能挣到那么多的钱啊！

有人敲门

帮工队来了

眼看省里评奖的时间就要到了，可是手上竟连一部令人满意的精品佳作都没有，这让电视台台长赵大乐一点儿也乐不起来。于是乎，赵大乐便有些气急败坏，逮着谁都嚷嚷：创优、创优！结果，嚷得人见到他就躲，就像老鼠见了猫。

只有一个人例外。谁啊？李向阳。

我说的这个李向阳不是老电影《平原游击队》里的正面一号人物李向阳，而是市电视台社教部主任李向阳。李向阳见到赵大乐不仅不躲，反而笑脸相迎，知难而上。李向阳说，赵台，有好烟吗？给一支抽抽！赵台长一边掏烟，一边嚷，创优、创优！你们的创优片子什么时候拿出来？！李向阳接过香烟，不紧不慢地说，快了、快了，就这三两天吧。赵大乐说，我要的是精品！李向阳笑笑，那当然，最差也能弄个省里的一等奖吧。赵大乐听了脸拉得老长，长得像一根苦瓜似地说，我可没时间跟你逗乐子……李向阳说，你以为我是在和你开玩笑？正说着，有人喊李向阳接电话。李向阳问哪打来的？那人说，是你的老同学，海北县的罗局长。李向阳说，我就知道是这个家伙。说完，李向阳朝赵大乐很有内容地笑了笑，笑得台长赵大乐一头雾水。

李向阳去接电话。

李向阳冲着电话旁若无人地大喊大叫，骡子，又蹶什么蹄子？同学之间大都喊罗局长叫罗子，可李向阳偏偏喊他骡子，骡马的骡，可见李向阳和罗局长的关系有多铁了。而电话那头的罗局长闻声则对李向阳"八格牙鲁"地调侃了一番，方才意犹未尽地转入正题。罗局长说，麦子黄了，明天我们要去乡下帮工，你过来给我们拍一条新闻，使劲吹一吹！李向阳就笑。李向阳说，去年不是拍过了嘛，再拍也没有新意。罗局长说，我可管不了那么多，即使是旧瓶装新酒，你也得来拍！我们这就说定了，明天早上八点半，我在局里等你。接着罗局长又说，明天中午我请你喝酒！李向阳说，肯定是你请客，那个乡的领导做东吧！罗局长马上说，你这个鬼东西，既然知道了还说什么呢！

第二天早晨，李向阳带着摄像小马按时赶到了罗局长那里。罗局长见李向阳来了，热情得不得了，连忙招呼他和小马到接待室喝茶。李向阳说喝什么茶啊，要帮老乡割麦子就不要磨洋工。罗局长说，误不了事的，九点多钟赶到地头，阳光正好，拍出来的画面也好看。说着，罗局长让手下的人给李向阳他们泡茶。要不是你来，我还舍不得泡这么好的茶呢！罗局长说。李向阳低头看着杯子里碧绿的茶叶在开水中一点一点地舒展开来，就知道这茶的确好，少说也是八百多块钱一斤的那种新茶。然后李向阳就喝茶。然后等李向阳喝得差不多了，罗局长才叫办公室主任吆喝人集合上车。

当罗局长一行分别乘坐一辆中巴车外加三辆小轿车浩浩荡荡来到事先联系好的那个村子时，村干部们早已在地头等候多时了。下了车，罗局长和村干部一一握手，寒暄了几句，随后带领大家下田割麦。

看着一片成熟了的麦子在阳光下金灿灿地铺展开来，色彩十分诱人，李向阳连忙示意小马开始工作。小马从事摄像多年，经验丰富，俨然已是老手，所以他根本不用李向阳指挥，就近景远景外加特写地把该拍的都拍到了。当然，罗局长的镜头不可缺少，小马为此十分精心地变换角度一连拍了许多条，直到认为画面富裕得已经用不了了方才作罢。其实，作为一条短新闻，实在是用不了多少镜头的，所以小马拍了一会儿就超额完成了任务。李向阳问，够了？小马说，够了。然后小马便关机，把摄像机从肩上取下来，提在手上。

小马停机的这个细节及时被正在田间劳作的罗局长捕捉到了，罗局长知道该进行的程序都进行了，也就索性不再浪费表情，继续割那些麦子了，他直起腰，提着镰刀走到李向阳跟前没话找话地说，天气真热啊！李向阳太了解他的这位老同学了，便配合默契地给了他一个台阶下，说天真的很热呢，走，喝口水去。这样他们就一同顺理成章地来到地头的一棵大柳树下，摘下头上的草帽，垫在屁股底下坐下来歇息。只是偶尔罗局长会在与李向阳闲聊的间隙，用目光扫一下正在田里挥动镰刀不紧不慢割着麦子的他的部下们。

大约到了十一点钟的光景，罗局长亲自领导的助农帮工活动便顺顺当当地结束了。村干部们把罗局长一行送到车上，然后说了一大堆万分感激之类的话，把他们送走。

说起来，整个过程就这么简单。

说起来，这个简单的过程，就连我自己写到这里都觉得乏味，不像是在写一篇小说。

接下来，让我继续说一说李向阳。

李向阳和小马回到电视台，在办公大楼乘电梯时恰巧遇到了台长赵大乐。赵大乐当然要叮叮创优的事，他说李向阳这可是你说的，三天之内拿出获奖的片子，要是到时候说大话、空话，我可饶不了你！李向阳拍拍小马手上的摄像机，胸有成竹地说，都在这里面装着了，你就放心吧！说完，李向阳朝赵大乐笑了笑，那笑容里面藏匿着的内容似乎相当丰富。

也许受到李向阳那种笑容的暗示，台长赵大乐在后来的某个时间段经不住诱惑，特地来到机房，迫不及待地看李向阳剪辑片子。赵大乐以为李向阳一定抓住一个好题材，正在精心制作一部足以送到省里参加评奖的好作品，他很想先睹为快。不过，当他看过剪辑

有人敲门

好的片子后失望极了，整个短新闻的叙述过程就像我前面描写得那么简简单单，毫无新意可言。台长赵大乐立即有一种被人戏弄的感觉，他忍不住吼道，好你个李向阳，你就拿这个破玩意到省里评奖的啊？！李向阳听了，一点儿都不着急，脸上仍旧布满了灿烂的笑容。李向阳笑着对台长赵大乐说，嘿嘿，这是第一个版本的片子，仅供播出时专用。我们还有第二个版本，片名叫《帮工队来了》，是准备送到省里参加评奖的，下面正准备剪辑。

第二个版本的故事是这样的，那天罗局长在大家割麦子收工之前，接到一个电话。电话是乡政府吴怀才乡长打来了，说活儿干得差不多了吧，该吃午饭了。罗局长看了一下手表，十一点钟了，就对吴乡长说，好吧，恭敬不如从命，听你的！随后罗局长一行离开麦地，与村干部们告别，驱车前往乡政府。

从村里到乡政府其实很近，乘车也就七八分钟的路程。也就是说，刚刚上车不久，大家的屁股还没有坐热乎，就要下车了。

吴怀才乡长是个热情而又周到的人，他提前在政府机关的大门口等着，见罗局长他们的车到了，连忙张罗着把大家领到接待室去洗脸。接待室里的长条椅上放着一溜盛有清水的脸盆，叠得整整齐齐的崭新的毛巾和刚刚撕封的香皂，依次放在盆边伸手就可以拿着的地方。吴乡长对大伙儿说，天气说热就热了，大家下地割麦子，怪辛苦的，一定淌了很多汗，快洗一洗吧。洗好了马上就开饭。说完，大家争先恐后稀里哗啦地洗起脸来。这时，吴乡长站在一旁等着，等得极有耐心。等到最后一个人洗好了，吴乡长便把大伙儿兴高采烈地领进了餐厅。这时候餐厅里早已摆好三桌酒席，当人们走进来的时候，气氛顿时变得活跃起来。

吴乡长的祝酒词既简洁明了、高度概括，又生动活泼、风趣幽默。吴乡长是这样说的。吴乡长说热烈欢迎大家前来帮工助农。今后希望大家常来。当然，大家有没有诚意，就看下面的具体表现了。不要怕本乡长供不起酒。喝得越多，说明我们之间的感情越深。今天要是不喝倒三个五个的，那就说明有问题了。什么问题？打住，咱们喝完了再说！来，请大家端起酒杯，把酒干了！

在乡里喝酒，我是知道的，热闹是宴席间的主旋律。吴怀才乡长按照约定俗成的惯例，代表东道主先是敬了大家两杯酒，随后自由活动便开始了。也就是说，大家可以相互敬酒了。接下来，各桌先是各自为战，你敬我，我敬你，无数个回合下来，人人都不止一回地充当了敬酒与被敬酒的角色；继而，桌与桌之间开始了大串连，餐厅里喧闹起来，人们你来我往，川流不息。其实，喝酒喝到这个份上，只能算是进入初级阶段，真正的高潮，远未到来。

李向阳与吴乡长和罗局长同桌。李向阳平时能喝一些酒，但今天任凭大家怎么劝，他就是不多喝，嘴巴挨着酒杯抿上一小口，就算完事。李向阳的理由很硬。李向阳说回去后还要抓紧时间写稿、剪辑片子，要是喝多了，耽误了事，罗局长他们帮工助农的这条新闻就不能当晚按时播出去了。话里的意思很清楚，喝酒和播出新闻，两者必择其一。无奈，罗局长只好选择后者。罗局长请他的老

有人敲门

同学李向阳来,就是为了在宣传上使劲吹一吹的,如果仅仅是为了喝酒,以后机会多得很。于是,罗局长就为李向阳挡驾,使得原先许多本该李向阳喝的酒,都被罗局长代劳了。

这顿酒足足喝了三个多小时,喝到后来,直至六个人先后当场喝醉,钻到了桌肚子里,吴怀才乡长方才站立不稳摇摇晃晃地宣告午宴圆满结束。

因为酒喝得太多,罗局长、吴乡长只是和李向阳分别打了个招呼,就在乡政府大门口分手了。李向阳是等罗局长他们的车开走后才走的。李向阳乘坐的北京吉普,车身标有"电视采访"字样,由小马开。小马开车直到把乡政府大院甩出老远了,才问李向阳,去哪?李向阳说,杀他个回马枪!小马不再说什么,油门一踩,不多一会儿就把车开到上午割麦子的那个地方。

此时,地里有几个农民正在干活,他们挥动镰刀在割罗局长他们没有割完的麦子。

一位村干部眼尖,见上午来过的那辆吉普车又来了,不知发生了什么事,连忙跑过来,问李向阳,落下什么东西了吗?李向阳说,没事,路过这里,顺便看一看。村干部"噢"了一声,目光里满是疑惑。李向阳笑了笑,指着田里干活的农民说,麦子快要割完了!村干部就笑,要不是他们来,我们早收完了。其实,这块地里的麦子特意为他们留的。说完,村干部忽然发觉说漏了嘴,脸色都变了,警惕性很高地问,我说的话你们没有拍下来吧?千万别拍啊!李向阳让村干部放心,说摄像机搁在车上呢,我们拿什么拍啊？村干部这才把悬着的心放了下来。村干部说，不拍就好，不拍就好。

我在这里不妨插一句，李向阳严重欺骗了这位村干部。李向阳身上带有微型摄像机，他从早晨见到罗局长开始，那个隐蔽极好的微型摄像机便一直处于工作状态。也就是说，今天发生的一切，包括帮工助农、中午喝酒，以及刚才村干部说的那些话，整个过程被李向阳用微型摄像机连根带梢点滴不漏地一网打尽，只是眼前这位朴实、憨厚的村干部不知道而已。

李向阳对台长赵大乐说的第二个版本，就是指在第一个版本的基础上，增加了用隐蔽拍摄获得的素材剪辑而成的片子（注：片子里面删去了李向阳在酒桌上讲的那个黄段子）。为此，在机房李向阳老滋老味地拍着台长的肩膀信心十足地对赵大乐说，尽管放心好了，你就等着到省里去拿大奖吧！

等到第二个版本的片子剪辑出来，台长赵大乐看了直乐，猛夸李向阳，干得漂亮！

李向阳不谦虚地说，这个主意不错吧，第一个版本正常播出，我那老同学看了肯定满意；而第二个版本专送省里评奖，只有评委们有资格看到，这叫"一鱼两吃"，味道好极了！

接着李向阳又说，去年我给老同学拍了一条帮工助农的新闻，事后料定他今年准会故伎重演，所以早早拿出构思，然后守株待兔，结果怎么样？嘿，逮了个正着！

有人敲门

这是聪明人干得聪明活！台长赵大乐说。

这个版本的片名也好，《帮工队来了》，意味深长。你那老同学简直就是给我们帮工啊！台长赵大乐又说。

数日之后，不出李向阳和赵大乐所料，《帮工队来了》荣获省新闻类评委会特别大奖。据说，评委们好评如潮。

万物生长

那天我们在火车站附近的一家饭店吃的午饭。走进饭店的时候,女儿安安指着大堂花架上一盆小叶女贞树桩嘻嘻哈哈地对我说,老爸,你可要照顾好它哟。我知道女儿指的不是眼前的观赏植物,而是家里的那盆树桩。那是女儿安安两天前从花卉市场买的,别看她十九岁,马上就要赴德留学,但小资情调特浓。她把树桩盆景买回家,对我和她妈说,好好养着吧,就算是我给你们留下的一个想念之物。因此我对女儿说,放心好啦,有老爸在,它会安然无恙,茁壮生长的!

吃过午饭,我们乘出租车前往浦东国际机场。在这之前,我太太方梅曾与我相约,说与女儿分别时,谁也不许哭。我知道方梅只要掉泪,麻烦大了,一两小时之内即使你求助"110"也休想让她

有人敲门

"小雨转晴"。当然，那样子是我极不愿意看到的情景。早先我们决定送女儿自费出国留学时，我的一位北京的好友曾一再告诫，说老兄，你可要三思而行啊！其实送孩子出国留学不难，难的是你必须要有足够的打"持久战"的心理承受能力和思想准备，准备在今后相当长的一段时间内，你太太因为想孩子想得日子不好过，跟你哭，跟你闹，跟你没完没了地胡搅蛮缠！我的那位好友的儿子十七岁就到英国留学，他说他有着刻骨铭心的切身体会。虽然目前我尚不能预测女儿出国后方梅思念孩子会达到一种什么样的痛苦程度，但好在我已经有了警觉性。我不能明知面前有一个坑，还睁着眼睛往里面跳。我要绕道走。于是我非常赞同方梅的意见。我说，我们当然不能哭。我们要高高兴兴地送孩子走。随后我提议，孩子走后，我们索性到杭州玩两天，放松放松，免得回家等孩子的电话等得心急火燎。方梅连连说好，等飞机一起飞，我们立即就去杭州。

车开得很快，一路上我们三人谁都不讲话。这样很不好，容易滋生离别的悲伤情绪。但我们又似乎不知道该讲什么好，所以不时相互偷望一眼；然目光一旦发生碰撞，便连忙躲开，无论是谁都小心翼翼，生怕碰撞出什么不妥来。

不过，这种情况在我们抵达机场后便自然而然地消除了。我们需要替女儿安安办理行李托运等手续。我们一时顾不上去想分别那样伤感的事。后来，等到我们把该忙的都忙完，也就快要登机了。直到这时，我们才感到分别的时间终于来到了。

检票口站满了远行和送行的人。一眼就可以看出人群中有许多是初次走出国门的学生，他或她在家人面前，早已控制不住地把酝酿已久的情感通过泪水的肆意挥洒释放出来，结果弄得两眼红红的，像是一对熟透的多汁的水蜜桃！我只是看了他们一眼，立即将目光收回。我怕我的目光被他们传染，弄得湿漉漉的，那多不好。我和方梅事先有约。我不能让哭的欲望率先把我的理智俘虏了。因此我有意让脸上布满了笑意。我笑着对女儿安安说，到了那里，想着及时给我们打电话报个平安！我还与女儿安安击掌，不无做作而又煽情地说，世界即将展现在你的面前，孩子，攒足劲插上翅膀飞吧！……好在女儿安安是个非常大气的孩子，从她的脸上你一点儿看不出离别的忧伤。这时候，显然安安在竭力控制自己的情感，她说老爸老妈，你们多保重哟！其它她就不再说什么了。或者她怕触动什么，硬是把想说的话埋藏在心底，表面上很是风平浪静。看着女儿，我突然觉得内心深处的某个地方不大安分地动弹了一下，仅是这一下动弹，就把我的心弦拨动了。我想此后一别，我们天各一方，还不知何时才能见面？女儿年龄不大，就要开始一种全新的生活，她能行吗？能吃下那么多的苦吗？这样想着想着，我发觉鼻子酸溜溜的，眼窝子里不禁潮湿了。这时我想起了和方梅的约定。我下意识地朝方梅看了一眼。方梅显然看见我动了感情，连忙将头扭转过去。但方梅没有哭。这让我很佩服。于是我很快调整自己，转移注意力。接下来，我纯属多此一举没话找话地嘱咐女儿保管好自己的护照，千万不要搞丢了，等等。后来，我们与女儿分手时果然谁都没有掉泪，这让我和方梅事后每每回想起来竟感到十分惊奇，

有人敲门

不由再三感叹我们少见的坚强与不易！

第二天夜里，我和方梅在杭州接到了女儿从德国打来的电话。女儿说她一路顺利，现已安全抵达学校，让我们放心。通完电话，我看见方梅开心地笑了。当时我就想，我的北京的那个好友究竟搞没搞错啊，我太太好像并没有像他预言的那样，想女儿想得苦大仇深灾难沉重嘛！

从杭州回来，方梅的心情依旧很好。方梅到单位上班，路上碰到同事，大家纷纷和她打招呼，说回来啦？回来了。方梅是个很有人缘的人。同事们大多知道我们的女儿出国留学，要不是刚上班有一大堆事务急需要处理，大家肯定会停下来向方梅问这问那。这在我们居住的海滨城市，是一种常见的习俗。

后来方梅来到办公室，遇到了秦丽丽。秦丽丽像是不认识方梅似的，走到方梅的跟前，一句话也不说，然后两眼瞪圆一眨不眨地盯住她的脸看。方梅被秦丽丽看得纳闷起来。方梅以为从家里出门时走得急，脸上妆没画好，或是路上被车辆扬尘落上了灰，便在脸上胡乱地抹了一把，疑惑地问，怎么啦？秦丽丽仍然一言不发，盯住方梅，而且看得更加专注，更加用心，更加一丝不苟，好像不在她脸上看出什么名堂，决不善罢甘休似的。方梅被秦丽丽看得忍不住笑了起来，说你搞得什么恶作剧啊？才走几天，又不是不认识，有什么好看的！秦丽丽这才揉着看累了的眼睛说，我在看你送女儿走时哭没哭。方梅说，我才不像你呢，一说到女儿就掉泪——你看你看，眼圈又红了！好了，不说了不说了。

秦丽丽的女儿早产，生下来时不足三斤，孱弱得像只瘦小的猫，浑身上下软不丁当，抱在手上如团棉花，一点分量都没有。当时不少人担心秦丽丽喂不活女儿。可秦丽丽对女儿那个好啊，好得让人对母爱肃然起敬。后来她吃了很多的苦，硬是数年如一日，老母鸡呵护小鸡一般，把女儿养大。再后来女儿出息了，考上省城的一所大学。是秦丽丽送女儿到学校去的。谁知秦丽丽与女儿分手，乘火车刚回到家就开始想女儿，结果想得昏天黑地，泪雨滂沱，恨不得拿脑袋往墙上撞，闹得谁也劝阻不了。没办法，后来秦丽丽连口水都没顾得上喝，当即出门，打的直奔火车站，搭乘夜班快车重返省城……现在，秦丽丽的女儿已是大二的学生了，可是不管是谁，也不管何地，只要哪个当面提到她的女儿，她准掉泪！不信你试试？百试百爽！秦丽丽对此颇为理直气壮。秦丽丽说，谁让我是女儿她妈呢！所以，方梅见秦丽丽开始抹泪了，连忙转移话题，说秦丽丽，那天在机场与女儿分手，我们一家三口都没有哭，这会儿你画蛇添足哭个什么劲呀？

秦丽丽听了直摇头。秦丽丽说，鬼才相信呢，你们能不哭？

方梅说，真的，我们没有哭。

秦丽丽说，难道你们不想孩子？

方梅说，想啊。但不一定非要哭。

秦丽丽觉得不可思议。她说想女儿怎能不哭呢？我一想起女儿就忍不住……话没说完，眼泪竟又流了出来。秦丽丽说话的声音都

有人敲门

不对头了。秦丽丽说,不说了,不说了,一说就难过,然后转身,坐在办公桌前用纸巾一个劲儿抹眼泪,好像出国走了的不是方梅的孩子,倒是她秦丽丽的女儿。

回到家,方梅向我说起秦丽丽,结果自己把自己弄得挺伤感。她不无感慨地说,真是可怜天下父母心啊!我看方梅难过的样子,出于条件反射,立马就想起北京好友的提醒,于是,我暗暗叫苦,你看你看,开始了,方梅终于开始跟你搅乎上了!接下来,我对秦丽丽大为不满。喂,秦丽丽,你究竟安的什么心啊?你想孩子,想得不能自己,整天折腾得要死要活,还嫌不够,还想找个人做伴,也闹得别人跟你一样鸡犬不宁,这未免太损了吧?!不过想归想,我却不能有丝毫的表露。这时候,我不能说秦丽丽不好,也不能说方梅不够坚强。我知道,我要是嘴巴上缺个站岗的,一句话轻而易举就能够让方梅洪水泛滥的河堤决口。所以我高瞻远瞩审时度势,连忙说,好啦,我们不谈秦丽丽了。我们快吃饭吧,你听我的肚子都饿得咕咕乱叫提出强烈抗议了!应当说我的当机立断,恰到好处地化解了一场小小的危机。随后直到中午上班,方梅再也没有向我提及与想念孩子有关的事。

其实,我把问题想得简单了。方梅与秦丽丽同一个办公室,两人天天见面;何况秦丽丽又是那么一个把女儿等同于生活全部的人,她面对方梅怎么可能不谈及女儿呢?在接下来的一段日子里,每遇工作间隙,秦丽丽最感兴趣与方梅交谈的一个话题就是女儿了。秦丽丽全然不顾对方的感受,她常不厌其烦地问方梅,我真想不明白，你们当爹当妈的怎么能如此狠心，舍得让女儿出国留学呢？一下子孤身一人走这么远，千里万里的，想看——看不到，想够——够不着，我可做不到！孩子他爸曾不止一次地对我说，谁家的孩子出国了，又说谁家的孩子考托福或雅思了……我就直截了当地对他说，你就死了那份心吧，我们女儿说什么也不出国。你要是有非分想法，二话不说，我立即跟你离婚！说到这里，秦丽丽得意地笑了。秦丽丽说，我就是要把女儿看在身边，心里边才踏实，才心安，才舒坦，才好受！方梅每每听了都说，是啊是啊，俗话说，儿行千里母担忧。想孩子的滋味不好受。孩子还是看在身边好。秦丽丽见方梅这么说，像是受到肯定、鼓舞和鞭策，说起话来更是信口开河无遮无挡了。

　　平心而论，秦丽丽绝不是那种心怀叵测故意使坏的人。秦丽丽对方梅的唠唠叨叨，完全出于同事之间的关心。按照秦丽丽的逻辑，她想女儿，方梅也一定对女儿时时牵挂念念不忘；她想女儿想得难受，方梅也一定想女儿想得水深火热倍受煎熬。都是女人，都是孩子的母亲，就都有同样的感受。这是无可非议的事。所以秦丽丽在到别的办公室办事或是串门时，往往会顺理成章地把对方梅的那种关心传导给别人。她对其他同事说，方梅这几天难过呢，想女儿想得心情不好。她还说，你们发现没有，才送走女儿几天啊，方梅的下巴都尖了，人整个儿瘦了一圈……秦丽丽说这些，无非是希望大家都来关心方梅，有空多与方梅聊聊，权当打打岔，要不，方梅兀自一人憋闷着想孩子，那该多糟糕啊，天长日久，即使是好好一个人，肯定也会想出毛病来的。

秦丽丽的好心，使很多人见到方梅，都会主动地问一声，女儿安安近来怎么样？生活习惯吗？听说你想孩子想得吃不下饭睡不好觉？其实大可不必，想开点儿，身体重要哟……大家觉得不这样问一声，就仿佛生有歉意，对不住方梅。我们都是来自五湖四海，为了一个共同的革命目标走到一起来了。我们的同志要互相关心，互相爱护……可方梅听罢尽管强装笑脸，但心里十分不悦。方梅说，谁说我想孩子了啊？没有那回事！对方就笑，说怎能不想呢？人心都是肉长的。别说是你了，就算这事搁在我们身上，我们都要想的。谁个也不能例外。

这样一来，问方梅的人多了，方梅就来气。她心里窝着火却不好对同事们发泄。人家关心你，是好意，你总不能不领情，反倒责怪对方或是给对方难堪吧？于是，只要方梅在外面心里不痛快，回到家，我就水到渠成责无旁贷地成了方梅倾诉不满的唯一对象。平时，方梅是个很讲理的人，可是一旦和我搅乎起来，她就成了另外一种人。

方梅说，就是我想女儿又怎么啦？招谁惹谁啦？上街我没挡汽车道，吃饭我没用公款买单；我即没有形象对不起观众，又没有言行举止有碍社会，凭什么人们都对我那样？不公平嘛！好像我方梅就那么可怜兮兮的，特别需要关心，特别需要爱护，特别需要温暖，特别需要同情，特别需要怜悯，特别需要施舍？！

我说，你误会了。人家也是好心……

方梅说，我不要那种好心！

我说，你过于敏感了……

方梅眼泪忍不住流了出来。

方梅流着泪说，真是滑稽，我想女儿本是我个人生活中的私事，可是你看现在闹的，都成什么了？也不管你愿不愿意，我的隐私竟然被人家七手八脚地从隐蔽处强行拉扯出来，暴露在光天化日之下……真让人受不了！

我知道方梅说的不无道理，可一时却不晓得如何劝说是好。我张了张嘴，一句话也没说出来。我恨自己竟然不如一条鱼，最起码鱼可以在这时候向水面吐个气泡，而我却连一点表示都做不到。

接着，方梅说，我真有些后悔了。我们不该送孩子出国留学。别人的孩子都能在国内上大学，干吗我们非要把她送出去呢？女儿一走，弄得我心里不踏实，很怕，从来没有这样怕过，老觉得自己考虑不周到，会把孩子丢掉了，从今后再也找不回来了……

我说，哪能呢，你想多了，言重了不是？女儿安安现在在德国不是生活得挺好吗？等到完成学业，就让她回国工作。怎么能说丢掉了呢？地球如今变小了，都成地球村了，什么时候女儿想回来，买张机票，用不了多少时辰就可以飞到你的身边！

……

后来我发现，在这个问题上，跟方梅根本讲不清什么道理。

同时我还发现，方梅需要的不在于明了事理，而在于跟你尽情倾诉和发泄。过程往往比结果还要重要。用方梅的话说，那就是我

有人敲门

不跟你搅乎，还跟谁搅乎？

你瞧瞧，一语中的！

我们四月九号把女儿送走，过后在杭州玩了三天，接着回来没上多少天班，就到了"五一"。以往，每逢放长假，我和方梅都要商量假期怎么过。前年"五一"，我们带孩子跟随旅游团去张家界爬山，拍了一大堆风光照片；去年"五一"，我们伙同朋友到青岛热闹了几天，尽情享受蓝天、白云和大海给我们带来的种种乐趣。那么今年呢？今年女儿不在身边，我们准备到哪玩？我问方梅。方梅没好气地说，三缺一，哪还有玩的心情啊？随后方梅眼圈红了，方梅说，过节哪也不去，就在家，在家睡大觉！

方梅说到做到。五月一号那天，早晨刚刚吃过饭，碗一放，方梅顺手操起几本休闲杂志一声不吭地爬上床。方梅把枕头垫得很高，然后身上盖着被子，半躺着，一边浏览杂志，一边示威似的把杂志的页码翻得哗哗响。我知道方梅心情不好。我们夫妻共同生活了二十年，我还不知道方梅的那点脾气？她心情不好的时候不爱跟人说话，好像跟人家说话对她是一件极其痛苦的事情。她情愿万不得已的时候用点头或摇头来表示什么，也绝不张嘴吐露一个字。为此，我曾跟方梅开玩笑，说她要是早生几十年，赶上江姐那个年代，绝对跟江姐一样出名，是一个坚强的革命者，任凭敌人严刑逼供，也不会出卖组织和同志……可我现在不是敌人，是方梅的丈夫；然而即使如此，方梅情愿此时此刻把我当成坏蛋，也不愿跟我讲话。方梅躺在床上，根本就无视我的存在。她旁若无人地哗啦哗啦翻阅着杂志，翻阅累了，就闭上眼睛睡觉。其实方梅根本睡不着，我知道她只不过是假借睡觉之名趁机想女儿。你看，想女儿想得久了，有泪就会从方梅的眼角流出来。这时方梅便从床头柜上的卷纸盒里抽出纸巾擦泪，然后继续想……等到想累了，接着方梅重新哗啦哗啦地翻阅杂志。这个过程周而复始，循环不止。放假期间的大好时光，就这么被方梅毫不心痛地一点一点打发掉了。

　　方梅不理睬我，情绪不高的我只好独自去做自己的事。我找到加工不锈钢门窗的店铺，让工人为我在阳台上订做了一个结实的花架，然后我让花架把女儿安安临走前买的那盆小叶女贞树桩盆景，以一种十分优雅美妙的姿势托举着，托举在靠近窗口阳光充足的地方。我不像方梅，想女儿想得只知道唉声叹气，只知道不疲倦地倾诉和流泪，只知道跟你没完没了地胡搅蛮缠。其实我也想女儿。我想女儿的方式很实际，那就是落实在具体行动上。比如说我会精心地为那盆小叶女贞树桩松土；比如我会为树桩盆景长得美观，不惜顶着热烘烘的太阳专程骑上半个多小时的自行车跑到花卉市场去买小包装肥料；再比如我会用专用的喷水壶，经常给那盆树桩浇水，让它的叶子湿漉漉的，始终保持着绿油油的光泽。我在做这些事的时候，常常会自然而然地想到女儿，甚至会听到女儿安安那甜甜的声音从远方传来。她似乎是贴在我的耳边悄悄地说："老爸，你可要照顾好它哟！"因此，照顾好这盆非同寻常的盆景，便成了我日常生活中的乐趣。尤其是在节日长长的假期里，在方梅心情不好不

有人敲门

愿理睬我的情况下，有盆景在，我就有事可做，就不至于闲得骨头散了架。

不过，仅仅摆弄盆景用不了很多的时间，摆弄够了，我就看书，或是到大街上闲逛。我把长长的步行街结结实实地逛了一个来回，就把一天中的大半天时辰慷慨大方地打发了。

到了五月二号，真是没得救了，看见方梅吃完早饭，仍旧碗都不洗，继续重操旧业，拿了几本杂志爬上床，我只好重复劳动，又给那盆树桩松土、施肥、浇水；只好在这之后独自又去逛步行街……

五月三号，早饭过后，见方梅拿起杂志，吓得我连忙说，你还睡啊？都睡了两天了？方梅无精打采地朝我看了看，不说话，只是点点头，那意思明白无误，肯定是继续睡啦，或是干吗不睡呢！我提醒方梅说，你真的打算睡上七天，把整个假都睡过去？你不准备到双方父母家走一走，看一看？好歹这是过节啊！方梅朝我摇摇头，明确表示哪也不想去，然后也不管我满脸的惊讶，扭头就向卧室走去。我很生气。我想方梅你怎么能够这样呢？难道就你想孩子，别人就不想了？难道你怕外出遇到熟人，被人问及是否想孩子，就这么糟蹋自己，自我封闭，拒绝出门？难道因为想孩子，心情不好，你就有理由这样对待我，这样对待我们共同的生活？可是生气归生气，我对方梅一点儿办法都没有。我不承认我怕老婆；但我承认我太爱老婆了。我的太太方梅能够这样任性，都是我平时宠她宠坏了的结果。

到了五月四号,瞧见方梅仍旧一如既往地躺在床上哗啦哗啦地翻阅杂志,我只好一个人"常回家看看"。我想,已经是放假的第四天了,如果不到双方老人家去,无论如何都说不过去了。

我先到岳父岳母家。岳父岳母见我一人来,问方梅呢?方梅怎么不来?我立即对他们进行了善意的欺骗。因为事先准备充分,所以我说起谎话来,流畅得就跟说真话差不多,在形式感上没有什么区别。我说她在单位加班,工作特别忙。岳父岳母说,天天都加班?七天假,一天都不休息?我说,也休。只是上班的时间多,不上班就叫累,身子沉重,待在家里,懒得动弹。到底是岳父岳母心痛自己的女儿,连忙说,嫌累就不要来了,有空在家多歇歇。随后,岳父岳母就严重丧失了革命警惕性,不再问方梅怎么不来这样一个让我头痛的问题。临走,岳母还给我带了一大包方梅平时喜欢吃的熟食,说是慰劳她的。我真不知道慰劳方梅干什么?慰劳她继续躺在床上跟我胡搅蛮缠?!

后来五月五号我回到我的父母家,也就是方梅的公公婆婆家。这时候我犯了一个不该犯的错误。由于我思想松懈,麻痹大意,说话不像在岳父岳母家那么严谨,以至于父母问及方梅怎么不回来时,我除了说方梅上班忙,近来特别疲劳之外,还实话实说,说她想孩子,想得心里不好受,不愿出门见人,等等。我把她不知不觉就出卖了!不过,我觉得我还算手下留情,话也说得轻描淡写,没有向父母透露方梅跟我胡搅蛮缠的种种细节。但即便如此,我还是给自己惹下了一场大祸。我真是弱智,忽略了父母在我走后,会打电话给方梅。我的父母也就是方梅的公公婆婆肯定是要关心方梅的，他们对方梅如此想孩子想得竟连过节放长假家都不回家肯定不能袖手旁观无动于衷。因此他们在电话中劝方梅一定要想开一点，想远一点，日子长着啦，要学会自我调节，注意饮食，保重身体……方梅能说什么？方梅只好在电话中竭力回避想孩子这样一个敏感的话题，谎称自己不小心受凉，患了感冒，已经吃了药，过两天就会好的。

等到挂了电话，方梅受不了了，她手抹眼泪，歇斯底里地对我大喊大叫，说你怎么这样啊，成心和我过不去还是怎么着？人家心里不好受，你还火上浇油，跑回家对爸爸妈妈乱说什么？你以为爸爸妈妈打电话来安慰我，我的心里就好受了？就可以不想女儿了？我跟你真是白做了这么多年的夫妻，你竟一点都不理解我。你怎么不用脑子好好想一想呢？我好不容易熬到"五一"放长假，好不容易躲开同事、邻居和朋友们的一番"好意"和"关心"的重重围剿，都悲惨到了为躲避他人不愿出门，整天窝在床上的地步，你还兴风作浪推波助澜，不给我安神的喘息机会，让我拥有一个不受他人干扰、自己可以安排自己生活的空间？你这哪里是关心我啊？明明是害我嘛！我恨你，真恨死你了……

听方梅这么说，我才意识到问题的严重。

但我没有接受教训，亡羊补牢。这样一来，更加糟糕的事情，便在后来的日子里无可挽回地发生了。具体地说，也就是六月十二号，我母亲——方梅的婆婆过七十岁生日。为贺寿，许多亲戚专程从外地赶来。亲戚们一定是听我母亲说过方梅想女儿之类的话,要不然他们不会在酒店生日宴席开始之前见到方梅,竟会像事先约好了似的,有组织,有安排,接二连三川流不息地前来关心和宽慰她。我的一个面相十分和善而又慈祥的姨妈,操着一口京腔,呱啦呱啦地对方梅说,孩子大了,总要离开妈妈的。说起来,你还算好呢,女儿出国留学,总比我闺女家的那个丫头强吧。那丫头考上湖南一个大山沟沟里的一所警校,每天早上都要练六公里越野,跑完后衣服脱下来轻轻一拧,你瞧怎么着?汗就像自来水一样哗啦啦淌;这还不算,每天还要练擒拿格斗。上学不到一个月,身上就被摔得青一块紫一块,那色儿就跟她身上穿的迷彩训练服差不多……我的一个来自江西南昌的叔叔,曾在部队当过团长。他对方梅说,出国留学能有多苦?我当兵第一年,也是十九岁,参加国防施工。嘿,那才叫苦呢,有段时间,一天到晚扛水泥,结果扛到后来,竟连眉毛都让水泥烧脱了,整个脸光秃秃的像只鸭蛋壳……人啊,年轻时多摔打摔打,吃些苦好!方梅,你就权当你女儿当几年兵!与我同辈的表兄表弟表姐表妹一个个也不甘示弱,他或她轮流上阵,对方梅进行开导和劝说。他们目的十分明确,就是要她想开些,该吃时吃,该喝时喝,要是想女儿把身体想坏了,那就吃亏了,划不来了,等等。后来方梅回忆说,当时简直就像大白天在做一场噩梦,太可怕了!我觉得自己一下子变成了十恶不赦的罪犯,被许多人轮番进行审问。到后来,我根本就不知他们在说什么,就看见一张张嘴巴不停地在我眼前一张一阖……我头脑昏昏沉沉的,感到阵阵眩晕，心里直犯恶心。再后来就有了吐的欲望，过了不久，我真的吐了。好在我把秽物吐到了厕所里，没有被大家发现，因此也就没有影响到大家节日般亢奋的情绪。接下来，生日宴席开始不久，方梅实在坐不住，借口身体不好，在敬过婆婆生日酒，勉强吃了几口菜之后，便离席回家。方梅走后，我的那些亲戚朋友都说她的脸色不好，想女儿想得身体太虚弱了，并说了一些可怜天下父母心之类的老话。好像方梅提前离席离得瓜熟蒂落水到渠成，她不离席倒似乎使大家失去了一个津津乐道的热门话题，怎么着都有点说不过去了！

那天，方梅回家后一反常态，没有朝我发脾气。方梅显然已经到了无话可说的地步。因此方梅很可怕。方梅的可怕之处在于她憋闷着不说话。方梅只是委屈和难过地不停抹眼泪。那眼泪抹不尽似的，方梅越抹，竟然越多……

方梅病了。

方梅胃痛，肚子里面有个气团排不出来，胀得人难受。以前方梅也曾犯过胃病，但没有这次严重。方梅没说是什么原因造成的。但据我猜测，肯定是心情不好的缘故。记不清什么报纸上登过，心情不好会引起免疫力低下。免疫力低了，那还能不生病吗？女儿出国留学这些日子以来，方梅几乎就没有开心过。当然，方梅想女儿仅是一个方面，还有一个重要原因是外界对她过分关心造成的干扰。这只有我和方梅心知肚明，却不好与他人诉说。那是我们的伤口，我们的痛处。即使跟父母，都张不了口。那样会造成不必要的误会，造成对他人的伤害。我和方梅都是心地善良的人。我们情愿自己受伤，也绝不会损害他人。这是我们做人的准则。因此，现在方梅病了，请假在家不能上班，我一点都不怨别人，真的，要怨就怨我自己。怨我运气不好。怨我没能照顾好方梅，让她吃苦了。

这天早晨，我在一番自责之后，出门替方梅买药。

我在药店买了两盒"三九胃泰"，回家的时候，顺道拐到了花卉市场。这两天不知道怎么搞的，那盆小叶女贞树桩盆景的叶子开始脱落，看上去整个枝干一副无精打采病病歪歪的样子，很是让我担心。我想也许它病了，该买一些药水喷喷。可我不知道该买什么药好。花店的老板问我干什么用？我把情况说了。那老板说，不知那盆树桩得了什么病，就不好办了。植物跟人一样，那里出了毛病，得对症下药。老板嘿嘿一笑，说一看你就是新手，刚刚玩树桩盆景。这样吧，你找个懂行的人看一看，俗话说磨刀不误砍柴工，弄准了病症，再来买药也不迟。

回家的路上，我开始琢磨在我的朋友之中有哪个精通养花种草。可是想来想去，已经走到住宅小区的大门口了，也没想出一个园艺高手。这时候巧了，有人喊我，抬头一看，是门卫小王。小王说有我一封挂号信，邮递员刚刚送来。我在接信的同时，眼前一亮，嘿，真是踏破铁鞋无觅处，得来全不费功夫啊，这个门卫小王不就是养花种草的行家里手嘛！在我们居住的小区，有许多家住高层的业主，都把大盆的花木放在管理处的门口，委托小王进行管

有人敲门

理。于是我把想法对小王说了，希望他能够上门到我家对那盆小叶女贞树桩盆景进行确诊。小王笑了笑说，没问题。接着小王不无抱歉地说，只是现在不行，现在正当班，等过一会儿下班了，一定去。

进了家门，我看见方梅落泪，就问怎么啦？胃痛得厉害吗？药买来了，赶快吃！方梅说，胃痛不可怕，可怕的是秦丽丽打了电话，说工会马上来人看望我。你说我该怎么办？我不让他们来，说仅仅是胃痛，休息一天，明天就可以上班。可他们不听。他们说我情况特殊——你听听，他们这是话里有话呢，无非是说我想孩子，想出病来了，他们不能漠不关心，不能对职工没有感情，不能不代表组织对我进行人道主义的关怀，不能不在这种时候给我送来集体的温暖……我一听，急了。这不是添乱子吗？本来事情不大，却硬是经过人为的作用被放大了。不是我先知先觉，他们来，能对方梅说些什么，我现在就知道得一清二楚。届时，花了一大把宝贵时间，花了一定数量用于购买慰问品的工会会费，花了他们的一番口舌，不仅白忙乎，反而帮倒忙，极有可能使方梅的心情变坏、病情加重。你说何苦呢？真不知他们是怎么想的？！

方梅抱着胀痛的腹部急得在屋里团团转，一点主意都没有，不停地问我该怎么办？

我大脑成了蜂窝，有无数只翅膀扇动，嗡嗡作响。

我说，怎么办？还能有什么办法，赶紧拨打"110"，报警求救吧！

方梅哭着说，你还有心思开玩笑，非把我急死不可吗？

我不敢再说了。我原以为自己是个智商很高的聪明人，可这会儿经过实践检验，才发现自己是个货真价实的笨蛋、蠢猪、大傻瓜！面对突发事件，我竟然连一点应急的办法和措施都没有！唉，这些年的书算是白读了！这些年的大米饭也让我白吃了！我真他妈不是个玩意儿。我都鄙视自己瞧不起自己了……更让我痛心疾首的是，作为方梅的丈夫，我不能足智多谋挺身而出用厚厚的胸膛保护她，使她不受他人的伤害……你说，我还算个好丈夫好男人吗？我连臭狗屎都不如！

就在我痛不欲生的时候，突然门铃响了。

是他们来了吗？

方梅吓得连忙躲进了卧室。

我没法躲。我要躲，只能躲到地缝里去。于是我很不情愿地去开门。

门打开，来者是门卫小王。小王直奔主题，说那盆树桩在哪？我带小王来到阳台。小王站在那盆小叶女贞树桩盆景前仔细地看了大约三两分钟，然后肯定地对我说，有惊无险，没问题。接着小王问我，你天天给它浇水、施肥，对吧？我点点头。小王便笑，说你用心是好的，愿望也是好的，但水浇大了，肥上多了，效果却适得其反。其实像这种盆景，每年秋天施一次肥足矣。水呢，等土干透了再浇。要浇，就浇透……

送走小王，我站在屋里好一阵子回不过神来。

有人敲门

大约半小时过后,门铃再次急促地响起。

方梅慌乱地躲在我怀里,不无恐惧地说,他们来了,真的来了!

我说,他们来了……

后　记

　　这本书的出版，得益于一篇小说的获奖。那篇获奖之作，在我所写的小说中，仅仅是我比较喜欢的一篇，却不是最好的。

　　我认为好的小说，大致有以下几点：

　　1、应是智者劳动的产物，是智慧形成的结晶，是智能律动的成果。作品要机智。

　　2、善于把现实生活中具有深刻内涵的内容具体化。也就是说，小说的表象，要好看；内涵上，要耐读，尽可能地为读者提供广阔深邃的思考空间。

　　3、想象力丰富，能够将审美世界作为自由的精神领域，努力使自我实现的欲望得到实现与升华。

　　4、美，富有诗意。

有人敲门

  然而，当我把先后发表的小说汇集成册时，却发现，上述的这些，做得远远不够。今后，仍需努力。

  照例，后记中要写一些感谢之类的话，我亦不能免俗。我要感谢同事、朋友陈武，在他的帮助下，我的这本书得以顺利出版。二十多年前，我和陈武热衷于小说写作，某日街头相遇，竟就地谈及小说，彻夜不归……现在在我的这部小说集里，收集有那个时期的作品，想必陈武看后，定会发出会心一笑。

作者
2017 年 3 月 6 日